KB187639

에스페란토로 쓰인 최초의 탐정소설
묘령의 여성 살해 사건을 푸는 독일경찰의 활약상

무엇 때문에

프리드리히 빌헬름 엘레르지크 지음
장정렬 옮김

무엇 때문에

인　쇄 : 2022년 10월 19일 초판 1쇄
발　행 : 2022년 11월 10일 초판 3쇄
지은이 : 프리드리히 빌헬름 엘레르지크
옮긴이 : 장정렬(Ombro)
표지디자인 : 노혜지
펴낸이 : 오태영(Mateno)
출판사 : 진달래
신고 번호 : 제25100-2020-000085호
신고 일자 : 2020.10.29
주　소 : 서울시 구로구 부일로 985, 101호
전　화 : 02-2688-1561
팩　스 : 0504-200-1561
이메일 : 5morning@naver.com
인쇄소 : TECH D & P(마포구)

값 : 12,000원
ISBN : 979-11-91643-70-1(04850)

에스페란토로 쓰인 최초의 탐정소설
묘령의 여성 살해 사건을 푸는 독일경찰의 활약상

무엇 때문에

프리드리히 빌헬름 엘레르지크 지음
장정렬 옮김

진달래 출판사

작가 프리드리히 빌헬름 엘레르지크
(Friedrich Wilhelm ELLERSIEK)

저자 소개

●프리드리히 빌헬름 엘레르지크 ELLERSIEK, Friedrich Wilhelm.
(필명 Argus, Eko 등)(1880-1959). 독일인, 출판인이자 편집인.
1880년 Calvörde에서 태어나, 1907년 에스페란티스토가 되다.
1909년부터 에스페란토 출판인이자 잡지 <Germana
Esperantisto> 와 <Esperanta Praktiko> 의 편집인. 언어위원회
(Lingva Komitato:LK) 회원이자 에스페란토학술원(la Akademio
de Esperanto) 회원. 여행사 대표로 세계에스페란토대회 여행단을
조직하며 에스페란토를 활용한 인물이다. 수많은 원작 기고문, 번역
문 등이 있음. 1959년 Frauenwald에서 별세하다.

차　례

제1장 강도 살인 사건

"강도살인 사건, 흔적 없음, 유능한 형사를 즉시 보내주오 -시장."
베를린 경찰청 본부가 받은 이 전신 통신문에 따라, 범죄를 담당하
는 형사반장 폰 메르텐von Merten과 범죄 수사 담당 형사 크루제
Kruse, 그 둘은 그 통신문을 보낸 소도시 알트부르크Altburg로 파
견되었다. 오후 3시에 그 둘은 기차를 타고, 알트부르크 시에 도착
했다. 그곳에서 그들은 이 소도시의 시장 겸 경찰서장을 방문했다.
"우리 시에 정말 이상한 일이 생겼어요."
그 두 형사를 반기면서, 시장이 말했다. 그는 친절한 늙은 신사였
지만, 살인 사건은 분명 그를 온전히 혼비백산하게 했다.
"포대 하나에 젊고 예쁜 여성 시신이 들어 있는 것이에요; 살인자
가 누군지 모르고, 자네들에게 전보를 쳤듯이, 아무 흔적도 없었어
요. 아주 작은 자취도. 두 분이 이 막중한 임무를 잘 맡아 처리해
주세요!"
"시장님, 어디서 그 시신을 발견했습니까?"
폰 메르텐 형사반장이 물었다.
"여기서 약 한 시간쯤 가면 되는 숲이에요. 이 지역담당 판사님도
그곳에 현장 답사차 갔다가 돌아온 지 얼마 되지 않았어요. 또 그
판사님이 검찰청에도 전보를 보냈어요. 하지만 검찰에서는 내일쯤
나올 것 같아요. 아니면 검찰에서도 이미 그곳에 와 있는지도 몰라
요."
"시장님, 그 시신은 언제 발견되었습니까?"
"오늘 아침 7시경입니다."
"누가 그걸 발견했습니까?"
"산지기 얀센Jansen이요. 아마 더 정확히는요. 그 발견 지점으로

그 산지기를 안내한, 그가 평소 데리고 다니는 개입니다."

"그 시신은 아직도 온전한 모습이었습니까?"

"온전한 상태입니다. 오스텐Osten 의사 선생님에 따르면, 범행은 간밤에 벌어진 것 같다고 했어요. 그렇게 아름답고 젊은 여성이! 정말, 아주 애석한 일이에요!"

"시장님은 저희가 그 발견 지점으로 가서 확인할 교통편을 최대한 서둘러 준비해 주실 수 있는지요? 시신은 아직 그곳에 그대로 놓여 있나요?"

"분명히 그 시신은 아직 그곳에 있습니다. 그곳에 순경을 보내 배치해 두고, 헌병도 필시 그곳에 아직 지키고 있을 겁니다. 내가 그 교통편을 마련해 보라고 운송 담당 직원 솔름Solm에게 전화해 놓을까요?"

"그렇게 요청합니다."

시장은 전화기가 놓인 장소로 가, 15분 뒤에 차량이 올 거라고 알리면서 곧 자신의 자리로 돌아왔다.

"그럼, 시장님, 시장님은 저희를 동반해 주시겠어요?"

"필요하다면야, 가야지요."

"꼭 필요한 것은 아니지만, 가시면 더 좋을 것 같습니다. 왜냐하면, 몇 가지 사항에 대해 저는 관련 자료를 요청해야 합니다."

"그럼 좋아요, 내가 함께 가리다."

차량이 곧 준비되자, 그들은 그 소도시의 울퉁불퉁한 도로를 따라 달려갔다. 처음에는 농촌과 초원을 지나고, 나중에 숲으로 향하는 긴 국도를 따라 달려갔다. 나중에 그들은 숲길로 방향을 틀었다. 끝내, 그들이 이 도로를 15분쯤 달려갔을 때, 그들은 타고 온 차량에서 내려 발걸음을 내디뎠다. 짙은 숲속에 시신이 담긴 포대가 하나 놓여 있었다. 이를 순경 혼자 지키고 있었다. 순경과 함께 있던 헌병은 자신이 본 것을 보고하러 자신의 근무처로 귀대한 뒤였다. 그 헌병은 나중에 다시 온다고 했다.

형사 반장 폰 메르텐은 조심해서 온전히 나신의 시신이 담긴 포대를 당겨, 그 시신을 주의 깊게 관찰했다.

"그런데, 자네들은 그 시신에서 뭔가 눈에 띄는 게 있나요?"

그 일이 오래 걸릴 것으로 짐작한 시장이 물었다.

"사교계 일류 클래스에 속하는 여성이 살해되었습니다. 과부인 것 같습니다. 좋은 환경에서 살아왔네요. 얼마 전에는 아마 남유럽에 살았나 봅니다, 또 이 여성은 국적이 영국인 같아 보입니다. 또 글을 쓰는 작품활동을 아주 오래 한 여성으로 보입니다."

"그 모든 사항을 자네는 시신을 통해 알 수 있나요?"

"아주 분명하게 보입니다. 깔끔하게 손질된 손과 발을 보세요. 저렇게 잘 갈무리된 손을 가진 사람은 아주 간혹 보게 되지만, 발톱도 잘 손질할 줄 아는 여성은 사회에서 더욱 격이 높은 집단에만 볼 수 있습니다. 저런 일은 다른 사람의 손길을 받아야만 할 수 있는 일이지요. 그리고 이것도 보세요!"

그러면서 그는 왼쪽 발의 둘째 발가락과 셋째 발가락 사이에 튀어 나온, 거의 보일 듯 말 듯, 섬세한 검은 실오라기 한 개를 집어 들어 올렸다.

"이게 뭐로 보이나요?"

"실 조각이네요."

그것을 유심히 살펴본 시장이 말했다.

"제대로 맞췄습니다. 그럼 이 실은 재료가 뭔 것처럼 보입니까?"

"그 점은 나는 모르겠네."

"이게 실크입니다."

폰 메르텐은 자신의 호주머니에서 돋보기 하나를 꺼내, 그것을 시장에게 건네 드렸다.

"이 여성은 자기 발에 비단 양말을 신었어요, 그게 그녀의 사회적 지위를 나타내 보여주는 신호이지요. 그리고 지금 저 발을 더 살펴볼까요?"

"내가 보기엔, 아무것도 안 보인다고, 나는 더함도 뺌도 없이 말하고 싶네요."

"저 발바닥을 예외로 하고요. 이 발바닥에는 작은 굳은살조차 어디에도 찾아볼 수 없습니다. 그러니, 저 여성은 언제나 자신에게 꼭 맞는 구두를 신어 왔습니다.

그로 보아 그녀는 자신의 구두를 일반 구두점에서 사지 않고, 자신의 발 치수에 맞춘 수제화를 신어 왔습니다. 이게 엄청 비용이 많이 드는 일이니, 말인즉슨, 그녀가 저 비단 양말을 신을 수 있을 만큼 수입도 좋았을 걸 보여주고 있지요."

"그것은 정확하네요. 하지만 더 나아가 왜 저 여성은 영국 여성인 것 같나요?"

"그 점을 아직 정확히 확언할 수 없지만, 필시 그럴 겁니다. 저 발을 한 번 더 보세요, 저 발이 아주 잘 가르쳐 줍니다. 발바닥이 평발입니다. 저것은 만일 그녀가, 가장 많은 여성의 경우처럼, 발이 더 작음을 보이려고 굽이 높은 구두를 신었다면, 저리될 수 없습니다, 높은 굽의 구두에 익숙하려면, 여성의 발 앞부분이 더 낮아지는 식으로, 마치 중국 여성처럼, 발이 굽어지게 됩니다. 그로 보아 우리나라에서는 그런 아무 신호를 볼 수 없습니다. 하지만 더 많게도 영국 여성들은 그런 멍청한 모드로부터 자신을 해방시키기를 좋아합니다. 저 시신의 풍부하고 밝은 금발의 머릿결과 섬세한 얼굴 색깔은 영국 여성에게 가장 자주 볼 수 있습니다. 그러나 더 나아가, 저 여성 얼굴과 목은 좀 갈색이지만, 손은 온전히 하얀색입니다. 만일 저 약한 갈색으로 변함이 우리 지역의 햇빛 때문이라면, 이는 벌써 오래전에 사라졌을 겁니다, 왜냐하면 지금은 3월이니 말입니다. 그러니 저 여성은 남부에 살았을 겁니다, 아마 이탈리아 쪽이거나 리비에라Riviero[1] 쪽에 살았을 겁니다. 만일 그녀가 열대의 햇살에 노출되어 있었다면, 그녀 피부가 더 진한 갈색으로 변했을 겁니다."

"그것도 지금 나에게는 분명히 보이네요."

"이제 손을 한 번 살펴보면요. 저기, 오른손의 반지 끼는 손가락에

---

[1] *역주:보통 프랑스- 이탈리아 접경 지역의 리비에라 해안을 일컫는다.

는 2개의 똑같은, 좀 더 밝은 줄이 둘러싸여 있음을 볼 수 있습니다; 손에는 그것은 좀 불분명하지만, 저 손가락 끝에 그것은 더욱 선명합니다.

저 여성은 링 2개짜리 반지를 꼈는데, 앞의 반지는 제 고유의, 아주 잘 맞는 것이고, 그 뒤쪽 것은 자신의 죽은 남편 것입니다. 이 반지는 물론 더 큽니다; 그 때문에 그것은 손가락에서 흘러내려 미끄러졌을 겁니다. 그러니, 나중에는 다소 불분명한 흔적을 남겼어요. 그러니 저 여성은 과부입니다."

"그리고 뭔가를 글쓰는 작품 활동하는 여성이라는 것은?"

"이는 오른손 중앙 손가락 한편에 피부에 연약한 단단함이 있습니다. 저기요, 글을 쓸 때, 사람들은 손가락에 펜대를 누른 채 사용합니다. 지금 저 포대요. 여러분이 보시다시피, 이는 'B. K' 라고 말하고 있습니다. 여기 가까운 곳에 저 이름으로 시작하는 농장주인이 있나요?"

"내가 보기에는 없습니다. 살인자는 아마 저 포대를 다른 곳에서 가져 왔겠지요."

"저 포대는 필시 카를쇼프Karlshof 농장에서 나왔을 겁니다,"
주의 깊게 듣고 있던 그곳 순경이 말했다.

"그 농장이 여기서 가까이 있어요?"

"아하, 내가 그 농장은 잊고 있었네요! 물론이지요. 저 숲 앞 농장들이 그 집안에 속합니다"
동쪽을 가리키며 그 시장이 대답했다.

"저쪽에, 제 의견으로는, 철로가 지나가는 것 같습니다만?"
폰 메르텐이 질문했다.

"그렇습니다만, 저 철로까지는 약 30분 정도 걸립니다. 적어도 15분은 걸어야 합니다."

"필시 15분 정도입니다. 그 살인자가 여기서 저 포대에 시신을 밀어 넣었음은 있을 수 없습니다, 그러니, 그것은 너무 굳어 있기 때문입니다. 그가 시신을 포대에 넣을 때, 시신 관절은 아직 굽힐 수 있었습니다.

분명 밤에, 논밭에 버려진 포대를 보고서야, 그 범인이 그렇게 할 생각을 했던 모양입니다.

저 왼쪽 볼의 피부 상처를 보면, 저 시신은 살해된 직후, 기차 내 객실 의자에서 옮겨진 것으로 분명히 볼 수 있습니다. 저기에 철길 둑이 있습니까?"

"몇 곳이 있습니다, 낮은 높이로요. 하지만 저 피부 상처는 시신을 포대 안에 집어넣을 때 생길 수는 없습니다만?"

"그 경우에는 피가 더는 나오지 않습니다. 하지만 여기 볼 위에 약간 마른 핏자국이 있네요. 그러구요, 저 포대 안쪽도 핏자국이 보일 겁니다. 그런데 그건 없네요."

"그런데 손에는 피부 손상은 왜 없이 깨끗하나요?"

"왜냐하면, 저 여성은 장갑을 끼고 있었어요. 또 쓰러질 때 그렇게 강하지 쓰러지지는 않아, 장갑을 찢을 정도는 아니었습니다. 하지만 지금 우리는, 밤이 되기 전에, 흔적을 찾아야만 합니다."

폰 메르텐은 숲을 지나 그 숲 가장자리로 가서, 나중에 크루제 형사와 함께 이곳을 탐색하러 갔다. 눈이 녹아, 젖은 땅에는 더 오래된 발자국이 아직 선명하게 남아 있었다. 갑자기 폰 메르텐은 멈춰 섰다.

"이게 살해범인의 발자국이야" 그는 말했다.

"뭘로 형사님은 그걸 보실 수 있는지요?"

옆에서 시장이 물었다.

"이 걸음 자국의 깊음을 통해서요. 이 걸음걸이 자국으로 봐서 그 자는 무거운 짐을 지고 있었습니다. 그렇지만 숲 지키는 노동자의 것이 아니라, 좋은 사회생활을 해온 남자임을 볼 수 있어요. 이 발이 움푹 들어가는 정도로 보면, 분명 우아한 구두를 신었다는 것을 입증합니다."

폰 메르텐은 자신의 몸을 굽혀 자세히 그 발자국 깊이를 재고 스케치했다; 나중에 그는 들판 너머 뒤편으로 그 발자국이 난 쪽을 따라 계속 추적해 갔다.

"여기서 그 살해범은 시신의 옷을 벗기고는 포대에 집어넣었습니다."

그렇게 그는 말하고는, 여전히 몇 걸음이, 부분적으로 완전하지만, 부분적으로는 비어 있는 포대들이 아직도 놓여 있는 곳에 도착하고, 깊이 파여 있는 땅에서 말했다.

"여기서 더 자세히 수색해 봅시다, 크루제, 자네는 뭔가를 찾을 수 있는지 수색을 해 보세요. 그동안 나는 더 저 발자취를 따라가 보리다."

그 길은 그가 예상한 대로 철길 둑에 도달했다. 그렇지만 그것은 그곳에서 끝나지 않고 철길 둑 옆으로 계속 이어졌다. 그 살해범은 분명 인근 역인 알트부르크역에서 여기까지 온 것 같다, 그러고서는 그 뒤, 그 살해범은 그 시신을 여전히 달리고 있던 열차에서 바깥으로 던졌다. 알트부르크역에서 그 살해범은 그 기차에서 내려 나중에 돌아갔다.

"여기서 알트부르크역까지 거리가 얼마나 됩니까?"

폰 메르텐은 그 시장에게 물었다.

"약 10분 정도 거리입니다. 역은 안타깝게도 이 도시에서 아주 먼 곳에 위치합니다. 반 시간 이상 걸리는 거리에요."

"여기서 그 살해범은 빨리 달렸습니다."

폰 메르텐은, 그 시장의 불평에 주목하지 않고 계속 걸어갔다,

"뭘 기준으로 반장님은 그걸 보실 수 있는지요?"

"발의 앞 발가락이 들어감이 발뒤꿈치보다도 훨씬 더 깊습니다. 그의 빠름은 분명 아주 쉽게 설명이 됩니다: 철길을 지키는 사람이 철길을 점검하거나, 다른 누군가 그 시신을 발견할지도 모를까 걱정해야 했습니다, 그가 시신을 던진 장소가 아주 잘 선택한 곳이라 하더라도 말입니다.

흙이 밀려 내려오거나 눈보라로부터 철길을 잘 지키려고 심어둔 작은 키의 침엽수들이, 충분히 그 시신을 숨겨야 했습니다. 우리는

그 역사도 점검해 봐야겠지만, 지금 우리는 다른 편으로 그 자취가 계속 이어지려면 점점 숨어버리는 햇볕을 여전히 사용하고 싶습니다."

그들은 크루제 형사가 열심히 수색하고 있는 장소로 돌아왔다. 단한 가지 질문조차도 크루제에게 하지 않고, 그의 일도 방해하지 않고, 폰 메르텐은 나중에 젖은 들판에 그 살해범이 남긴 쉽게 찾을수 있는 발자국을 따라갔다.

그것은 시신이 발견된, 숲속의 밀집된 곳으로 곧장 연결되었다. 이제 더는 그 발자국이 보이지 않았다, 그 이후로 몇 사람이, 이곳 숲지기가 자신이 발견한 순간에 대해 한 이야기를 듣고, 궁금해하던 몇 사람이 그곳에 다녀갔다. 그 때문에 폰 메르텐은 그 장소를 빙- 둥글게 원으로 그렸다. 그는 그곳을 처음에는 스무 걸음의 거리로 한 바퀴 둘러보고는, 다음에는 스무 걸음의 거리로 또 한 바퀴를 돌면서 특별히 철길에서 먼 쪽을 관찰했고, 또 실제로 그 위로 이미 익숙한 발자취를 재발견했다. 그는 곧장 그것들을 이미 만들어둔 스케치와 비교해 갔다. 지금 그는 더욱 그 발자취를 따라갔다. 그것은 그 도로의 가파른 구석으로 안내했고, 그 도로는 그들이 이미 차량으로 왔던 길임을 알 수 있었다. 여기서, 그 단단하고 또 더 가 본 길에는, 그 발자취가 끊어졌다, 다소 덜, 왜냐하면 밤의 어둠이 이미 시작되었기 때문이다.

"지금은 여전히 그 시신이 던져진 그 장소를 자세히 탐색해야 해요."

"그런데 날이 이제 저물었어요, 반장님."

"그 경우를 생각해서 저는 이미 플래시를 준비해 왔습니다."

그 살해범 발자국이 그곳에서 갈라졌던, 그 철둑에 도착하고 나서, 폰 메르텐 반장은 그 플래시를 켜서, 가장 효과적인 수사를 시작했다. 가지가 싹-뚝 잘려나간 것이 그 시신 던짐의 흔적임을 알려주었다. 그 가지 중 한 곳이 노랗고 회색의 헝겊의 작은 줄 하나가 걸려 있었다, 이것을 폰 메르텐은 자신의 수거통에 집어넣었다. 마찬가지로 그 수거통에 그는 높은 키의 풀 사이에서 멀리, 아랫 부분에 다음과 같이 인쇄가 된 라벨 하나를 주워 담았다:

Te
Fakt
P
Sinjorino A
Granda Hotelo

그 낱말들 뒤로 아래로 직접 그 쪽지가 찢겨 있었다. 다른 면에는 이런 문자들이 씌어 있었다: "T. 11. 40, L. 5. 29."
그게 모두였다; 뭔가 다른 수사에 필요한 것들은, 가장 세밀하게 수색했지만 발견되지 않았다.
"반장님 생각엔, 그게 뭔가 가치 있나요?"
그 시장이 소용없다는 표정으로 물었다.
"분명히 필요합니다. 저 작은 쪽지는 바로 살해범을 찾는데 특별히 중요합니다, 그리고 그 살해범 의복에서 나왔을 것이 분명한 헝겊도 마찬가지일 것입니다; 시장님에겐 물론 중요하지 않을 것입니다."
폰 메르텐은 살짝 웃으면서 답했다.
"제가 이 발견물로 무슨 결론을 낼지는 오늘 저녁 보시게 됩니다. 이제 그 역사 건물로 가시죠."
간밤에 당직을 섰던 철도 조수가 오늘 밤의 당직을 위해 가까운 시간에 곧 근무하러 올 것이다. 그러나 그 플랫폼차단기에서 기차표를 검사하고 기차표를 받던 하급 직원은 이미 와 있었다.
"당신은 이곳에서 간밤에 기차로 떠난 사람이 누구였는지 기억해 낼 수 있나요?"
폰 메르텐이 그에게 물었다.
"급행열차가 이곳에 설 때는 보통 왕자님이 사냥하러 올 때입니다.

평소에는 급행 기차에서는 아무도 내리지 않았습니다, 왜냐하면 그 급행 편은 멈추지 않고 통과했습니다."

그 하급 철도원이 대답했다.

"그럼, 하지만 보통열차는요?"

"무슨 말씀인지요?"

"여러 편의 보통열차는 야간에 이곳을 통과합니까?"

"매 방향으로 한 개요."

"그럼, 레베르크Reberg 행 열차를 말하나요?"

"그 기차에서 내린 이는 저 숲지기 조수와 낯선 한 사람이 전부입니다."

"그 낯선 사람은 행색이 어떻던가요?"

"제가 그이를 아주 자세히는 쳐다보지 않았습니다. 하지만, 그는 덩치가 컸으나, 날씬한 신사였고, 아직 젊어, 거의 30세 정도였습니다. 크고 검은 콧수염에, 또 푸른색 안경을 쓰고 있었어요. 그래요, 또 그이는 좀 이상하게 말했어요."

"당신은 그이와 대화를 나누었나요?"

"예. 그는 표를 가지고 있었는데, 그 표는 더 멀리까지 갈 수 있는 표를 가지고 있었었습니다, 그래서 그는 제게 묻더군요, 그가 여행을 계속할 수 있을지, 아니면 그 표를 중간에서 멈췄다는 것을 입증하는 것이 필요한지 물었습니다."

"그 표는 어디까지 가는 표였나요?"

"그건 더는 잘 모릅니다."

"생각을 좀 해 보게!"

그 철도원은 잠시 생각을 해 보더니 마침내 말했다:

"실제로, 저는 더는 잘 모릅니다."

"큰 역이었나요?"

"그리는 생각하지 않습니다."

"만일 당신이 나중에 그 역 이름이 생각나면, 그걸 시장님께 즉시 알려 주세요. 그건 아주 중요합니다. 당신은 좀 전에 그가 좀 이상하게 말하더라고 하였지요. 어떤 식이라는 말씀인가요?"

"그렇게, 그렇게 넓게 그렇게 천천히 말하는 투로 봐서 우리 독일 사람은 아닌 것 같습니다."

"아마 그럴지도요: 그 여행 중단이 입증되어야만 하나요?"

폰 메르텐은 영국식 말투로 된 문장의 방식으로 말해 보았다.

"그렇게 말입니다요, 바로, 정확히 그런 식입니다."

"당신은, 낮에, 그가 여행을 계속했다고 했나요? 그를 다시 보았나요?"

"아닙니다."

"그게 당신은 확신하나요?"

"온전히 그렇습니다."

"그럼, 당신이 야간 근무 뒤, 낮에도 계속 저 플랫폼 차단대 앞을 지켰나요?"

"그렇습니다. 야간당직은 그리 어렵지 않습니다. 저는 역사 안에서 잠을 잡니다. 그리고 기차가 도착할 때쯤, 책임 당직자가 저를 깨웁니다."

"그럼, 그 낯선 사람은 그 조수와도 대화를 나누었나요?"

"아뇨, 기차에서 내린 그는 곧장 나에게 왔습니다."

"좋아요, 감사합니다."

폰 메르텐과 그 시장은 크루제가 있는 현장으로 다시 갔다. 크루제는 그곳에서 다양한 목적으로 쓸 수도 있을 작은 금속 반지 외에는 다른 아무것도 발견하지 못했다. 그 반지는 분리되어 굽어 있었다. 이것도 폰 메르텐은 호주머니에 집어넣어 두었다. 그러고는 그는 시신을 담은 그 포대를 그들이 타고 왔던 차량에 실어 시장과 크루제와 함께 시내로 돌아왔다.

그가 골똘히 생각하고 있을 때, 시장이 먼저 물었다. 철도 직원이 말하던 그 낯선 사람이 이 살해 사건을 일으킨 자인 걸로 생각하는지 물어왔다.

"필시 맞을 겁니다. 더구나 우리는 곧 온전히 이 모든 것을 알아낼 겁니다."

"어떤 방식으로요?"

"우리는 간밤에 어떤 낯선 사람이 이 시내에 머물렀는지를 확인해야 합니다."

"호텔도 아니고, 개인 주택도 아닙니다. 그것을 저는 이미 탐문해 놓았습니다."

"오호, 아주 잘 했어요. 그게 우리에게 시간을 절약해 두었네요. 하지만, 마을에서나 주변의 농장 집이 있는 곳도 탐문해 보았나요?"

"그런 곳도 아니었어요. 그걸 헌병이 이미 오늘 오전에 확인해 두었습니다. 그가 주변을 말을 타고 돌아다녔습니다."

"그건 아주 잘 했네요! 지금 우리는 그 낯선 사람이 살해범이거나 아니면 그가 이 살인 사건과 관련이 적어도 있음을 알아냈습니다. 그런 상태로 일이 벌어졌다면요."

"그건 필시 의심할 여지가 없습니다."

"우리는 해부 결과를 기다려야 합니다. 아마 법의 의사가 확실히 이 사망 원인을 확인해 줄 겁니다."

"우리 시의 책임 의사 선생님은 아주 유능합니다."

"그 점에 있어 저도 기쁩니다. 내게는 죽음의 원인 규명이 지금까지 가장 수수께끼입니다. 외상 흔적은 시신에는 전혀 보이지 않았습니다. 그러니 그 죽음은 외부 효과보다는 다른 방식으로 이뤄졌음이 분명합니다.

그런데 어떤 방식인가 하는 점이요? 독약은 얼굴에 뭔가 신호를 남기는 근육 경련 비슷한 증상을 일으킵니다. 그러나 그 사망한 이의 얼굴은 자고 있는 듯이 평온했습니다."

"흐음. 그렇다면 그 죽음은 어떤 방식이 원인이었을까요?"

"그건 아직 수수께끼입니다. 해결책은 해부를 해 보면 그것에서 긍정적으로 나올 겁니다. 그 책임 의사 선생님이 이를 오늘 저녁에 시술하겠지요?"

"그분은 이미 말해 두었습니다, 그 해부는 장기 변화가 그 죽음의 원인을 어렵게 하지 않으려면 그 해부는 일찍 이루어져야 한다고 했습니다."

"그 의사 선생님 말씀이 맞습니다."

"살해범은 필시 급행열차로 가장 가까운 역까지 타고 와, 그곳에서 멈추었다가, 다시 보통열차 편으로 갈아타고 이곳으로 돌아왔습니다."

"의심할 필요가 없겠지요. 그리고 역사에서 멀지 않은 곳을 바로 그 범행 장소로 선택함은 그가 빨리 다시 그 역에 도착하려는 목적으로, 아마 그런 행동도 세심하게 고려했을 겁니다."

"그런데 그 점만 저는 이해가 안 됩니다: 왜 그자는 여기까지의 표를 사지 않고, 가장 먼 역까지의 표를 구했을까요?"

"그의 시도가 밝혀지기를 희망한 것보다는 더 일찍 밝혀지는 것에 대한 자신의 알리바이를 만들려고 그렇게 했을 것으로 보입니다."

"그럼, 그는 나중에 어디로 향했을까요?"

"필시 가장 가까운 역인 레베르크Reberg역으로 갔을 거에요."

"왜 그는 반대 방향으로 가지를 않고서요?"

"그자는, 우리가 알다시피, 자신의 모든 의복과 살해당한 여성의 모든 것을 함께 가지고 나왔습니다; 아마 그는 자신이 탄 기차에서 그녀 손에 든 짐이나 자신이 들고 다니는 짐도 바깥으로 내던졌고, 나중에 이를 함께 들고 갔습니다.

하지만 필시 그 살해된 여성이 소속된 그런 상류 사회 여성은, 손으로 들만한 짐 외에도 좀 대단한 여행을 했습니다. 분명 그녀는 가방도 여느 여행자 짐과 비슷한 뭔가, 가방을 한 개 또는 여러 개를 기차에 함께 실어 보냈을 겁니다. 이 짐도 그가 자신이 가지고 내려야 했을 겁니다, 만일 그것이 그자가 모든 상황에서도 그 시신의 신원을 파악하지 못하게 할 의도였다면 말입니다. 오로지 그런 목적으로 그는 그 시신의 의복도 없애버렸을 것이고, 이것을 짐 속에 넣어, 의심을 사지 않았을 겁니다. 하지만 그가 그렇게 한 것이 자신의 안전한 피신을 위한 것인지, 아니면, 그가 뭔가 다른 것을 아직 목적이었을까요? 이것이 내가 지금까지 대답을 찾지 못한 의문입니다."

"나도 잘 모르겠소이다."

그 시장은 말했다.

"그 점을 나도 믿고 있습니다."

폰 메르텐이 살짝 웃었다.

"반장님은 지금도 더욱 그 살해범의 족적을 찾고자 합니까?"

"분명히 그렇습니다!"

"하지만 그런 경우 반장님은 더 가까운 역으로 가야만 합니다."

"그보다 먼저, 아직 다른 확인 사항이 필요합니다. 여기 이 시내에서 상세한 열차 시각표를 가지고 있는 이는 누구입니까?"

"검은 독수리 호텔 주인이 가지고 있지요."

"좋습니다, 그럼 우리가 그곳으로 먼저 가봅시다."

검은 독수리 호텔에 도착한, 그 형사반장은 곧장 자신에게 그 열차 시각표 책자를 보여달라고 했다. 그는 그 속에서 몇 분간 이리저리 훑어보더니, 나중에 이를 되돌려 주었다.

"그런데, 반장님?"

그 시장이 물었다.

"저곳에서 궁금하게 우리를 쳐다보고 있는 사람들은 누구입니까?"

"저 사람들 모두가 우리 도시의 부르주아입니다."

"낯선 사람은 저 속에 없습니까?"

"없습니다."

"시장님, 이 살인 사건에 대해 시장님이 알고 있는 사실을 아주 가까운 지인에게도 알려 주시면 안됩니다. 제가 시장님께 말한 모든 것은 공무로, 비밀로 인식해야 하며, 또한 가장 작은 허튼 사소한 부주의도 아주 불편하게 효과를 낼 수 있습니다. 크루제, 가까이 와 봐요."

그 형사 크루제는 명령에 복종했다.

"가장 가까운 시각의 급행열차를 타고 테플리츠Teplitz로 먼저 가세요. 왜냐하면, 그 기차는 이곳 역은 정차하지 않으니, 자네는 보통 열차 편으로 레베르크까지 가야 할 거요. 내일 아침에 테플리츠의 어느 호텔에서 이 계산서가 발급되었는지를 알아보세요."

폰 메르텐은 그 형사 대원에게 그 철로 철둑 옆에서 발견한 종이 쪽지를 전했다.

"그 영수증이 테플리츠에서 나온 것은 뭐로 알 수 있나요?"

시장이 물었다.

"수많은 여행자는, 특히 숙녀분들은, 기차를 타기 전에 기차 출발 시각과 도착 시각을 기록해 둡니다. 그 시신이 던져진 그 급행열차는, 저녁 11시 40분 테플리츠발 기차라고 알려져 있습니다. 그래서 그 영수증은 테플리츠에서 발행된 것입니다, 왜냐하면 내가 방금 말씀드린 그 시각이 그 노트에 기록되어 있었습니다. 하지만 05시 29분. - 이것은 다른 것인데, 대문자 L 뒤에. 말하는 숫자는 - 그 기차가 라이프치히Leipzig에 도착함을 알리고 있습니다. 그곳으로 그 살해범은 필시 여행 짐을 찾으러 여행했습니다. 그곳으로 나도 따라가 볼 생각입니다. 레베르크까지 보통열차로 여행하려면 아직 2시간이 남아있습니다. 우리는 이때를 이용해 뭘 좀 먹읍시다. 필시 그사이, 우리가 해부 결과를 알게 될 겁니다."

"그 의사 선생님이 그 시신이 도착하면 곧장 그 일을 시작했을 겁니다." 그 시장이 환기해 말했다.

"아마 시장님은 그 시신의 사망 원인이 확인되는 대로 우리 측에 알려주도록 적극 협조해 주십시오."

"분명 그리하리다. 내가 그분께 사람을 보낼까요? 아니면 내가 직접 가볼까요?"

"직접 가시는 것이 더 낫겠습니다, 비록 제가 시장님의 친절한 동행에 대해 아쉽게도 포기해야 하지만요."

그 시장은 그런 칭찬에 감사 인사를 하고는 떠나갔다. 반 시간 뒤 그 시장은 돌아왔다.

폰 메르텐은 기다리면서 그 시장이 다가오는 것을 보았다.

"살해는 없었어요."

그 시장은 그 형사반장에게 속삭였다.

"적어도 그 시신은 해부를 통해서는 그걸 발견하지 못했다고 해요."

"나도 그 점을 이미 예상했습니다. 그럼, 그 지방 주치의 선생님을 뵈러 한 번 더 가실 수 있는지요?"

"아주 기꺼이 가지요. 하지만 소용없을 겁니다. 그분이 너무 자신 있게 말씀하시던데요."

"그래도, 우리가 확인하러 가 봅시다."

그 지방 의사 선생님은 확인해 주기를, 그는 강제로 살해한 흔적을 전혀 찾지 못했다고 했다. 그분 의견에 따르면 그 죽음은 필시 심장 출혈에 따른 것이라고 했다.

"심장 출혈이 클로로포름의 과도 흡입으로도 일어날 수 있습니까?" 폰 메르텐이 물었다,

"그럴 수 있습니다. 왜 그런 걸 묻습니까?"

"제가 알기로는, 클로로포름 마취를 통해 수술하려는 치과 의사 선생님이 그 마취 의료인과 함께 수술해야 한다는 것을 알고 있습니다. 왜냐하면, 너무 길거나 너무 깊은 마취는 나쁜 효과를 내고, 심지어 사망에 이르기도 한다고 알고 있습니다.

그런데, 제가 포대를 수색할 때 클로로포름의 특징을 가진 이상하게도 달콤하고 약한 냄새가 났습니다. 클로로포름이 폐에 아직도 남아있던가요?"

그 의사 선생님은 잠시 생각에 잠겼다.

"그럴 수 있습니다."

그는 그리고는 말했다,

"만일 마지막으로 흡입한 클로로포름이 그 이전에 흡입한 클로로포름으로 폐의 피에 포화상태로 보인다면요, 우리는 인공호흡을 실시하도록 해야 합니다."

그런 시도들도 아무 소용이 없었다. 필시 그 시신의 이동 때나 시신을 포대에 강제로 집어넣는 동안에 그 가슴이 압박을 당해, 폐에 보였던 공기가 빠져나갔을 것이다.

"하지만 피에 남은 클로로포름은 여전히 화학적 연구로 찾아낼 수 있습니다!"

그 지방 주치의 선생님이 갑자기 소리쳤다.

"피가 이미 오래전에 응고되었다 하더라도요?"

"바로 그 점 때문에요. 그 응고됨은 부패를 막아 둡니다. 안타깝게도 나는 유능한 화학자는 아니지만, 우리 약국 약을 조제하는 조수가 그 분야에 경험있는 사람입니다. 내가 그이에게 동맥피와 주동맥들을 연결한 폐의 일부 조각을 보내, 그이에게 곧장 실험해 달라고 해보겠습니다."

"제가 부탁합니다. 그리 좀 해 주십시오, 선생님. 안타깝게도 나는 그 결론이 나올 때까지 기다릴 수 없을 것 같습니다. 급하게 제가 라이프치히로 여행을 다녀와야 하기 때문입니다."

"언제 돌아오십니까?"

"그건 아직 완전히 정해두지 못했습니다. 저는 그 살해범 종적을 계속 뒤따라야 하기 때문입니다."

"당신은 그이를 찾을 수 있다고 생각하시나요?"

"물론 나는 그가 두려움 없는 살인자처럼 교활한 자라는 것에는 의심이 없지만, 그자를 찾아낼 수 있다고 봅니다."

묵묵히 또 놀라며 듣고 있던 그 시장은 다시 폰 메르텐 형사반장과 함께 검은 독수리 호텔로 돌아왔고, 나중에는 철도역으로 그 두 형사를 배웅하러 갔다.

곧 도착하는 열차에 그 형사들은 그들 주변에 빈 좌석이 많아, 그들은 자유로이 그 사건에 대해 말할 수 있었다.

"크루제, 자네는 그 말한 바를 한 뒤에는 곧장, 전혀 어렵지 않은 수색을 좀 해주게나."

그렇게 폰 메르텐은 말을 꺼냈다,

"라이프치히까지 나를 동행해 호페르Hofer 호텔에서 나를 찾게. 자네가 수색한 결과도 곧장 그곳으로 전보를 쳐주게. 만일 내가 그 호텔에 없으면, 그곳에 그 정보를 놔두지 말고, 내가 그곳에 올 때까지 그곳에 기다리게."

"명령대로 하겠습니다, 반장님. 그런데 제가 질문 하나 해도?"

"자네가 보기엔 명확하지 않은 것이면 뭐든 물어보게. 자네도 유능한 형사가 되려면 완벽하게 해야 하지 않겠나. 그러려면, 자네는 범죄 해결에 다가갈 발걸음의 내부적 연관관계와 그들이 바탕이 되는 방법에 대해 잘 파악할 필요가 있지."

"반장님은 라이프치히에서 살해범을 잡을 수 있을 희망인가요?"

"아닐세. 그자는 너무 교활해 그곳에서 필요 이상의 시간 동안 머물지 않을 것이고, 여행 짐을 챙겨 받고는, 결국에는 그 짐 일부도 없앨 계획입니다. 라이프치히에서 나는 그 살해범의 신원을 더 자세히 살펴볼 겁니다.

그 여성의 오른손 중앙 손가락에서 피부에 생긴 작은 반점은 그 여성이 수많은 저술 활동을 해 왔음을 이런 결론을 내릴 수 있었습니다. 그래서, 그녀는 필시 작가일 것입니다. 하지만, 라이프치히로 갈 계획은, 그 여성 작가가 어느 출판사와 뭔가 계약을 맺으려고 그렇게 한 것입니다. 그게 당신 의견으로 이제 분명해 졌나요?"

"온전히요, 형사반장님."

"따라서 그 출판업자에게서 나는 '아뇨Anjo' 라는 여성이 누구인지, 또 누구와 함께 연관성이 있는지를 알아내야만 해요. 이 사람은 분명 그 호텔 영수증 일부를 살펴보면, 그 살해범의 성명 (antaŭnomo) 혹은 그녀와 연관을 짓기를 시작한 사람, 더 나아가, 그녀는 누구이며, 그녀는 어디 출생인지 등등을 알아내야 해요. 필시 테플리츠에서 자네는 라이프치히에 있는 나보다도 더 많은 것을 알게 될 거요. 모든 경우에도 그 여성에 대해 가장 자세한 사항을 알면, 내게 알려줘요."

"제가 그 피해 여성에 대한 상세한 자료를 모으는데 최선을 다하겠습니다."

"좋아요. 만일 자네가 그곳에서 더 많은 자취를 찾아내면, 지체없이 내게 전보를 쳐요. 그리고 내가 보내는 전보와 호주머니에 남은 명령도 잘 챙겨두어야 해요, 그래 자네는 그 자취를 추적할 거지요. 가진 현금은 충분해요?"

"며칠 정도는 그게 여전히 충분할 것입니다."

"자, 여기 300마르크 더 보관해요."

그 사이 그들은 레베르크 역에 도착했다, 그곳에서 그들은 기차에서 내렸다. 곧 급행열차가 도착했다, 24시간 전에 그 불쌍한 젊은 여성이 이용했던 바로 그 기차다. 폰 메르텐은 제2등급의 좌석으로 들어갔다. 그리고 편안히 한 모퉁이에 앉았다. 이날 하루의 긴장감이 풀려 곧장 그는 잠에 빠져들었다. 겨우 라이프치히에 가서야 그는 잠에서 깼다.

제2장   라이프치히의 수사

출판사 대표를 찾아가 의도한 수사를 하기에는 너무 이른 아침이 었다. 시간을 낭비하지 않기 위해, 폰 메르텐은, 열차 화물 발송 소 장에게 자신의 신원을 알린 뒤, 24시간 전에 급행열차 편에 도착된 여행자 화물 중 좀 긴 시간 뒤에 다시 요청된 화물이 있는지 물었 다.

하급 직원들에게 문의해 본 결과는, 그것은 여러 개 짐이 그런 요 청을 받았다고 발혀 냈다. 그 직원 중 한 사람은 더 자세히 기억하 는 것은, 그런 화물 중 테플리츠에서 발송된 특별히 큰 여행용 가 방이 있었다고 했다.

"누가 이를 찾으러 왔나요?"

"호텔 문지기이거나 아니면 이와 유사한 사람이었습니다. 그는 자 신의 머리에 호텔 모자를 쓰고 있었습니다."

"어느 호텔인지 당신은 아나요?"

"아뇨, 그 점은 제가 주목하지 않았습니다.""

"어떤 방식으로 그는 그 여행용 가방을 가져가던가요?"

"영업용 택시로요."

"저 역 앞에서 대기 중이던 택시 중 하나인가요?"

"아뇨, 그 사람은 이미 그 택시 안에 타고 있었습니다."

폰 메르텐은 곧장 경찰서 중역실로 가, 모든 호텔에 전화를 해, 어 느 호텔의 봉사원이 드레스덴Dresden 역사에서 대형 여행용 가방 1개를 찾아간 적이 있는지 문의해 달라고 했다, 그 결과 프러시아 호텔Hotelo de Prusujo이 관여되었음을 알게 되었다. 폰 메르텐은 그곳으로 차를 타고 갔다.

그 봉사원이 그 여행 가방을 찾아준 그 손님은 어제 오후에도 자신의 여행을 계속하고 있었다. 그를 택시로 태워 준 택시 기사에게 그자의 목적지가 어디였나 물으니, 그는 이렇게 말했다:

"베를린역입니다요."

그 목적지를 추가 수색하려면 너무 많은 시간이 소요될 것이고, 그게 뭔가 성과를 가져올 것 같지도 않았다.

그래서 폰 메르텐은 경찰서 중역실로 가서 모든 출판업자 지인들에게 그들 중 누군가가 아뇨Anjo라는 그 여성 작가와 연락이 닿았는지 탐문을 시도했다.

그가 다시 프러시아 호텔에 돌아와, 앞서 말한 그 신사가 머물렀던 그 방을 수색했다. 그러나 그 사람은 여기에 아무것도 남기지 않았다. 가장 작은 흔적도 남기지 않았다.

폰 메르텐은 지금 다시 경찰서 중역실로 갔다. 출판업자들에게 벌인 탐문은 온전히 부정적인 결과를 가져왔다. 그 출판업자 중 누구도 '아뇨'라는 성명을 가진 여성 작가와 관련이 없고, 그런 여성의 방문을 기다린 경우도 없었다. 폰 메르텐은 다시 한번 자신의 가정을 점검해 보았다, 그 살해당한 이는 여성 작가이고, 직업적 목적으로만 라이프치히로 여행할 예정이었다고 했으나, 그는 더 이상의 것은 발견하지 못했다.

알트부르크 지방의 주치의 의사가 그에게 보내온 전보에 따르면, 클로로포름을 피 안에 침입이, 의심의 여지 없이, 확인이 된다고 했다. 그 일의 상태로 보아, 그 의사 선생님은 그 물질로 강력한 독성이 사망에 이르게 했다고 주장하는 것을 주저하지 않았다. 하지만 그것으로 그 비밀을 둘러싼 베일이 벗겨진 것은 아니었다.

순간, 폰 메르텐은 그 살해범의 발자취를 파악할 수 있을지도 모를 단서를 제공하는 사람에게 공개적으로 보상을 약속하는 것을 고려해보는 것은 어떤지 하는 생각이 났다. 정말 그럴 수 있겠다고 생각이 들었다, 이 사안은 보인다, 야간의 어둠 속이라 하더라도, 그 어둠 속에서, 그 살해범이, 자신의 희생자가 입던 의복을 들고서 인근 역으로 갔다는 것이 정말 그럴 수 있겠단 생각이 들었다.

하지만 그 철도 종사원이 해준 설명은 재인식을 위한 기초로 삼기엔 너무 불확실했다, 그리고 마찬가지로, 더 믿을 만한 자료의 확보가, 희망하기에는 마찬가지로 너무 적었다. 그밖에도 그 살해범의 발자취는 정말 그것은 영원히, 안개 속으로 사라진 것 같았다.

폰 메르텐이 숙고하고, 모든 면에서 그 사건을 검토하며 할수록, 더욱 확신이 드는 것은 그가 생각하는 수사 방향이 맞고, 만일 그가, 그 살해된 여성의 개성을 파악해 보면, 그 살해범의 발자취를 찾을 수 있겠다고 생각했다. 그런데, 왜 이 자는 그런 상황으로 이끌 수도 있는 발자취조차도 그렇게 조심스럽게 노력하는가? 제 자신의 신변 안전을 위해서인가? 그럴지도 그렇지 않을 수되 그가 그 시신의 의복을 벗기고 포대에 담는 그 대담성은, 그를 위협하는 그것보다 더 컸을까, 만일 그가 그 살해당한 여성의 신원확인에 도움이 될 수도 있을 뭔가, 예를 들어, 그녀 손수건의 첫 글자들, 그녀의 손목시계를, 그녀의 귀중품을, 작품과 서신들 등등을 없앨 수 있다면, 그래서 그에게는 분명 그 여성의 신원확인을 불가능하게 하는 온전히 특별한 이유가 있겠구나.

그런데 그것은 어떤 이유일까? 그 점에 대해 지금 이 순간에는 전혀 추측이 불가했다. 학수고대하기를, 폰 메르텐은 테플리츠에서 크루제가 보내올 전보를 기다렸다. 마침내 그 전보가 왔다. 그 내용은 이러했다: "시카코 출신의 알리소Alico ―아뇨Anjo 아님― 가 이곳 옛 시청의 그랜드 호텔Granda Hotelo에 투숙. 이 호텔에 그녀 상세 자료는 모름. 나는 계속 수사 예정임."

시카고에서 온 알리소 스미스Alico Smith el Chicago라고 한다. 이 말은 '베를린에서 온 리오 마이에르' 보다는 더 낮게 말하는 것이 아닌가. 시카고의 영국인 중 그런 이름을 가진 사람이 수백 명이고, 미국에서는 널리 알려진 이름이다.

테플리츠에서 폰 메르텐 반장은 수사를 계속해야 했다. 그것은 확실했다. 하지만 가까운 시각에 이곳을 지나는 기차가 테플리츠로 지나갈 때까지 그는 출판업자들을 더 탐문하거나, 알리소 스미스에 대해 탐문을 계속할 수 있었다. 그는 곧장 경찰서 중역실에서 그 필요성을 먼저 제기했다. 이미 조금 시간이 지난 뒤, 사람들이 그에게 알려 주기를, 알프레도 베르게르Alfredo Berger라는 출판업자가 그 이름을 가진 여성을 기다리고 있었다는 사실을 알아냈다.

의심의 여지없이, 그는 그 출판사로 이동해, 다행스럽게도 그 출판사 대표를 만날 수 있었다.

"애석하게도 저 역시 그 여성에 대한 자세한 자료를 가지고 있지 않습니다."

베르게르 씨는 폰 메르텐의 명확성을 요구하는 질문에 그렇게 대답했다.

"그녀는 사회정치 경향의 소설을 썼는데, 이 작품을 제게 출간을 제안했습니다. 그 작품은 재치있고 흥미로웠습니다. 그리고 만일 그 여성이 너무 높은 저작권료를 요구하지 않는다면, 나는 그 작품을 받아들일 생각이었습니다. 우리는 서로 동의하길, 그녀가 이곳에 와서, 우리 계약을 확정하고, 자세한 것을 말하자고 했습니다. 그런데 내가 그녀를 기다림은 헛일이 되었군요"

"제가 그녀가 출판사로 보낸 작품이나 편지들을 볼 수 있을까요?"

"물론, 당연히 그렇게 해야지요!"

베르게르 씨는 그 자료들을 가져와, 폰 메르텐에게 제시했다. 편지 서류와 소설 원고는 의심의 여지 없이 똑같은 손에 의해 작성되었다. 그 편지들은 좀 푸른 질긴 종이에 썼고, 그 원고는 보통 학교에서 사용하는 좀 두꺼운 노트 4권으로 구성되어 있었다. 처음 3권의 노트는 온전히 같고 아무 특이점이 없었지만, 네째 공책 겉장의 둘째 페이지에는, 다른 종류들과는 좀 달리, 테플리츠의 문구점에서 구입한 풀로 붙인 꼬리표(라벨)가 붙어있었다. 폰 메르텐은 그 상점 주소를 기록하고는, 나중에 그 원고를 베르게르 씨에게 돌려주었다.

"제가 임시로 그 편지 중 맨 마지막 것을 가져가도 될까요?"

폰 메르텐이 물었다.

"그렇게 하십시오. 그 편지 속에서 그 여성분은 이곳에 곧 도착한다는 소식만 알려 놓았어요. 반장님은 그 편지를 원하는 기간만큼 보유할 수 있습니다."

폰 메르텐은 고맙다고 말하고 나서 한 가지 더 물었다. 그 지성적인 신사인 출판업자에게 알리소 스미스가 아마 어딘가에 영어로 발표한 적이 있는지, 만일 있다면, 그 조사 결과를 베를린 경찰청으로 알려달라는 그 점을 요청했다. 그 뒤, 그는 자신의 짐을 가지러 호페르 호텔로 되돌아 가, 테플리츠로 곧장 돌아갔다.

테플리츠로 돌아온 폰 메르텐은 먼저 자기 부하 크루제를 찾으려 했고, 크루제가 자신의 전보에서 말하던 호텔에 그가 필시 있을 것으로 생각하고 그를 찾아냈다.

"그럼, 크루제, 자네는 뭔가 알아낸 것이 있나?"

"아쉽게도 없습니다, 반장님, 여기 이 호텔에서 스미스 부인이 자신을 찾아 이 호텔을 방문한 여성 친구를 영접했는데, 그 여성 친구에 대해서는 아직 더 자세한 것은 아무것도 알아내지 못했습니다, 또 그녀가 테플리츠를 떠난 날 오전, 필시 동국인인 듯한 남성이 그 여성과 대화를 나누었는데, 영어로만 대화했다고 하고, 그녀 서재 방에 그녀를 방문했고, 나중에 그녀와 함께 지냈다고 하는 점만 알아냈습니다."

"그렇군요, 그것은 이미 뭔가가 되겠네요. 먼저 그 여자 친구라는 사람, 그 여성도 이 호텔에서 머물렀나?"

"아닙니다."

"그럼, 어디에?"

"아무도 그 점을 모릅니다."

"그녀는 어떤 모습이었던가?"

"덩치가 크고, 금발이고, 우아하게 차려입었다고 하고, 뭔가 태연한 행동거지였다고 합니다."

"그 여성이 여기에 오랜 시간 머물렀나?"

"분명 몇 주간요. 그만큼 오랫동안 그녀는 이 호텔에 묵고 있던 스미스 여성을 방문했답니다."

"좋아. 다른 것은 우리가 분명 함께 찾아보세. 지금 그 신사에 대해서는, 그 남성에 대해서는 뭔가 알아냈나?"

"똑같이 아주 거구이고, 넓은 체격에, 마찬가지로 우아하게 차려입었다고 합니다. 검정의 짧게 가위질한 머리카락이라고 하고, 높은 이마, 옅은 볼 수염이 있었다고 해요."

"콧수염은 없었나?"

"그렇습니다."

"그 경우에 그는 살해범이 아닐 수도 있고, 아니면, 놀랍지 않은 일은, 그자가 기차 플랫폼의 개찰구를 통과할 때, 턱수염을 가짜로 붙여 통과했다는 점입니다. 그자는 필시 다시 인식할 수 없도록 할 목적으로만 청색 안경을 착용했습니다. 자네는 그의 거주지에 대해 뭔가 알고 있나?"

"애석하게도 아닙니다."

"내 추측으로는, 그가 자신의 희생자를 데려오기 위해서만 이곳에 왔구나. 그런 그의 라이프치히행의 의도된 여행에 대해 그는 정보를 받았네. 그 여자친구에 대해 알아보려고 했는가?"

"저는 여러 호텔도 다녀보고 외국인들이 사는 좀 대형 펜션 몇 곳도 가 봤습니다."

"그걸 계속하게. 그사이 나는 다른 방식으로 수사를 이어가겠어요. 2시간 뒤 우리는 여기서 다시 만나지."

"명령대로 하겠습니다, 반장님."

폰 메르텐은 라이프찌히에서 기록해 둔 그 주소의 문구점을 찾아 갔다. 그것은 티플리츠의 인근 장소로 쇼나우Schonau에 있었다.

"아마 당신은 얼마 전에 그런 노트를 구입한 여성, 그 미국 여성에 대해 아마 기억하고 있나요?"

그는 원고 작성에 사용된 것과 유사한 노트들이 많이 쌓인 것을 가리키며 판매원 여성에게 물었다.

"저희를 방문하는 분이 엄청 많아서요. 그 고객들을 개별적으로 기억할 수는 없어요."

"그럼, 최근에, 그 계절 바깥에, 그 방문은 분명 많지 않을 겁니다. 나로서는 이 점이 아주 중요하답니다, 그 여성에 대한 정보를 갖는 것이요. 만일 당신이 그 점에 있어 저를 도울 수 있다면, 내가 기꺼이 당신에게 돈으로 보상을 치를 수 있도록 돕겠습니다. 그 여성은 금발로, 필시 노란색-회색의 비단 천으로 된 의복을 입었습니다. 미망인으로서 그녀는 오른손 약지 손가락에 서로 꽉 끼는 두 개의 남편용 반지를 착용하고 있었고, 그 여성은 저기 옛 시청 호텔에 숙박하고 있었답니다."

그 말에 그 판매원 여성은 긴장하며 생각에 잠겼다.

"아마 그 여성분이 아주 우람한 체격의 남성과 함께 며칠 전에 이곳을 방문한 분일까요, 그 여성은 영어로 말하고 있었고, 또 그때 금색 연필을 사 갔어요. 그 여성 맞나요?"

그녀가 갑자기 물었다.

"그녀가 그때 금색 연필을 샀는지는 저도 잘 모릅니다. 하지만 그 남성에 대해서는 그것은 분명 맞을 겁니다. 그가 얇은, 옅은 볼 수염을 하고 있었나요?"

"그렇습니다."

"하지만, 그가 이름이 뭔지 그가 어디에 거주하는지, 당신은 정말 모르는가요?"

"모릅니다. 저는 그 남성을 한번만 보았어요. 하지만, 만일 형사님이 찾고 있는 그 여성이라면, 그녀는 지금 더는 여기에 살고 있지 않습니다. 그녀 말로는, 그녀는 저녁에 여행을 떠난다고 했어요. 그것은 이틀 전이었어요."

"그 점도 맞습니다. 더구나, 당신은 필시 영어를 이해할 것 같은데요, 아닌가요?"

"저는 영어와 불어를 조금 할 줄 압니다. 그것은 테플리츠와 같은 해수욕장(온천장)과 같은 곳에서는 필요하니까요."

"그럼, 그 여성이 그 남성과 대화를 나눌 때 그들 대화를 알아들었나요?"

"저는 그 점에 대해선 주의를 기울이지 않았고요. 저로서는 흥미가 없었어요."

"그럴 수 있습니다. 그러나 그 여성이 그 남성과 아주 친근하게 말을 걸든가요?"

"예, 아주 다정하게요. 그리고 그 남성은 신사로서 그녀에게 아주 호의를 베풀었어요. 그리고요, 잠깐만요 프랑코Franco라고 그녀가 그 남성을 부르던 것 같아요."

"아하, 그 점은 중요할 겁니다. 이름하여, 그 프랑코라는 남성은 벌써 한 명의 여성 이상을 불행하게 만든 나쁜 사기꾼입니다."

이 직접 점검해 본 주목할 발언은 그 약속된 보상보다도 더 효과가 있었다. 대개 여성들은 이런 문제에서는 남자들보다 훨씬 많은 유대감을 가지고 있기 때문이다.

"그녀도 그분에게 아주 다정스럽게 행동했고요."

열정적으로 그 작고도 아름다운 판매원 여성이 말했다.

"그들은 거의 진짜 연인 사이처럼 행동했어요. 그리고 다른 때, 그녀가 다른 여성과 대화할 때는, 충분히 자랑스러워하는 것 같았어요."

"누구와 대화하던가요?"

"그녀는 그 여성을 에디토Edito라고 하던데요, 또 그들은 아주 좋은 여자 친구 사이인 것 같았어요. 에디토도 그 여성과 좀 비슷했지만, 아주 쬐끔만요. 그리고 그녀는 그 여성을 알리소Alico라고 이름을 부르던데요, 바로 그렇게요. 하지만, 그밖에 에디토는 어떤 이름을 가졌는지 몰라요, 그 점을 알 수 없어요."

"정말 정말, 그게 제게는 아주 중요한 건데요."

"하지만 그 에디토라는 사람이 거주하는 곳을 저는 알고 있어요. 데겐Degen 펜션이라는 곳에 살고 있었어요. 간혹 나는 그곳으로 편지지와 편지봉투 박스를 가지러 가야 했거든요. 자주 그녀가 우리에게서 그림엽서도 구입했거든요."

"그녀가 그것들을 어디로 보냈는지, 기억할 수 있는지요?"

"필시 외국으로요, 왜냐하면 그녀는 언제나 10헬레르 동전으로 구입하는 우표를 사용했어요. 필시 미국으로요."

"그것은 그럴 수 있겠네요. 그럼 에디토는 지난 며칠간에 이곳에 한 번 더 방문했나요?"

"만일 그 여성이 다시 이곳에 온다면, 친절하게 대해서, 그녀에게 자신이 사는 곳 주소를 알려주세요. 그녀에게는 이렇게 말하세요. 그 일은 그녀 여자친구 알리소 때문에 생긴 일이라고 말입니다."

"기꺼이 그리하겠어요!"

"그리고 만일 그녀가 누가 자기 주소를 알고자 하는지 궁금하면, 그녀에게 제 명함을 주십시오."

그러고는 그는 자신의 명함을 그 아가씨에게 내밀었다. 그러자 그녀는 그 명함을 자신의 작은 봉투에 넣었고, 이것을 다시 닫았다. 나중에 그는 이미 약속한 보상금액을 건네고는 데겐 팬션으로 가려고 그 문구점을 떠났다.

데겐 팬션의 소유자인 마틸드 데겐 양은, 폰 메르텐이 이미 행한 설명을 통해, 곧장 알아차렸다, 그게 시카고에서 온 에디토 맥 캐논Edito Mac Kennon 양 이야기임을 곧장 알아차렸다.

하지만 새롭고도 불쾌한 놀라움은 이 여성도 어제 오전에 이곳을 떠나갔다는 것이다. 그렇게 대화를 나누면서 그녀는 자신이 드레스덴에 있는 여자 친구를 방문할 계획이라고 말했다고 했단다. 하지만, 그녀는 그곳 드레스덴의 주소는 모르고 있었다.

한 개의 기회가 아직 남아 있었다: 아마 적어도 우체국에서의 두 여성 중 한 명이 아마 앞으로도 도착할 우편물이 나중에 우송될 것이라는 통지문을 남겼다.

하지만 이러한 수사도 헛일이었다. 그 우체국 문이 닫혀 있었지만, 그 우체국장은 폰 메르텐의 수사 협조 요청에 따라 그런 통지를 찾기 위한 근무 외의 휴식을 멈추었지만, 그런 것을 발견하지 못했다. 폰 메르텐 반장은 온전히 분명하게 이해하기를, 살해범을 찾으려면 그가 먼저 이 사람과 알리소 스미스와의 관계를 알아야만 하고, 또 그에 도달하는 가장 가깝고 아마도 유일한 길은 여자친구인 에디토 맥 캐논이라는 여자친구를 찾아내는 일임을 온전히 분명하게 이해했다. 하지만 이는 행해진 것보다는 더 쉬웠다; 왜냐하면, 그녀로서는 숨을 이유가 없지만, 드레스덴에 있는 자신의 여자친구를 찾기를 바란다는 알림장을 제외하고는 그녀가 지금 현재 거주하는 곳에 대한 다른 정보가 부족했다. 폰 메르텐은 다시 한번 당일에 방문했던 문구점으로 가서 알리소가 이미 산 것과 똑같은 연필을 사러 갔다. 그는 이미 그 문구점이 닫혀 있음을 발견했다. 그러나, 폰 메르텐이 주변에 물어본바, 그 상점 주인의 거주지가 온전히 가깝다고 했다. 그 상점의 이익을 고려하여, 그 소유자는 기꺼이, 폰 메르텐의 욕구를 만족시키려고 그 상점으로 자신의 판매원을 다시 한번 보내려는 준비가 되었다.

나중에 폰 메르텐은 크루제가 그를 기다리고 있는 그 호텔로 되돌아갔다. 그 부하 형사의 탐문 수사는 성과가 없었다. 그 두 사람은 지금 야간에 드레스덴으로 출발하는 야간열차를 타러 역으로 향하였다.

제3장 에디토를 찾아서

그 두 형사는 드레스덴에 도착한 후, 곧장 그 드레스덴 경찰서 중 역실로 갔다. 그곳 사무실의 도움을 받아, 시카고에서 온 에디토 맥 캐논이라는 여성이 전입신고를 했는지 확인하려고 거주자 전입 명부에 지체없이 확인하려고 했다. 실제로 그녀는 드레스덴에 도착 했으나, 이미 다른 지역으로, 어디로 간지 모르지만, 이미 다시 가 버렸다. 그러나 드레스덴-네우스타드트Dresden-Neustadt에 있는 크 라운 호텔에 그녀가 숙박했다는 것은 알아냈다.

그 형사들은 그곳으로 갔다. 호텔 문지기는 그 아름답고, 또 분명 여전히 봉사료를 아끼지 않았던 젊은 여성에 대해 아주 자세히 기 억하고 있었다. 그 문지기가 그녀를 위해 영업용 차량(택시)을 잡아 주었다. 그 차량으로 그녀가 쉴러기Schillerstrat 로 간 적이 있었다.

"당신은 여전히 쉴러가 몇 번지인지를 아나요?"

"아뇨, 그걸 나는 기억 속에 두지 않았습니다."

"아니면 혹시 그녀가 이용한 택시 번호는요?"

"그 차량은 저곳 반대편에 기다리고 있네요."

폰 메르텐은 그 영업용 차량을 오게 했다.

"어제 당신은 이곳에서 쉴러가로 여성을 태워준 적이 있어요?"

그가 그 마부에게 말했다.

"당신은 그 여성이 방문한 집의 번지수를 아직도 알고 있는지 요?"

"물론입니다, 25번지였지요!"

"그 여성분은 당신과 함께 당신 마차로 돌아왔는지요?"

"그렇습니다. 그녀는 저더러 10분간 기다려 달라고 했지요; 만약 10분이 지나도 오지 않는다면, 저더러 가도 좋다고 했지요. 거의 5

분이 지났을까 하는 시점에 그 여성이 그 집에서 돌아오더군요."

"그러고는 당신은 그 여성을 이 호텔로 곧장 데려다주었고요?"

"그렇습니다!"

"당신은 그곳으로 그녀를 한 번만 데려다주었나요?"

"한 번이었어요."

"좋아요! 그럼 우리도 그 쉴러가, 25번지로 지금 데려다주세요."

하웁스가Hauptstrato, 알베르트광장Albertplaco, 바우젠너가 Bautzener strato를 지나, 그들은 10분 만에 그 목적지에 도착했다. 폰 메르텐도 그 영업용 차량을 기다려 달라고 했다. 쉴러가의 모든 집과 마찬가지로, 그 목적으로 한 집은 정원이 있는 빌라였다, 그리고 3층짜리 건물이었다. 그 빌라에는 적은 수효의 가구들만 거주하는 것 같았고, 그래서 그 조사는 아주 오래 시간이 소요되지는 않았다.

1층에 거주하는 그 빌라 건물주는 에디토 맥 캐논 양이 누군지 모르고 있고, 그 맞은 편에 거주하는 사람들도 모르고 있었다 2층 사람들도 마찬가지였다. 따라서 그 여성은 3층에 거주하는 사람을 방문했음이 분명했다, 얼마 전에 결혼한 세입자는 연대 육군중위 폰 게르스도르프였다. 그는, 그 빌라 주인이 알려준 바에 따르면, 에르푸르트Erfurt에 있는 자신의 집 매매를 위해 외출 중이었다. 하지만 그의 아내는 인근 웨이베르 히르쉬Weißer Hirsch에 있는 파베르Faber 박사의 요양원에 입원해 있다고 했다.

그 요양원까지 가려면 전차를 이용하면 아주 편리하게 여행할 수 있기에, 폰 메르텐은 그 택시 기사에게 차량 이용료를 지급하고는 크루제와 함께 그 요양원으로 갔다. 여기서 그곳 문지기는 확언하기를, 폰 게르스도르프 부인은 여기에 머물고 있다고 했다. 폰 메르텐은 그녀에게 자신이 온 목적과 자신의 신분을 밝히자, 그 여성은 그에게 사람들이 그 이른 시각에는 간혹 사용하는 살롱(면회실)에 가 있으면, 곧, 그곳에 가겠다고 했다.

그 살롱에서 그는 아주 지성적인 얼굴과 태연자약한 행동을 하는,

중간 정도의 키의 여성을 발견했다.

"제 여자 친구 에디토 맥 캐논은 여기 있습니다."

폰 메르텐이 그녀에게 자신의 방문 목적을 밝히자, 그녀는 활발한 목소리로 말했다.

"환자로서가 아니라, 그녀와 며칠 머물기 위해 여기에 왔습니다. 편리함 때문에 그녀는 이곳 스위스식 집에, 병원에서 가까운 가옥 중 하나인 이곳에 거주해 있었습니다. 당신은 그녀와 대화를 하고 싶은가요?"

"저로서는 이 일이 정말로 중요합니다, 부인!"

"이 요청은 쉽게 성사될 수 있지요!"

그녀가 그 말을 한 뒤, 15분이 지나자, 그 살롱으로 폰 메르텐이 그녀에 들은 정보의 모습인 에디토 맥 캐논 양이 들어섰다.

폰 메르텐은 그녀에게 일어난 살인 사건에 대해 짧게 설명했다.

그 말을 들은 그녀는 마음에 깊은 상처를 입었다. 어둡고 아름다운 그녀 두 눈에서 눈물이 자신의 슬픔을 참기 위해 자신의 입에 꽉 물고 있는 레이스 손수건 위로 하염없이 흘러내렸다.

"불쌍한 알리소!"

그녀는 다시 정신을 차린 뒤, 울먹이며 말했다.

"아직도 그렇게 젊은데, 그렇게 잔혹한 끝맺음이라니! 나는 되풀이해서 그녀에게 프랑크 야메손을 조심하라고 경고했는데, 맹목적 열정 때문에 그녀는 그 남자에게 모든 것을 다 주었네요. 그녀보다 앞선 다른 여성과 마찬가지로, 그녀가 그 남자에게 푹 빠졌어요!"

"그럼, 에디토 양, 당신은 그 프랑크 야메손이라는 남자에 대해 자세히 설명해 줄 수 있는지요?"

"그 사람 아버지는 시카고에서 가장 부자인 상인이었어요. 하지만 사람들이 말하기를, 그 부친은 그를 부유함으로 이끈 여러 길에 대해 아주 양심이 없는 사람이었다고 해요. 그 부친의 아내, 즉 그 사람 어머니는 일찍 사망했어요.

그 어머니는 그 남편에게 외아들만 남겼지요. 그 아버지는 자신의 아들을 끔찍이 아꼈고, 그 아들에게 가능한 모든 자유를 주었지요. 그 결과, 신체적으로 모든 종류의 스포츠에 능한 남자가 되었고, 아주 강하고 아름다운 사람이 되었지만, 도덕적으로는 가장 낮은 단계에 서 있었지요. 25살 때 그는 미국 대도시가 유럽도시보다 더 대단한 광대함으로 또 더 세련된 종류로 표현해 주는 그런 풍속적 쾌락을 지겨울 정도로 즐기고 난 뒤였을 정도였습니다. 그에게는 신성함이란 아무것도 없었지요; 일천 달러 지폐 한 묶음으로 그는 대중의 스캔들도, 법의 심판도 벗어 날 수 있었지요. 당신은 정말 알고 있지요? 우리에겐 돈으로는 많은 것을, 거의 모든 것을 할 수 있음을 말입니다. 프랑크에 대해서는 사람들이 말하더라고요, 그가 자신의 아버지 재산을 거의 탕진했다고 해요, 그가 얼마의 재산을 보유하고 있는지는 몰라도 말이에요."

"그는 노름꾼인가요?"

"가장 열렬한 사람 중 한 사람이라고 할 수 있어요. 낮이고 밤이고 할 것 없이 그는 말 그대로 노름에 빠져 있었다고 해요. 그의 천성처럼 그렇게 강력한 천성으로만 그는 그것을 참아낼 수 있다고 해요! 그리고 그런 사람에 나의 가련한 알리소가 사랑에 빠졌지 뭔가요!"

"알리소 스미스 부인은 그럼 부유한 사람이었나요?"

"아뇨. 그녀가 사별한 남편은 정말 그녀에게 유산을 남겼어요, 아주 적당한 자본을 그 결혼 생활에 가져 왔지요, 그게 그 남편의 재산 전부이었어요, 하지만 평생 지급하는 형태로, 하지만 충분히 거액으로, 제 의견으로는 1년에 1만 달러 정도라고 해요. 하지만 재혼하는 경우엔 그녀는 이 금액의 4분의 3을 자선재단에서 가져간다고 했다고 해요."

"그럼 스미스 부인은 분명히 '좋은 형편'에 해당한다고 통상 말하는 그런 상태는 아니었군요?"

"아니지요, 전혀 아니지요. 나는 프랑크 야페손이 자주 사랑에 빠졌다고는 믿지 못하겠어요. 자신의 나쁜 명성에도 불구하고 그는 하지만 부자인 아가씨와 결혼할 수 있을 겁니다. 그의 행동은 그렇게 매력적이라, 우리 유산을 받은 여성 중 아무도 더는 그를 결혼 염원자라고 그리 강하게 평가하고 싶지 않아요. 그럼에도 알리소에겐 그가 자신의 갈채를 표현하였음은, 평소와는 달리, 좀 온화한 의견을 가지고 있음을 불러 주었어요. 하지만 지금 그런 비극적인 결말이라니요! 그리고 당신은 그가 살인자라고 확신해서 말하는가요?"

"그럼, 그 말고 다른 사람일 수 있나요?"

"그러나 살해 동기는요?"

"이게 그 살인을 그렇게 어렵게 설명할 수 있는 뭔가가 그것입니다. 만일 알리소 스미스가 부유했더라면, 만일 그녀가 그로부터 받은 유산을 그를 위해서 쓸 수 있었다면?, 그 범행 동기는 에디토 양, 당신이 나에게 준 그 정보들에 따르면, 내가 그를 에고이즘 때문에 살인할 가능성에 의견을 보텔 것이라고 분명할 것입니다. 그게 더 분명할 것입니다. 스미스 부인은 그런 임대로 중요한 저축을 할 수 있었나요?"

"필시 아니었을 겁니다, 왜냐하면 그녀 남편은 2년 전에 죽었어요."

"그 경우 저축은 그리 크지 않을 겁니다. 그러니 그 범죄는 필시 뭔가 다른 큰 목적을 위해서 행해졌을 겁니다, 수천 달러의 돈 때문이 아니라. 알리소 스미스가 자신의 그 매년 받는 돈 말고는 더 다른 재산을 보유하지 않았나요?"

"그건 전혀 없는 것으로 알고 있어요. 나는 자주 그녀가 달리 낭비하며 살 수 없음에도 불구하고 그 전체 임대액을 다 소비해 왔음에 대해 놀라워했어요."

"그건 생각해 볼 문제이군요. 그녀가 아마 야메손 씨에게 자신이 받는 그 매년 받는 금액을 지원했나요?"

"그것은 가능합니다, 진짜 그럴 수도 있어요. 하지만 어떤 방식으로 그것을 수사하지요?"

"그가 많이 그녀와 함께 있었나요? 그는 그녀가 여행할 때도 동행하였나요? 그녀는 자주 여행을 했나요?"

폰 메르텐은 활발하게 질문했다.

"사람들이 말할 수 있어요, 그녀가 남편이 별세한 뒤, 지속적으로 여행 중에 있었다고 할 수 있어요. 왜냐하면 그 부부에게는 자식이 없었으니까요, 그 부부는 보딩하우스Boardinghouse에서 살았어요. 그래서 그 생활비 정산은 어렵지 않았어요. 하지만 야메손 씨는 그녀가 시도한, 이 세상을 좀 더 둘러보고픈 여행 코스에, 알리소를 동반하지 않았어요; 내 생각에는 그는 그 동반을 하지 않았어요, 왜냐하면 그는 시카고 노름 클럽을 떠나지 못했기 때문입니다."

"따라서, 만일 실제로 그를 경제적으로 지원했다면, 그녀는 그이에게 돈을 보냈을 것 같습니다. 당신은 그녀에게 그 매년 받는 돈을 송금하는 곳이 어느 은행인지 어느 생명보험회사인지 아나요?"

"이뇨. 하지만 내가 알고 있는 것은 시카고 은행이었습니다."

"오호라, 그것은 전보로 쉽게 보여질 것입니다. 아마 우리는 그런 것은 필요하지 않을지도 모릅니다. 유럽을 여행하려면 스미스 부인은 분명 크레디트증명서(여행자수표)들을 휴대하고 있었을 겁니다. 그것이 여행에 가장 편리하고 가장 안전합니다. 당신은 드레스덴에서의 은행이 그걸 이용하면, 지급처를 알고 있나요?"

"아닙니다. 그러나 어떤 경우에는, 알리소가 나에게 말하기를, 독일에서 그녀는 독일 국립은행 프랑스지점들을 통해 받고요, 프랑스에서는 기관〈Credit Lyonnais〉지점을 통해 받았다고 해요. 그녀는 라이프치히 소재 출판사와의 계약이 완벽해질 때까지 머물다가, 여기서 니스Nice[2]로 갈 계획이었어요."

"그럼 독일 국립은행에서 그 여행자수표를 발급한 곳이 어느 미국 은행인지 알면 쉽겠어요. 아주 진짜인 것은 그녀에게 대여금을 지

---

[2] *역주: 니스는 프랑스 남부의 항만 도시로 프랑스의 지중해 연안에 위치해 있다.

급한 바로 그곳이 되는 셈이다. 왜냐하면, 당신이 말씀하셨듯이, 야메손 씨는 가장 오랫동안 시카고에 머물렀으니까요, 만일 그 스미스 부인, 만일 그 부인이 그를 지원했다면, 그것을 현금 송금 방식으로 그것을 한 것이 아니라, 시카고의 자신의 거래은행이 지급할 여행자수표를 보내서, 이를 지급했음이 정말 정확하겠어요."

"반장님, 당신에게는 그 지원에 관련해서 확신을 받는 것이 왜 그렇게 중요합니까?"

"이 사건의 동기에 대해 명확함에 도달하기 위해서지요. 만일 야메손이 알리소 스미스의 지원을 지속적으로 받게 됨은, 그는 그녀가 살아 있음을 아는 것이, 그녀를 살해하는 것 대신, 가장 큰 흥미를 갖게 되는 셈이지요. 그의 행동을 통해 알 수 있는 것은, 큰 재산을 처분하고 있었다는 것과 그녀가 그의 이익을 위해 유언장을 만들었을지도 모른단 점입니다. 하지만, 왜냐하면 그녀가 평생 대여금만, 충분히 큰 대여금만 받았기 때문에, 그 살해 동기는, 점차 밝혀지기보다는, 여전히 미스터리한 상태로 남게 됩니다."

"그 사람이 극도의 흥분 속에서 살인을 저질렀을 가능성은 있나요?"

"그 점에 대한 반대를 말하는 것이 중요합니다. 그 살해는 세밀하게 준비가 되었어요, 그 점을 입증하는 것은 적당한 장소의 선택, 그 실행 방식의 선택입니다. 클로로포름을 일반 사람들은 우연히 자신이 휴대한다는 것은 일상적이지 않습니다, 적은 수의 가짜 콧수염과 푸른색 선글라스를 착용하는 것도 마찬가지입니다. 더구나, 당신은 이 점을 그 스미스 부인이 자기 연인에게 더 많은 돈을 요청하자, 이를 거절했을 수 있다는 것을 진짜로 생각하는가요?"

"저는 그렇게는 믿지 않습니다!"

"그럼, 심리적 이유, 즉, 그 살인이 갑작스런 흥분 상태에서 벌어졌다는 그런 가능성에 반대하는 것을 말하고 있군요. 그게 아니라면, 동기는 다른 영역에서 탐구해야 합니다."

"아마, 그래도, 그 살해범이 이를 나중에 자백하겠지요. 그가 교활한 작자라고 가정한다 해도, 당신은 말하고자 하는군요. 아뇨, 아가씨, 그 점을 나는 감히 희망하지 않습니다. 그런 종류의 중대한 일을 실행하려면, 그런 살해를 하려면, 그렇게 조심해서 준비했을 정도의 사람이라면, 그자는 또한 그가 그런 범행을 저지른 사람으로 수사를 받게 될 것도 염두에 두었을 가능성이 있습니다. 연약한 사람이 갑자기 체포된다는 그런 두려움에 대한 생각은 자백도 앗아가버릴 수도 있습니다; 그러나 그 프랑크 야메손이라는 자는 찾아내면, 그 점에 대해 나중에 설명을 들을 수 있을 겁니다. 사람들이 그가 혼자 자신의 희생자와 함께 열차 안 좌석에 있었다는 것을 성공적으로 입증한 때에도 여전히 이를 들을 기회가 있을 겁니다. 그리고 그 점조차도 우리는 지금까지 불가능했습니다!"

"그가 알리소와 함께 그 열차 안 쿠페로 들어갔을 때, 그 안에 다른 여행자는 없었음을 제가 보았습니다."

"그것은 이미 중요하지만, 아직도 완전히 충분하지 않습니다, 만일 그때 열차 차장이 야메손이 여인과 혼자 있음을 입증해 준다 해도 충분하지 않습니다. 우리는, 가정해 봅시다, 그자가 자신을 방어한다고 해봅시다. 그녀가 자신의 가장 강한 고통을 가져다주는 두통을 완화시키려고 클로로포름을 너무 오랫동안 자신이 흡입하다가 뭔가 불행하게 되어 버렸다고 방어를 하면요. 그래서, 사람들이 자신을 살인자로 여기는 것을 무서워해서, 그자가 나중에 앞서 밝힌 방식으로 그 시신을 숨겼다고 한다면요. 그것은 진실이 아닌 것으로 들릴 수 있지요, 그리고 법정에서도 그는 아마 그런 변명에 성공하지 못할 겁니다.

하지만 살인이란 범죄입니다. 법원이 개정 중의 배심원들만이 능숙해서, 그러한 추론으로 능숙한 변호사도 더욱 필시 배심원들에게, 야메손이, 제가 앞서 설명한대로, 그녀 죽음에 대해서보다는 그녀 생명에 대해 더 많은 관심을 가졌다고 하면서, 무죄를 주장할지도 모릅니다."

"만일 저 양심없는 살해범이 정당한 처벌을 피하려고 했다면 부끄

러운 일이 될 겁니다!"

에디토는 열성적인 눈빛으로 외쳤다.

"나는 그와 반대되는, 그자가 범행했음을 입증하기 위해 최선을 다하겠습니다."

본 메르덴은 열정적으로 확인해 주었다. 그는 쉽게 열 받는 심정을 전혀 그런 성격이 아니었다. 그에게 자주 보였던, 아름다운 여성의 유혹적인 상황에서도, 깊은 영혼의 퇴락을 보였던 그의 직업의 지속적 슬픔을 가져다주는 경험들은, 그 자신의 능력이 지금까지 좋은 경력을 가져다주었음에도 불구하고, 그를 자신의 결혼 생각에서 멀어지게 만들었다.

그 밖에도 그의 급료와 함께 충분히 큰 사유재산은 그를 모든 재정적 관심에서 그를 자유롭게 했다. 그러나 이 미국 여성은, 자신의 흥분 속에서 유별나게도 매력을 내뿜고 있고, 그에게는 적어도 순간적이나마 그를 깊은 감명을 주었다.

"그런데 어떤 방식으로 당신은 그의 범행 동기를 검토해 볼 생각인가요?"

그녀는 짧은 침묵 뒤에 좀 혼비백산한 채로 물었다.

"그 점을 나는, 스미스 부인과 프랑코 야메손 사이의 상호관계를 정확히 알고 나면, 그때라야 목표를 정할 수 있습니다, 아마 야메손을 충분히 오랫동안 관찰한 뒤에라야 말입니다."

"그럼 반장님은, 그이를 발견하면 곧장 그를 체포할 건가요?"

"그것은 내가 행할 수 있을지도 모르는 가장 나쁜 실수일 겁니다. 뭔가 의심없이 그자의 범죄를 입증하는 완벽하고도 충분한 자료를 확보하는 것이 먼저 필요할 것입니다. 이 사건의 이상한 상태에서는, 그 범죄에 사용된 자료는, 만일 그가 자유로이 움직일 수 있는 조건에서만, 수집될 것입니다, 만일 그자가 감옥에 앉아 있으면, 그건 수집하지 못할 수 있습니다."

"아마 반장님 말씀이 맞을 것입니다."

그녀는 생각에 잠긴 채 말했다. 작은 환상이 사라짐을 숨기지 못한 채. 수사를 위해 그자를 구속함은 그녀로서는 이미 자신의 가장 귀한 여자친구를 살인한 범인을 색출하게 됨이니, 그녀로서는 만족하게 되는 것이다.

"그렇지만 반장님은 어찌 그이를 찾아낼 겁니까? 지금까지 정말 그의 모든 자취로는 성공하지 못한 판에요!"

"만일 그가 시카고에서 노름 클럽을 좋아한다면 그렇게 해서, 그가 그런 노름에서 벗어나지 못하였다면, 여전히 스미스 부인을 자신에게 꼭 붙들어 두는 것이 아니라, 그는 지금 자유로운 몸일 때는, 곧 그자는 시카고로 돌아갈 겁니다. 물론 나는 그자를 기다리기 위해 그곳에 오래 머무르진 못해도, 그가 돌아옴은 곧 내게 알려질 거라고 봐요."

"그리고 그때 당신은 그곳으로 여행하려고요?"

"필시 그리 해야겠습니다!"

"반장님은 시카고 현지 경찰의 도움을 계산에 두고 있나요?"

"당국이 이 일을 내게 시킬 권한도 없고, 거부할 권한도 없습니다."

"아뇨, 아뇨, 그걸 제가 말한 것이 아니라, 야메손 씨가 당신의 모든 발걸음이 그를 향한 수사로 알려지는 경우에, 그 경우에는 나는 반장님께, —적어도 그런 경우, 그 사람이 할 수 있는 것보다 반장님이 할 수 있는 일이 더 적을 것 같음을 말하고자 합니다."

"그 경우에는 나는 혼자서 나를 믿어야 합니다!"

폰 메르텐은 침착한 결정으로 말했다.

에디토 맥 캐논은 직접 그의 두 눈을 찬찬히 쳐다보았다.

"그 점을 당신을 하지 못할 겁니다!"

그녀는 마찬가지로 침착하게 말했다.

"나는 반장님, 당신이 하는 단독 행동에 동참하고자 합니다."

"당신 맥 캐논 양이요?"

"내가 내 가장 귀한 여자친구가 살해당한 것을 복수하는 것이 뭔가 비정상적인가요?"

"분명 안됩니다!"

"안된다니요! 당신이 여성이 아니라서요?"

다시 그녀는 그를 주시해 보았다.

"유럽에서는 사람들이, 유럽 여성들보다도 더 괴롭힘 없는 사고와 행동 교육을 받은 우리 미국 여성들을 그리 쉽게 비난할 수는 있지요!"

"그 점도 아닙니다. 맥 캐논 양, 당신은, 내가 그런 편견으로부터 자유롭다는 점을 제가 확언하는 것을 믿어 주세요."

"그 말을 들으니, 저는 기쁩니다. 그러니, 지금부터 우리는 함께 이 임무, 즉, 살인 사건에 복수하는 것으로 결정하면 됩니다."

"그 살해범이 정당한 처벌을 받도록 이끄는 일이지요."

"이렇게 말해도 되고, 저렇게 말해도 마찬가지에요. 그래도 결론은 같을 겁니다. 나는 시카고에 사는 내 오빠에게 글을 써서, 프랑크 야메손이 그곳에 돌아오면, 즉시 전보로 나에게 직접 알리도록 할까요. 아니면, 내가 오빠에게 전보를 보내는 것이 더 낫다는 것에 당신은 어떤 의견을 가지고 있습니까?"

"분명 그럴겁니다. 야메손 씨는 시카고로 이미 돌아가는 도중에 있음은 정확하지 않다 하더라도, 아마 그럴 가능성이 있습니다."

"왜 그게 정확하지 않나요?"

"왜냐하면, 그는, 만일 그가 내가 보기에 그러한 사람이라 한다면, 더욱 독일에 있음이 분명하기에, 그 범죄를 설명하기 위한 발걸음을 관측하려면, 또 그에 따라 자신의 발걸음을 준비하려면요."

"어떤 방식으로 그는 그 발걸음에 대해 정보를 얻을 수 있을까요?"

"신문을 통해서요. 우리 사건과 같은 사건들은 언론에 곧장 노출되고, 언론을 통해 널리 퍼질 수 있는 것은 피할 수 없을 겁니다, 이것은 좋기도 합니다, 왜냐하면 자주 그 언론은 범죄 수사에서 가장 귀중한 도우미가 되었으니까요."

"어떤 방식으로요?"

"신문 보도를 읽으면서, 우리가 지금까지 한 번도 생각해 내지 못했던 사람들은 그 일에 관심을 두게 되고, 우리에게 아주 중요한 소식을 전해 줍니다, 그게 나중에 범인 색출로 가게 됩니다. 이번 사건에서 나는 그 범인을 특정화하고, 그의 경계심을 낮추기 위해 언론을 활용해 볼 생각입니다. 여전히 오늘도 난 알트부르크 시장께 편지를 써서, 내가 아쉽게도 그 범인의 발자취를 찾지 못했음을 알릴 겁니다. 내가 이곳으로 출장 여행 오는 중에도 내가 급히 읽어본 오늘 신문들에서 내가 보았듯이, 몇 개 신문사에서는 알트부르크로 특파원을 파견하기조차 했습니다. 이 특파원들은 많은 것을 알아내지 못하겠지만, 그들은 뭔가를 찾아내기를 좋아하는 사람들입니다, 또 그들은 뭘 해야 할지 잘 아는 사람들입니다. 나는 그 점에 있어, 확신하고 있습니다, 그 시장이 그 특파원들의 시도에 머지 않아 다른 입장에 서 있을 것이지만, 그 시장에게 이것저것 물어보는 것에 말입니다. 그 시장님은 나의 노력들이 온전히 실패했음도, 또 내가 고향으로 돌아갈 것임도 여전히 그 특파원들에게 소통할 겁니다. 이 점도 오늘 그 시장님께 보고할 겁니다."

"하지만 반장님은 여기를 떠나지 않는다, 그런 말씀인가요?"

"나는 그 점을 전혀 생각하지 못했어요!"

혼비백산해 그를 뚫어지게 바라보는 그녀의 어두운 두 눈은 기쁘게도 반짝거렸다.

"그래서 당신은 뭘 할 의도인가요?"

그녀는 질문했다.

"가장 중요한 것은, 그 시카고 은행이 알리소 스미스 부인이 이용하도록 여행자수표를 준 독일 은행(도이치뱅크)의 드레스덴 지점에 가서 수사를 이어가는 것입니다. 그 여행자수표Kreditleteroj는 속임을 불가능하기 위해 곧장 통지하게 되어 있습니다."

"좋아요, 그럼 그 다음에는요?"

"나중에 나는 스미스 부인이 최근에 어떤 지출이 있었는지, 특히, 그녀가 그 수표 아니면 다른 방식으로 야메손 씨에게 송금했는지 탐색을 시도해야만 합니다."

"그 분야에서 나는 당신을 도울 수 있을지도 모르겠습니다. 제 오빠가 시카고의 가장 큰 수출회사 중 한 곳에서 중역 자리를 차지하고 있습니다, 그 회사에서 그이는 재정적으로도 연관성이 있을 겁니다. 그이에게 사람들은 그런 정보를 거절하지 않을 겁니다."

"만일 당신이 내게 그 자료를 제공해 준다면, 아주 귀중한 정보가 되겠어요. -아니면 더 진실되게 내가 관여하는 일에 더욱 중요할 겁니다."

"그것은 유일한 것으로는 남아 있지 않을 겁니다. 아마 내 오빠는 프랑크 야메손이 어디로 갔는지를 또한 알아낼 수 있을 겁니다. 알리소를 통해 나는 그 사람을 성으로 이름을 불러 왔습니다. 자신에게 편지나 다른 통지를 나중에 보내게 했을 수도 있습니다."

"만일 그게 성공한다면, 이는 우리에게 특별히 유용하게 될 것입니다. 저도 이미 그 점에 대해 생각해 보았지만, 나에게는 주저하는 마음이 있습니다."

"뭘 위해서요?"

"만일 그런 탐색이 아주 대단한 주의심과 대단한 능숙함으로 이루어지지 않으면, 이는 유용하기보다는 방해가 될지도 모릅니다. 범인은 자신의 주변을 살필 겁니다.

그자는, 우리가 보기에는, 그가 살해범이라는 것을 사전 인식하지 않도록 말입니다."

"제 오라버니는 아주 유능한 분이라구요, 오라버니는 가장 대단한 정교함으로 그 정보를 얻을 수 있으면 좋겠어요."

"만일 내가 그 점에 대해 확신을 할 수 있으면야."

"반장님, 당신은 확신하게 될 겁니다!"

그녀는 서둘러 그의 말을 막았다.

"내가 오라버니 일을 보장하겠어요!"

폰 메르텐은 그녀 열정에 살짝 웃었다.

"먼저 우리가 도이치뱅크에서 내가 수사한 결과가 어떤지를 한 번 먼저 봅시다."

그는 피하듯이 대답했다.

"그건 모든 것을 더한 것에 달려 있습니다."

"그러고 나는 언제 그 결과를 알 수 있는지요? 내가 당신을 동반해도 될까요?"

"그것은 물론 내게만 유쾌할 뿐입니다, 아가씨!"

"좋아요, 십분 뒤에 다시 봐요."

그녀는 다시 그렇게 말하고는 그 자리를 나갔다.

거의 반 시간이 지나지 않아, 그녀는 현대적 복장으로, 머리에는 큰 타조 깃이 달린 모자를, 발에도 예쁜 라카 구두를 신고 나타났다. 폰 메르텐은 의료 기술의 가장 최신 장비를 갖춘 요양원을 방문할 시간이 있었다. 이제 그는 맥캐논 양과 함께 전차로 알베르트 광장까지 이동했다. 그곳에서 그들은 걸어서 도이치 벵크 지점까지 걸어갔다. 폰 메르텐이 자신의 방문 이유를 밝히자, 그들은 곧 알게 되었다, 시카고의 은행 〈Walton & Cie〉가 알리소 스미스 양에게 5,000달러 크레딧 증명서를 발행했고, 이를 드레스덴에 있는 그 은행에 이를 통지했다고했다. 그러나 지금까지 그것에 대한 대금 청구는 발생하지 않았다.

"제가 지금 내 오라버니께 전보를 쳐도 되나요?"

에디토 맥 캐논 양이, 그 둘이 그 은행에서 나왔을 때, 급히 물었다.

"제가 다시 강조하고 싶은 점은요: 제가 제 오라버니가 그렇게 현명하고 조심스럽게, 마치 반장님, 당신이 그것을 직접 하듯이, 한다는 그 점을 보장한다구요."

"만일 당신이 그 점에 대해 그이에게 전보로 강조해 준다면, 난 동의하리다."

그는 대답했다. 그 사이 그는 생각에 잠겨 있었다. 그런 귀한 도움, 그 도움이 그에게 자신을 알리는 것에 대해, 그 자신이 너무 몸을 사리는 마음이라며, 그걸 받아들이지 않을 명분이 없었다. 아마 이 점도 -그이에게는 의식적이지 않아도- 그의 결정에 함께 젊은 미국 여성이, 만일 그가 그녀가 제안하는 도움을 거절한다면, 마음에 상처를 입고, 그를 너무 젠체하는, 고지식한 사람으로 판단할 것이란 생각이 영향을 끼쳤다, 그 판단을 대운하 너머의 사람들이 아주 쉽게 독일 사람에 대해 평할지도 모른다는 그 판단도 그에게는 중요했다, 그녀를 판단하는 것이 틀리지 않음을 알겠기에. 왜일까? 그 점에 대해 그는 골똘히 생각에 잠기는 것을 피했다. 하지만 그에게 영향을 끼친 것은 공허함이 아니었다.

우체국에서 그녀는 전보를 작성해, 나중에 그 내용을 그에게 보여주었다.

"이런 내용이면 되겠어요?"

그녀가 물었다.

그가 읽어보았다:

"가능하면, 절대로 소문이 나지 않도록 조사를 좀 해 주세요, 프랑코가 편지들을 나중에 어디로 보내었는지를 알아주세요. 그가 귀국했다면, 곧장 제게 알려 주세요. 비용에 대해서는 생각하지 말구요."

그는 뭔가 미심쩍은 표정을 지었다.

"그런데, 뭐 부족한 것이라도?"

그녀가 물었다.

"비용은 무시하고요! 라는 말요"

그가 대답했다.

"그 일이 아주 중요하지만, 나는 그럼에도 애석하게도 그런 제공은 받아들일 수 없음을 알아주세요! 정부 기금 방식으로 하세요."

"하지만 나는 가능해요!"

그녀는 그에게 웃으면 끼어들었다.

"그 살해 범인이 잡히기를 희망합니다, 또 그 때문에 수백 달러의 돈이 적거나 많게 들어도, 그게 실제로 제게는 중요한 금액이 아닙니다. 그러니 이런 기우는 내버려 두세요, 제가 이렇게 간청합니다요!"

어쩔 수 없이 그는 그녀의 염원에 복종해야만 했다.

"만일 당신이 꼭 원한다면."

그는 말했다,

"나는 동의합니다. 하지만 어떤 경우에도 핀케르톤 Pinkerton에게 수사를 위임하는 것이 추천할 만합니다. 확실히 당신은 그 이름을 알고 있구요!"

"그게 미국에서 가장 큰 수사국이란 말씀인가요? 그렇다면, 물론입니다! 정말입니다. 그것은 좋은 아이디어입니다."

전보에서 그녀는 "조사 요망" 이라는 낱말 뒤에 "핀케르톤을 통해" 라는 낱말을 첨언하고는 이제 이를 보내려고 했다.

"사소한 일 한 가지는 당신은 잊고 있네요."

그는 살짝 웃으며 말했고 그녀가 자신의 의도를 밝히려는 것을 방해했다.

"그럼, 당신 오라버니는 이 정보를 어디를 주소지로 보낼 건가요?"

"흠, 그것 빠졌네요. 그럼, 우리 다음 목적지는 어디인가요?"

"개인적으로 나는 그 전이 전처 중요 목표가 아닙니다. 그것은 상황에 따라 다릅니다. 우리가 〈Walton & Cie〉 은행에서 받을 내용과 내가 지금 보낼 시카고 주재 독일영사관을 통해 문의한 내용에 아주 영향을 받을 겁니다. 나는 곧장 이 독일영사관에 전보를 보낼 겁니다."

"하지만 나는 이미 당신에게 내 오라버니가 가장 빨리, 가장 잘 정보를 받을 것이라고 말했습니다. 하지만 나는 오로지 그 서두름에 대해서는 생각하지 못했습니다. 왜 당신은 그 점을 나에게 다시 생각하게 하는지요?"

"나는 당신의 선의를 너무 많이 받을 권한이 없습니다!"

"좁쌀 같은 사람이군요!"

이제 그는 자신이 좋아하는 신호 낱말을 받아들여야만 했다.

"마치 제가 '선의를 위해서만', 그 점을 위해서만 행동하는 것 같아 보이는가 봐요. 나는 내 불쌍한 알리소를 죽인 사람에 대한 복수심 때문에, 바로 알리소 때문에요. 이 일에 관여하고 있다구요! 그리고 만일 그것으로 내가 당신의 어려운 임무를 쉽게 해 줄 수 있다면, 이 또한 나로서는 기쁜 일이구요!"

그녀의 첫 낱말들이 그의 얼굴에서 불만의 표정이 보이자, 그녀는 살짝 상냥한 웃음을 더했다.

"그런 경우라면, 아직 이 말을 더해 주길 부탁합니다: 〈Walton & Cie〉 은행에서 최근의 알리소 스미스의 출금 명세를 알아달라는 부탁도 해 주십시오."

그녀는 그렇게 했다.

"그리고 다음 주소도 첨언해 주실 것을 부탁합니다: 베를린 총경찰국 폰 메르텐 형사에게. 그러면 그곳 사람들이 내가 숙박했던 곳으로, -최근 알려준 곳으로- 이미 도착한 모든 것은, 나를 위해 도착해 온 모든 것은, 내게 나중에 챙겨 보내 줍니다."

"좋아요!"

그녀는 그 점도 함께 썼다.

"그럼 이제 우리는 모든 준비가 되었나요?"

그는 여전히 그 전보 내용을 읽고는 나중에 전보를 발송했다.

"이제 우리는, 시카고에서 회신이 도달하기 전에는, 뭔가를 하지 않아도 되겠지요, 아닌가요?"

그녀는 그들이 우체국을 떠날 때 물었다.

"아뇨! 그 살인이 있던 밤에 그 해당 열차 칸에 근무했던 그 철도 차장은 아직 탐문해 보지 않았어요. 비록 그의 발설한 내용이 우리에게 아주 중요하지 않을지라고 나는 믿고 있지만요. 우리는 '드레스덴-네우스타드트' 역사로 가 봅시다. 그곳으로 내가 내 부하직원 크루제를 보내, 언제 어디서 우리가 그 철도 차장을 만날 수 있는지 물어보라고 했거든요. 크루제가 나를 그곳에서 기다리고 있을 겁니다."

그 둘은 그 역사로 갔다.

"그 차장은 여기에 근무하러 5시에 출근한다고 합니다."

크루제가 알려 주었다.

"그 사람 이름은 카를로 레데르만Karlo Ledermann 그리고 그는 '오펠가 17번지 Oppellstrato, numero 17' 에 주소를 두고 있다고 합니다."

"그럼, 아마 지금 그는 집에 있겠군요. 그 사람 만나러 가요!"

폰 메르텐은 결정했다.

"맥 캐논 양은 우리와 함께 가겠어요?"

"당연하지요!"

영업용 차량으로 그 세 사람은 그 차장의 거주지로 달려갔다. 이 차장과 그의 부인은 폰 메르텐이 그에게 방문 목적을 설명하자 아주 깜짝 놀랐다.

"으음, 그 두 승객분에 대해서요, 그게 좀 이상한 일이네요."

그는 자신의 머리를 긁으면서 말했다.

"우리가 테플리츠를 떠났을 때, 그분들은 좌석에 앉아 있었고, 우리가 드레스덴에 도착했을 때, 그분들은 그 자리에 없었어요."

"차장님이 그것을 알아차렸을 때, 무슨 생각이 들었나요?"

"저는 그들이 우리 열차를 도중에 착오로 내렸나 하고 생각했어요!"

"차장님은 그걸 공식적으로 알리지는 않았나요?"

"아뇨! 무엇 때문에요? 그분들이 소지한 승차권을 제가 이미 확인했으니, 만일 그분들이 도중에 그 열차에서 내리려 했다면, 그건 그럴 수 있지 않나요! 그건 제게는 무관한 일입니다!"

"그분들은 자신의 여행용 짐을 다시 찾아갔나요?"

"아뇨, 그 짐을 내가 찾았다면, 유실물이라고 그 사무실에 알려주었을 겁니다, 형사님! 저는 제가 할 일을 잘 알고 있습니다. 그럼요!"

"그러고요, 뭔가 다른 것은 그 좌석에서 보이지 않았나요?"

"아뇨, 아무것도, 전혀 아무것도요!"

"그럼, 차장님은 그 두 승객에게서 뭔가 특별한 점은 발견하지 않았나요?"

"아뇨, 저는 두 분이 연인인 것 같은 생각이 들었어요, 뭔가."

"뭔가요?"

"그건, 저는 그 점을 생각만 했어요."

"당신은 뭔가를 말하지 않고 있군요! 나는 당신의 당황해하는 점을 잘 보고 있습니다! 이리 나와 봐요! 당신이, 뭔가 중요한 상황에 대해 침묵함으로 이 수사를 방해하면, 그러면 당신은 중요한 처벌을 받을 수 있음을, 적어도 규칙에 따른 수속을 받을 것임을 생각해 봐요!"

"오호, 그런 일에는, 그런 일은 있으면 안되지요! 그렇게 나쁜 뭔가는 없었지요, 하지만, 만일 그 임원진이 그 점에 대해 알게 된다면요."

"그 신사분은 당신에게 봉사료를 주었지요, 그가 그 좌석에서 그 여성과 단독으로 남아 있게 하려고요!"

"저어, 그건, 만일 그 점을 형사님이 이미 알고 있다면, 그래요, 그렇게 되었답니다! 하지만 그 점을 우리 임원진에는 알리지 말기를 부탁드립니다. 저는 가난한 사람이니, 그런 사례금은 나의 충분히 큰 가족 살림에는 환영받는 지원금이 되니까요."

"내가 그 점에 대해 당신을 고발하지는 않을 테니, 진정하구요! 하지만 그 외국인이 어떤 모습이었는지는 지금 나에게 여전히 중요한 점이라구요."

"저어, 그건 바로 그렇게요, 제2등칸 여행자들 모습이었어요! 그는 우아한 복장에, 우아한 코트를 입고 있었고, 그 여성분은 아주 우아하게 차려입었어요."

"그는 수염이 있었나요?"

"양 볼에서 길이 방향으로 아주 조금요."

"그럼 콧수염은요?"

"없었습니다!"

"안경이나 마스크는 썼나요?"

"그건 없었어요!"

"그는 어떤 종류의 여행용 가방을 가지고 있었나요?"

"그 점을 나는 실제로 더는 자세히 알 수 없답니다. 기다려 줘요! 그래요, 나는 생각이 났어요, 그가 큰 여행용 가방을 가지고 있었고, 그녀는 작은 가방을요. 맞아요, 그렇게 아주 그러했어요!"

폰 메르텐은 그 차장이 자신이 알고 있는 것보다는 덜 자세히 알고 있음을 보았다. 그 때문에 그 세 사람의 방문객은 그를 떠나, 다시 폰 메르텐 숙소로 갔다.

"두 가지 의심이 가는 점은 그 차장의 말 속에 있었어요."

폰 메르텐은, 그들이 그의 방에 들어섰을 때 말했다.

"봉사료를 받은 것은 중요한 일이 아니지만, 승차권 검표 뒤 그자가 수염을 착용하고 안경을 착용한 것은, 일견, 필시 살해 행위 뒤의 일입니다. 그를 만난 일은 온전히 헛일은 아닌 것 같네요!"

"그럼 지금은 뭘 하지요?"

에디토 양이 물었다.

"지금 우리는 빨라도 내일 두착할 수 있을 시카고 소식을 기다리는 수밖에요. 그때까지는 우리가 아무 일도 할 일이 없겠어요, 왜냐하면 우리는 시카고에서 보내올 정보가 우리를 어느 방향으로 가게 할지 온전히 예견할 수 없기 때문이지요. 그러니 우리 행동에 휴식이 좀 필요합니다."

"그동안 우리가 시가지를 좀 둘러보는 것은 어떤가요? 저는 이 도시에 대해 아는 것이 별로 없어서요."

"가장 큰 즐거움으로 나는 당신의 가이드가 되어 주리다. 크루제, 자네도 좀 쉴 수 있겠어요. 네우스타드역 인근 호텔 중 한 곳을 숙소로 잡아요. 아마 신도시 호텔Novurbo이나 메츠Metz호텔이나, 코부르크Koburg 호텔이나 이와 유사한 호텔로요. 나는 그곳 크라운 호텔을 숙소로 하겠어요. 내일 정오에 그 호텔에서 나에 대해 문고, 나를 기다려 줘요. 만일 내가 그곳에 없으면요. 지금은 그 역사로 돌아가서, 베를린 총경찰국에 내가 머물 숙소 호텔 주소를 알려 줘요.

그리고 또 알트부르크 시장실로도 전보를 보내요, 내가 임시로 수사를 마쳤다고요: 만일 뭔가 중요한 일이 벌어졌으면, 사람들이 그걸 즉시 나를 위해 그 총경찰국으로 알려 주도록 하고. 알아들었어요?"

"잘 알아들었습니다, 반장님!"

"고마워요!"

크루제는 군대식으로 인사하고는 그곳을 떠났다.

"이제 당신은 자유로워졌군요!"

에디토는 가벼운 표정으로 외쳤다.

"이제 우리는 뭘 하지요?"

"먼저 우리는 꼭 먹거리 문제를 해결해야만 합니다."

"물론이지요! 제가 반장님, 당신을 초대하니, 당신은 저의 손님이되어 주세요. 우리는 호텔 크라운에서 식사를 해요; 나는 한번 그곳에서 식사한 적이 있는데, 그 음식이 정말 맛있었어요. 아니면, 혹시 당신은 먹성이 좋은가요?"

"내 직업상요? 그런 식으로 그 안으로 들어가는 이는, 그 사람은 곧장 아주 변하게 될 거에요."

"왜 당신은 이 형사라는 직업을 선택했나요?"

"단순한 호기심 때문이지요. 나는 장교이자, 유쾌한 말이나 타는 사람이었지요. 내 상관들은 나에 대해 또 그분들을 대하는 제 태도에 만족하고 있답니다. 이 말이 좀 거만한 모습으로 보이나요, 그렇지요? 하지만 자기 상관을 만족할 정도로, 그런 정도로 자주 만드는 일이 얼마나 어려운지는 당신은 상상할 수 없을 겁니다. 자주 의견 차이가 있고, 또 비록 상관의 행동이 언제나 공식적으로는 옳지만, 이는 그럼에도 실제 그렇게 되지 못한 경우도 있었어요. 물론 부하가 내가 한다고요 하고 거만하게 구는 경우는 가장 적답니다, 자신의 정당성을 끈질기게 주장하는 것은 무의미한 일이구요. 그런 모든 경우에도 그 부하는 시간이 지나면 정말 언제나 손해를 보지만 그럼에도 자주 내부적으로 자기 상관에 대해 화를 냅니다, 그리고 그 점은 부적당한 일이 되지요.

모든 방면에 유능하다는 것은, 실제로 유능한 장교는 자신의 직무에 헌신하는 이만 가능한 겁니다, 겉으로만 판단하는 사람들보다는 더 어려움에 있지만요. 직무와 함께, 또한 그 직무를 통해 자신을 유쾌하다고 행복하다고 주장합니다."

"그 점은 나도 이해합니다."

"그 때문에, 우리는, 내 동료들과 나는, 분명히 사사건건 원인을 가지고 있었습니다. 우리의 '늙은 선배'는 - 그렇게 연대 소속 대표들을 언제나 그렇게 이름 부른답니다 -자신의 임무에 있어 엄정했답니다, 가장 작은 교정할 일도 그분 비판은 깊숙한 경험을 통해 언제나 말씀하시니, 결코 형식이나 어조에 따라 한번도 상처를 주지 않습니다. 그분은 우리에게 따뜻한 마음씨를 지니고 있습니다. 그런 점을 가장 무능한 장교라도 느껴야만 합니다. 그 때문에 우리는 우리의 그 늙은 선배를 사랑했고 그 때문에, 우리 직무가 만족하게 작동되려면, 우리는 할 수 있는 모든 것을 다 해냈지요. 그런 식으로 모든 것은 제대로 진행됩니다. 장교의 행동이 어떠한지를 보면, 그 군대 기강을 잘 볼 수 있습니다. 또, 대령이 어떠한지를 보면 그 아래 소속장교들 모습은 파악할 수 있지요. 그게 정확합니다. 그것은 십중팔구 맞지요. 하지만 아마 내가 당신에게 내 군대 생활을 너무 지루하게 설명했군요, 그렇지 않나요?"

"전혀 아니에요, 정반대로, 계속해주실 것을 요청합니다!"

"왜냐하면, 내가, 비록 욕심을 부리지는 않았지만, 저는 곧게 살아왔어요. 저는 제게 값비싼 말 한 마리는 호사를 누렸지요. 내가 누린 그 '호사품'은 아주 유명 목장 훈련소에서 온 명마이기에, 고상하고 다정한 녀석이었고, 함부르크Hamburg에서 또 브레스라오Breslau에서 나는 승마 달리기 경주에서 여러 번 우승했답니다. 하지만 바덴바덴Baden-Baden에서, 뜀뛰기에서 그만 그 말이 저와 함께 쓰러졌어요. 그 말은 상처를 입지 않았지만, 저는 상처를 심하게 입었지요.

제 왼팔이 부러져, 저는 군 생활을 계속하지 못할 상황이 되어 버렸어요.

헌병대에서 저는 아직 쓸모가 있었지만, 그것은 양서류처럼 그런 상태가 되어 버렸어요. 절반은 장교로, 절반은 경찰공무원으로 나는 전혀 흥미를 못 가졌어요. 제가 더는 장교로 복무할 수 없어, 저는 경찰공무원이 되는 것을 선호했답니다. 여전히 중단되지 않는, 범인 잡는 전쟁은 충분히 흥미롭지요."

"그 점을 나는 아주 잘 나에게 제시할 수 있습니다. 하지만 아주 어렵고 힘이 많이 드는 직업입니다!"

"정말 쉬운 직업은 아닙니다, 그리고 바로 그 점이 좋아요. 제가 군복을 벗어야만 했을 때 아주 낙심했습니다. 하지만 경찰의 일도 어렵구요, 필요성, 한 점으로 모으는 모든 생각들, 불쾌한 기분을 극복하는 것, 그것들이 제게 도움이 되었어요. 또 시간의 지속 속에서 저는 더욱 제 직업을 사랑했어요. 그래서 지금도, 왜냐하면 저는 이젠 유쾌하게, 말을 타는 사람이 될 수 없기에, 나는 다른 것으로 대체하려는 뭔가를 아직 원하고 있지 않아요."

"그런데, 그 일이 몇 번은 여전히 어려움에 처하지 않았나요?"

"바로 그 점이 흥미롭지요! 예를 들어 이미 지금 저는 그 손을 저 프랑코 아메손 위에 놓은 그 순간에 대해 기쁩니다."

"그이를 너무 과소평가하지 마세요! 그이는 자신의 계획이 성공하지 못함을 보고, 자신이 갇혀 있음을 알게 된 절망의 순간에도 그이는 모든 것을 위해 할 능력이 있습니다!"

"나는 이미 나를 하나의 절망의 범인보다 더한 일에 마음을 두어야 했고, 그를 지배하는 일에 성공했답니다!"

"분명 그러하니, 당신에게 지금까지 결혼 같은 일에는 당신 직업의 위험성이 있군요, 그렇지 않나요?"

"지금까지 나는 이 질문에 진지하게 생각할 이유가 없었답니다. 내게 그것은 당신의 경우보다는 아주 덜 놀람이 될 것입니다."

그녀는 웃었다.

"먼저 우리가 먹읍시다, 그리고 나중에, 디저트를 먹을 시점에, 나는 당신에게 왜 내가, 스무일곱 해를 살아옴에도, 여전히 결혼하고 있지 않은 이유를 설명해 주겠어요."

그녀는 자신의 약속을 지켰다. 정말 맛난 식사를 마친 뒤, 그녀는 즙이 많은 배의 껍질을 벗기면서 물었다:

"제가 언제나 이 세계를 돌아다니는 이유에 대해 반장님, 당신은 어떤 의견인가요?"

"나는 그 점을 알아맞힐 능력이 없어요."

"저는 남편감을 구하고 있어요!"

"불가능해요!"

"실제로 그렇게 되었어요!"

"그럼, 내게 설명을 좀 해 봐요."

"저는 결혼하고 싶어요. 제 아버지는 스코틀랜드 사람이구요, 저는 아버지 성품을 많이 닮았어요. 제 아버지의 주요 특색은 뭔가 낭만성이라고나 할까요. 그게, 그게 이상한 것처럼 보일지라두, 비즈니스에 있어서는 실용적인 반환상주의praktika malfantaziemo와 아주 잘 맞아요. 그 낭만성은 아메리카의 달러 돈벌이하는 사람이 저와는 어울리지 않게 만들었어요, 또 그 실용적 반환상주의는 유럽인 야심가들로 하여금, 내 개성이 아니라, 내가 가진 재산이 그들의 환심의 원인임을 알게 해 주었어요."

"나는 생각하기를, 당신은 과거의 인간관계에서 너무 패배주의자처럼 보입니다. 당신의 개성은 그런 것입니다. -나는 희망하기를, 당신에게- 당신의 개성은 아주 잘 남자를 유혹할 수 있을 뿐만 아니라, 계속 행복하게 만드는 것임을- 아양의 말을 할 줄 모르는 사람으로 나를 알아 주었으면 하고 희망해요. 당신이 자신을 불신임하는 것에 과장하지 마세요."

"저는 그걸 더 나은 상태로 하고는 싶네요."

그녀는 놀리듯이 대답했다.

"저는 정말로 그렇게 나를 내세우는 사람은 아니랍니다. 저는 결혼에 있어, 결코 놓치지 않는, 한 가지 조건, 수많은 다른 조건들에 앞서서 한 가지 조건만 내세우려고요: 내가 선택하는 그 남자는 정말 꺾이지 않는 에너지 넘치는 남자면 좋겠어요. 만일 내가 결혼을 해야 하고 또 달리 선택이 보이지 않으면, 나는, 미용사 진열창구에 놓인 인형들에 대해 언제나 나에게 생각나게 하는, 가장 최신 모드로 옷을 입은 부적절한 이들이 아닌, 프랑크 야메손과 같은 종류의 범죄인과도 기꺼이 결혼할 겁니다."

"그 성격에 있어 유사성 때문에."

그는 생각에 잠긴 채 대답했다.

"아마 이렇게 말하면 설명이 되겠어요, 스미스 부인은 자신의 마음을 그 야메손에게 헌신했다고요. 그는 그녀에게 감동을 주었어요, 그리고 그의 성격의 깊은 나쁜 측면을 앎도 그녀 헌신을 방해할 수 없었어요."

"바로 맞아요. 그는 그녀에게 감동을 주었을 뿐만 아니라, 그녀를 절대적으로 지배했어요. 두려움 때문에만 그녀는 그의 명령을 반박할 위험을 가졌어요. 예를 들어 그것을요, 그이가 왔으면, 그걸 나에게 알리는 것 같은 것 말이에요. 나는 그녀에게 약속해야만 했지요, 그이가 와 있으면, 나는 그녀와 가장 멀리 가 있겠다는 것을요."

"하지만 당신은 말했지요, 당신은 그 두 사람이 역에서 떠날 때 함께 있었다고요, 안 그런가요?"

"그랬지요, 하지만 프랑코는 나를 보지 않았어요. 그가 그 짐을 돌보고 있는 동안, 나는 마지막으로 알리소 손을 한 번 잡아보았어요."

깊은 한숨이 그녀 가슴에서 튀어나왔다.

"만일 내가 무슨 일이 일어날지 예견했더라면, 나는 그녀 혼자 떠나는 그 여행을 말렸을 겁니다!"

"그 점을 당신은 예견할 수 없었습니다, 그 점을 다른 누구도 마찬가지로 예견하기란 어렵습니다."

그는 그녀를 다시 위로하며 말했다.

"하지만 우리는 그 살인자의 죄목을 입증하고, 그에게 죄과를 달게 받을 수 있도록 모든 것을 할 수 있고, 모든 것을 하고 싶습니다, 그렇지요?"

"그건 우리가 원하는 일이구요!"

테이블 너머로 그녀가 그에게 자신의 손을 내밀었다. 그리고 여성에게만 가능한 직접적인 이동 중 하나와 함께, 그녀는 미소를 더하고, 반면에 그녀의 아름답고도 검은 눈동자는 그녀 친구 알리소에 대한 추억 때문에 여전히 촉촉하게 빛나고 있었다:

"제가 당신께 제안 한 가지를 하고 싶지만, 용기가 잘 나지 않아요!"

"당신은 걱정없이 제안할 수 있지요!"

"오늘 저녁 우리가 카바레를 한 번 방문하는 것은 어떤가 하는 점이에요? 얼마 전에 내 여자 친구 게르스도르프Gersdorf가 자신의 남자 친구와 함께 뮌헨München에 있는 카바레를 갔다고 했는데, 그들은 그곳에서 아주 멋지게 놀았다고 해요. 저도 기꺼이 뭔가 그런 것을 보고 싶어요, 여성이 혼자 그곳에 갈 수 없으니까요. 당신은 저를 동반해 주시겠어요?"

"기꺼이요. 하지만 당신의 환상을 깰까 걱정이 되는데요."

"그건 왜지요?"

"저는 당신이 가지고 있을 즐거움을 뺏지 않기 위해 제 의견을 동기화시키고 싶지는 않네요. 그럼, 우리는 그때까지 뭘 하지요? 우리가 그사이에 동물원 방문, 그것 한번 해 보는 것은 어떤가요?"

"그것 좋아요, 멋진 아이디어네요! 나는 약탈 동물에 관심이 많아요."

"왜냐하면, 그들은 자신의 힘을 스스로 체화시키니까요!"

"그럴 수도 있겠지요."

"모든 진짜 여성이라면 자신을 내세우는 특성이지요. 자, 우리는 동물원으로 가요! 당신은 걷는 것엔 자신 있지요?"

"피곤한 모습은 나중에 보게 될 겁니다."

"그러면 환영이지요! 그럼 우리가 걸어가 볼까요. 우리가 앞으로 걸어갈 곳은 쉴로피가Schlofistrato, 세에가Seestrato, 프라게르가 Pragerstrato입니다. 이 같은 거리들은 활달한 사람들의 생활상을 보여 줄겁니다. 부르겔 비제가strato Bürgerwiese는 동의할만한 방식으로 현대적 대도시로 전환하는 중에 있습니다, 언제나 더 크게 매력적 오아시스를 창조하려는 건물 사막들, 저들은 미학적 의미의 도시 장식물이지만, 여전히 위생적 가치도 지니고 있습니다."

"그건 나에게도 새롭게 보이는군요. 당신은 어떻게 그런 동기를 갖기를 원하나요?"

"대도시란 상업과 산업을 대표합니다. 이 주변을 한번 둘러봐요! 당신이 보고 있는 것이 뭔가요? 모든 게 빨리, 급하게도 서둘러 질식시킬 정도입니다. 저 사람들의 마음은 뭘로 가득 찰까요? 가장 서둘러 얻음, 가장 많이 얻음에 대해서만요. 날카롭게 눈에 띄는 이와 비교가 되는 것이 숲에서와 작은 숲에서 정원들의 모습입니다. 이제 당신은 정말 그것을 덜 눈치챘을 겁니다, 왜냐하면 모든 것은 잎이 없어요; 우리 지방에서 기후에 있어 3월의 태양은 첫 잎사귀를 거의 유혹합니다. 하지만 겨우 몇 주간만요, 또 정원의 식물들은 반짝이는 아이들로 충만해 있습니다. 그곳에서는 어머니들이, 벤치에 앉아서, 자신의 집안에서의 경험을 서로 교환하고, 반면에 진지한 남자들은, 그 주변 환경에 동시에 무의식적으로 공감을 받아, 자신을 더욱 모든 영양을 주는 자연에 더 가까이 있음을 느낍니다; 그들은 자기 생각을 일상생활을 넘어, 더 나은 환경으로 향합니다.

그런 방식으로 돌무더기 속에서의 초원의 이러한 오아시스들이 매일의 삶에 재치를 주는 오아시스가 되지요."

"당신은 시인이군요!"

"아닙니다, 시인은 창조하지만, 나는 그저 보이는 것을 되돌려 줄 뿐이에요."

동물원을 오랫만에 방문했다. 퓨마 우리 앞에서 에디토 맥 캐논 양은 유심히 오랫동안 남아 있었다.

"이 동물들이 당신에게는 관심이 가는군요, 왜냐하면, 아메리카가 저 동물의 고향이니까요, 안 그런가요? 비록 미합중국에서 먼 쪽이 남아메리카가 놓여 있지만요."

"저들은 특별한 인연으로 나에 관심이 가는가 봐요. 내 여자 친구 게르스도르프Gersdorf와 그녀 남편은 언제나 서로를 큰 퓨마 또 작은 퓨마라고 이름을 언제나 부르더군요."

"그게 약탈 짐승 속성을 나타내지 않나요?"

"그 점에서는 그들은 그렇게 멀리, 가능한 멀리 있었어요. 분명히 저들은 서로 가장 다정하게 사랑해 왔어요, 그리고 그 점은 여기서는 일어나지 않아 보여요, 달리, 사람들은 암컷 퓨마와 수컷 퓨마로 분리해 두지 않으니까요."

"아마 그리움으로 사랑을 다시 활성화하기 위해서요."

"위험한 실험이네요, 여겨 봐요, 아메리카 표범(퓨마) 암컷이 사자 우리를 향해 아양 부리는 것처럼 보이지 않나요?"

"암컷(여성)은요, 아양를 부리는 것을 피할 줄 몰라요."

"에이! 우리 이젠 더 가 봐요!"

동물원을 떠나, 그들은 시청 구내식당에서 저녁을 먹으면서, 드레스덴 사람들의 삶을 검토해 보고는 카바레로 가 보았다.

에디토가 지금까지 그녀에게 온전히 새로운 예술 종류인 여러 공연물을 통해 받은 그 느낌은 아주 의심이 갔다.

젊은 시인의 진중한, 하지만 연극을 건드리는 낭송물들은, 이것들은 진짜 탁월한 재능을 보여주지는 못해도 일정부문은 좋아하는 일이었고, 이는 그녀에게는 그 분위기에서, 맥주 컵을 서로 부딪치는 분위기에서, 종업원들이 들락날락하는 분위기에서는 적절하지 않게 보였다. 마찬가지로 그녀에게는 기타를 동반해 공연하는 아가씨가 부르는 허영의 노래에서 중세 로망스 풍을 되살리려 애쓰는 것도 -이 노래들은 의도적이지는 않아도, 마음에 와닿는 단순성이 분명 이 살롱에 감동을 주었을지라도- 그녀에게는 크게 마음에 들지 않았다. 숫적으로도 아직 많이도 탁월하고도 즐거운 기분을 들게 하는 공연물들이 있어도 그녀에게 즐거운 웃음을 자주 내보였지만, 그녀에게는 마음이 편하지는 않았다. 즉, 이 공연자들은 가장 자주, 자신을 최고로 되기를 시도하면서, 싯구절을 암송했다, 그것을 점수로 환산하면, 너무 분명 이국적으로 보이지만 그녀에겐 감동을 주지 못하는 경향을 가졌다.

"카바레는 프랑스 사람들의 고안물입니다."

폰 메르텐이 말했다. 그때 그녀는 그런 관련성에 주목했다.

"미묘하게 감흥을 주는 영혼에게 받아들일만한 그런 공연물들로 인식받으려면 프랑스 민족에 특출한 온전한 우아함이 필요합니다. 저런 시 낭송도 가치가 있고 저런 공연에도 가치가 있습니다. 독일 사람의 저런 공연은 정확함을 다른 분야들에서 아주 좋아하지만, 대화에 있어 의심의 장애물을 너머, 아름다움을 전하는 예술에서는 저 독일 사람에게는 거의 불가능하게 합니다."

그녀는 동의했다. 그러고는 덧붙이기를,

"독일 사람인 당신은 그렇지 않습니다만!"

"사람들은 자기 조국의 우월성을 너무 과대평가함 없이 아주 좋은 애국자가 될 수 없습니다. 그러한 과장성은 언제나 고도로 비유용하게 작용합니다, 왜냐하면 그것은 제 고유의 비교정성을 아는데, 또 그것들을 반박하는데 도움이 되지 않습니다.

이것은 온 국민에게 가치있는 일일 뿐만 아니라, 개인에게도 가치 있는 일입니다."

"나는, 당신의 직업의 헌신성에도 불구하고, 당신은 여전히 일반적 의미의 문제에 관심이 있어, 그들 연구에 기꺼이 헌신하는 모습이 나로서는 기쁩니다."

"한쪽 편에 빠지지 않기 위한 유일한 방편이지요!"

그런 대화는 귓갓길에 있었다. 그들은 그 공연이 끝나기 전에 그 자리에서 일어났다. 왜냐하면, 에디토 양이, 그녀 소지품들이 여전히 요양병원에 있기에, 오늘도 그곳으로 가서 그곳에서 생활해야 했다. 그를 위해서 그녀는 전차를 이용했다. 그는 그녀를 동반해 바래다주려 했지만, 그녀는 그 제안을 거절했다.

"전차가 그 요양병원에서 가까운 곳에 정차하니까요."

그녀는 말하기를,

"그 짧은 구간은 나 혼자도 갈 수 있을 겁니다. 그 때문에 당신이 2시간을 허비한다는 것은 필요하지 않아요. 지난 며칠간 긴장된 행동 뒤에 당신은 필시 야간에는 편안한 휴식이 정말 필요하니까요."

"그런 긴장감에 저는 익숙해 있습니다, 그리고 정말로 나는 기꺼이 당신을 동반해 주고 싶습니다. 당신과 좀 더 대화를 이어가기 위해서요."

"그건 저를 기쁘게 하지만, 내일 우리는 대화할 시간이 충분히 있을 겁니다. 또 그다음 며칠간도요. 우리 일이 해결되기 전에는 나는 당신을 떠나지 않을 겁니다."

"그 경우에는 나는 그 해결이 되는데 더 오랜 시간이 걸렸으면 하고 바랄지도 모릅니다!"

"그건 프랑스인들의 예의이군요!"

그녀는 놀리듯이 말을 하고는 가벼운 발걸음으로 전차에 뛰어오르며, 손짓으로 작별인사를 하고 있었다. 느린 걸음으로 폰 메르텐 형사반장은 알베르트 광장에서 출발해 돌아갔다, 그가 그녀를 동반할 때까지, 하웁트가를 지나 자신이 묵는 호텔로 돌아왔다.

그는 부정할 수 없었다, 그녀 개성이 그에게 깊이 영향을 끼쳤음을. 그는 자신의 직업적 행동으로 이미 몇 명의 아름다운 여인을 만났지만, 한번도 그런 여성을 소유하고 싶은 욕망이 일지 않았다. 그가 원칙적으로 결혼에 무관심한 태도라서가 아니라. 정반대였다!

그는 정말 그 자신에게 안락한 남자가정을 이루고 있었다, 그 안에서 그는 조화로운 상태를 준비할 줄 알았다. 이는 미묘한 미학적 감각인 천성이 가져다준 사람에게만 성공한 것이다. 그의 집 가구는 현대 스타일은 아니었지만, 그들의 단순하고, 좋은 취향의 형을 주는 전체 그림이었다, 그리고 그 가구들을 사용하기를 두려워할 필요는 없었다. 벽마다 유명 화가의 대표작들이 걸려 있었지만, 좋은 복제품들은 그렇게 호사스런 테두리가 아니어서 그 원작그림을 능가하지 못했다. 그 작품들 사이에 그의 군인으로 전쟁에서 사용하던 무기들이 걸려 있었다. 동시대의 사냥도구들과 몇 가지 수수하지만, 아주 잘 만들어진 흉상 조각들. 그의 집은 특정된 종류는 아니지만, 개인적이었다.

그 자신에게 그것은 정말 아주 잘 맞았다; 하지만, 그가 충분히 장기간의 직업적 외출 뒤로 그 안으로 되돌아 왔을 때, 그는 자주 낮은 한탄 소리를 냈다. 그에게는 그리웠다, 그리고 그는 뭔가 -그 전체의 정신이, 그 조심스럽게 하는, 사랑을 표현하고 있는 아내가 - 그리움을 아주 잘 알았다!

그러나 그 그리움을 없애기보다는, 그리움을 확인하는 것이 더 쉽다. 분명히, 결혼하기 위해서는 이미 그에게 충분한 기회들이 보였다, 한 개의 "좋은 당" 보다도 더.

하지만 바로 그러한 것과 정반대로, 그는 극복하기 어려운 혐오감이 있었다.

공무로 출장 가 있는 동안 자신의 사망한 부친의 농장에 남아 있는 젊은 공무원으로서, 한때 우연히 들었다, 그 늙은 주임 복무원이 그 젊은 하인들에게 지시했다:

"자네들, 만일 자네들이 결혼하려면, 돈에 목매달지 말라. 내 아내는 금화도 좀 있고, 황동 가마솥도 있지만, 내가 얼마나 자주 그 말을 들어야 했는지!"

그때 그는 그 점에 대해 웃었지만, 충분히 자주 그는 그 주임 복무원의 말을 떠올렸다, 그가 여기저기서, 아내가 결혼지참금으로 가

져온 것을, 흥분의 순간마다 자기 남편에게 이 말로 어찌 비난하는
지를 여기저기서 보았을 때, 그녀가 하는 그 말에 그것이 그의 영
예를 얼마나 심하게 마음 상하게 하는지 그 기분을 고려하지 않은
채. 그런 비난을 절대적으로 막는 그 묘한 정책 감정을 평가하려는
여성들조차도.

정말이다, 누가 어찌 아내는 그 결혼 생활에서 발전할 것인가 하는
이 점을 알 수 있겠는가! 가장 위대한 심리학자도 이 방면서 확고
한 예언을 할 수 없을 것이다. 여성의 대다수 중에서 그 여인은,
실제로 평가할 수 없을 것이다!

전혀 새로운 결론을 안고서 그는 자신을 침대에 몸을 눕히고는, 몇
분 뒤, 그의 깊고 평온한 숨은 그가 이미 잠에 빠져들었음을 알려
주고 있었다.

제4장 야메손을 찾아서

다음날 정오쯤, 폰 메르텐 반장은 평소 습관보다 더 세심하게 자신의 의복을 가다듬은 뒤, 에디토 양을 기다리는 중, 시카고에서 온 전보가 베를린 총경찰국에서 그에게로 나중에 배달되었다. 그 전보는 다음과 같은 내용이 쓰여 있었다:

"핀케르톤의 위임을 받음. 알리소가 지난해 출금한 것은 총 3건으로 자신이 직접 6000, 야메손이 4000, 뉴욕 생명보험회사가 7500임."

그가 그 전보 내용에 골똘해 있을 때, 에디토 양이 왔다. 서둘러 인사를 한 뒤, 그는 그녀에게 그 전보를 보여주었다.

"이 생명보험 회사 건은 알리소가 제게 평소 말하지 않았던 겁니다."

그녀가 놀라워하며 말했다.

"내 추측은요,"

그가 대답했다.

"필시 이는 야메손의 이익을 위해 이루어진 것입니다."

"뭘로 당신은 그런 결론을 내렸나요?"

"알리소 스미스는, 에디토 양, 당신이 나에게 말했듯이, 가까운 친척이 없습니다. 여성이 그 나이에 그만큼 높은 보험료를 내는 생명보험이라면, 특별히 보험금 총액도 높을 겁니다. 그녀는 그 보험에 가입해 누구를 도와주려고 했을까요? 그녀가 사랑하던 사람이 아니라면 누구겠어요?"

"그 말씀은 맞아요!"

"그 밖에도 당신이 좀 전에 말한 바대로, 당신에게는, 그녀가 그 보험에 대해 온전히 침묵했을 겁니다. 만일 야메손이 원하지 않았다면, 무엇이 그녀로 하여금 보험에 가입하게 했을까요? 그러고 만일 그 보험증서에 그자를 보험금 수혜자로 기록되어 있지 않다면, 그녀로 하여금 침묵하게 해, 그는 어떤 이익을 얻을 수 있었을까요?"

"그 점도 맞네요."

"가장 많은 미국 생명보험의 보험증서들은 보험기간이 1년 지나면, 해약할 수 없어요. 필시 그것은 뉴욕 경우도 같겠지요."

"그 경우 프랑크 야메손이 물론 그녀 사망으로 큰 이익을 챙기겠지요. 그것은 이 사건에 밝은 빛을 던져주는군요."

"정반대로, 그것은 이 사건을 더욱 미궁으로 빠져들게 하는 것일 수도 있어요. 이름하여, 그 생명보험사는, 그 보험 계약자 죽음이 아무 사고 없이 자연사임을 확인한 뒤에야, 물론 비로소 그 보험금을 지급하도록 되어 있습니다. 하지만 야메손은 그 시신 확인을 어렵게 만들면서, 정말로, 자기 의견에 따라 그 시신 확인을 불가능하게 하면서, 그 자신에게는 아주 귀중한 일이 될 수도 있는, 바로 그 보험금 지급을 방해하고 있습니다. 만일 그가 당신이 언급한 그대로의 그런 사람이라면요."

"그는 그런 사람입니다, 그 점에 대해서는 반장님은 믿어두 됩니다!"

"나는 그 점에 대해 전혀 의심하지 않습니다. 하지만 처음 보면, 그의 행동은 더 진실적으로 보이기를, 냉혈한의 행동이라기보다는 미친 자의 행동에 가깝다는 점에 당신은 이의를 제기하지 않을 겁니다. 이런 종류의 살해범은 분명 있었지만, 드러냄을 피할 목적으로, 그가 실행한 세심한 준비에 의하면, 의심할 필요가 없습니다. 만일 준비가 없었다면, 나는, 그가 자신의 이익에 극히 반하는 흥분 속 살인을 저질렀다고 단정할지도 모릅니다. 그러나 그것은 온전히 고려하지 않는 사항입니다."

"그럼, 지금 무슨 동기가 남아 있나요? 반장님, 당신은 어떤 의견을 가지고 있나요?"

"이 사건 뒤에는 우리가 지금은 아직 추측하지 못하는 뭔가가 숨어 있습니다."

"반장님은 우리가 그 일을 해낼 수 있으리라고 믿나요?"

"나는 그러기를 희망합니다!"

"어떤 방식으로요?"

"야메손을 계속 수사해보면요."

"필시 우리는 그를 찾아낼 겁니다!"

"그는 지금 자신이 수사대상인 것을 전혀 모르고 있을 겁니다, 적어도 지금까지는 모르고 있습니다. 그러니, 그가 자신과 그 살해범 사이의 모든 신호를 없앴다고 생각하면, 그는 자신을 숨길 아무 이유가 없습니다. 나는 핀케르톤이 곧 수사에 착수하면 야메손이 자기 나라에서 발송한 편지들이 나중에 어디로 보냈는지 알아낼 겁니다. 만일 우리가 그것을 먼저 알아내면, 우리는 서둘러 수사를 효과적으로 할 수 있습니다."

"그럼, 우리가 시카고에서의 소식이 올 때까지 뭘 할까요?"

"그때까지 우리는 생명보험사와 관련해 추측한 일이 정확한지, 그 점을 확인해 두어야 합니다. 그 뉴욕 보험회사La Newyorka societo 는 분명 여기도 대표자나 지점을 두고 있을 겁니다. 그러나 그것은 우리에게 적게 도움이 될 겁니다. 이 대표자는 미국서 효력이 발생하는 보험에 대해 정보를 필시 받지 못할 겁니다. 우린 뉴욕 본사로 방향을 틀어봅시다."

"전보를 통해 말인가요?"

"그럼요, 회신 비용도 먼저 지불하면 되겠어요."

폰 메르텐 형사반장은 전보 문안을 썼다, 그 속에서 그는 시카고에 주소를 둔 알리소 스미스에 대한 보험금 수령인이 누구의 이익을 위해서인지, 또 그 보험금을 지급해 달라는 요청이 이미 있었는지, 그 최고 금액이 얼마인지, 언제부터 그 보험이 효력을 발생하는지 알려 달라는 정보 요청을 했다,

"먼저 독일 주재 미국 영사관에 전보를 먼저 보낼 겁니다."

그는 그 전보문 다듬기를 마친 뒤에 말했다.

"그렇게 하면, 비록 그 회사가 정말로 그 정보를 거절할 이유가 없음에도 불구하고, 나보다 더 정확히 정보를 받을 겁니다.

아마 사람들은 여전히 덧붙일 수 있을 겁니다, 추천할 만 하다고요, 임시로 그 보험금 지급을 거절하라고요. 또 그런 보험금 청구가 있을 때는 즉시 알려 달라고요."

그는 그 두 가지 사항을 더하고는 그 전보를 독일 주재 미국 영사관으로 발송하면서, 드레스덴으로 직접 회신을 요청했다.

나중에 그들은 함께 점심을 먹었다.

하지만 폰 메르텐 형사반장은 새 사건 상황에 대한 자기 생각을 자유로이 발설할 수는 없다.

"당신은 여전히 그 살해가 생명보험과 관련성이 아마 있을지도 모른다는 점이 당신을 괴롭히고 있겠군요."

에디토 양이 갑자기 말했다.

"당신 말씀이 맞습니다, 아가씨!"

그는 생각에 잠긴 채 다시 말을 이어갔다.

"내가 아직 자세히 설명하지 못하는 부분이 있습니다. 살인 동기는 의심의 여지 없이 보험금을 노린 것입니다. 모든 흔적을 없애는 것은 범인들이 보통 하는 일입니다, 하지만 이는 알려지지 않은 채로 남아 있습니다. 하지만 두 가지 사실은 어떻게 조화로운지를 봐야합니다, 왜냐하면 보험금 지급을 하려면, 사망 진단서, 즉 시신의 동일성이 필요하지 않나요? 이 점에 나는 대답을 내놓을 수 없습니다!"

"반장님 말씀은, 야메손을 관찰해보지 않으면, 그 답을 찾을 수 없다는 말씀인가요!"

"분명 맞아요! 하지만 나는 기꺼이 단순한 논리적 사고로 그 대답을 찾고 싶어요, 나중에 제가 만든 가정을 확인할 수 있도록 말입니다. 바로 그 점에 있어, 에디토 양, 내 직업적 재치있는 자극이 놓여 있습니다, 그게 나에게는. 현명함과 논리적 사고를 추구하는 어려운 문제들에 있어, 수많은 경우의 수를 알려 주기에 자극이 됩니다. 마치 범인과 형사 사이의 장기판 놀이와 비슷하답니다.”

“하지만, 그 안에는 장기판 놀이의 평등성이란 존재하지 않지요. 형사들이 더 강력한 지배와 수단을 갖고 있지요.”

“그것은 탐구 재판관이나 검사를 한편으로 하고, 또 다른 편에서 탐구해 체포 과정에 놓인 범인과의 다툼 바로 그것입니다. 하지만, 그 범인이 여전히 활보하고 다니고 있을 동안에는, 그만큼 더 그 범인이 유리합니다. 범인은 자신의 여러 가지 길을 선택할 수 있습니다; 형사라면, 그 범인을 추적하기에 앞서, 먼저 여러 가지 가능성을 두고 탐구해야만 합니다. 이 점을 당신은 지금 잘 보고 있습니다. 지금 순간에 나는 온전히 아무 것도 할 수 없습니다; 우리가 지금 야메손이 어디 있는지 알기 전까지는, 우린 기다리는 수밖에요.”

“베를린에서 그를 찾는 것을 추천할 수도 있을까요?”

“아뇨! 먼저 그 사람은 절대로 베를린에는 머물지 않을 겁니다, 하지만 그는 만일 그 기차에서 하차하지 않았다면, 간단히 통과만 했을 겁니다. 아마 그는 우리를 혼돈에 빠뜨리려고 라이프치히에서 베를린역으로 기차로 이동해서는, 그곳에서 다른 역으로 이동했을 겁니다. 하지만, 만일 실제로 베를린에 여행했다면, 그는 그곳에서는 호텔에 필시 다른 이름으로 숙박했을 것이고, 지금 벌써 그곳에 없을 겁니다. 지금까지 우리가 출발해온 길까지, 핀케르톤을 통해, 야메손이 자신에게 자기가 쓴 편지들을 보내려 했던 그 주소를 알아내는 것이 성공의 가장 큰 열쇠입니다.”

“그럼 어떡하지요, 만일 이 희망이 실현되지 않는다면요?”

“그 경우에 우리는 그가 뉴욕회사에 보험금을 청구할 때까지 기다려야 합니다. 그때 우리는 그가 걸어온 길을 따라 되돌아 가봐야만 합니다.”

“고충이 많은 임무군요, 그 해결책이 내게는 아직도 불확실한 채로 남아있으니 말입니다.”

"당연하지요! 하지만 그때도 우리에게 남아있을 유일한 방식이 있을 것 같은데요."

"핀케르톤이 만일, 반장님 생각에는, 결론을 내린다면, 언제 도달할 것 같나요?"

"그것은 전혀 예측할 수 없습니다, 전적으로 수사에 위임된 공무원이 수행하는 어려움의 정도에 따라 다르기 때문입니다. 하지만, 핀케르톤에는 훌륭한 직원들이 많아, 우리가 곧 원하는 정보를 받을 겁니다. 만일 당신이 여전히 개인적으로 계속 추적에 참여하기를 원한다면요."

"물론이지요!"

"저는 에디토 양, 당신에게 이 말을 먼저 하고 싶어요: 이제 당신은 여행채비를 하고 이곳으로 와 주십시오. 이제 우리는 지체없이 여기를 떠나야 합니다."

"그럼 저는 웨이베르 히르쉬Weißer Hirsch로 가서, 내 짐을 꾸리고, 제 여자친구와도 작별인사를 하겠어요. 저녁에 나는 다시 이곳에 오겠습니다."

"하지만 이번 여행은 아주 큰 고충이 따르게 될 겁니다!"

"그건 괜찮습니다! 저는 반장님이 추측하는 것처럼 그렇게 연약하지 않습니다. 또 만나요!"

크루제가 자신이 와 있음을 알렸을 때, 다시 질문을 하려고 몇 분을 보냈다. 폰 메르텐 반장은 그에게도 이미 주어진 임무를 되풀이할 뿐이었다.

그동안 오후에 독일 주재 미국 영사관에서 전보가 도착했다. 이는 그 형사의 가정을 온전히 확실하게 해 주었다. 그 보험은 약 1년여 전에 야메손을 그 보험 수혜자로 되어 있었다, 그리고 그것은 효력이 유지되고 있었다. 보험금 청구 요청은 아직 없다.

폰 메르텐 형사반장은, 그 전보를 받은 이후로, 자신에게 부여된 문제를 해결하기 위해, 다시 자신의 두뇌를 긴장시켰다.

보험금을 노린 범죄가 아니라면, 무엇 때문에 살인을 벌였을까? 그

보험청구인에게 그 보험금 지급을 위해 꼭 필요한 신원 확인할 증거를 없앤 이유는 무엇인가?

하얗지만 힘센 손으로 이마를 기댄 채, 그 형사반장은 깊은 명상에 잠겨, 크라운 호텔에서의 자신이 묶고 있는 방 소파에 앉아 있었다.

벌써 3번이나 그는 자신의 짧은 파이프 담뱃대에 담배를 채워 불을 붙였다, 이는 그가 여행할 때는 언제나 챙기던 물건이기에 이 물건을 장난삼아 '자신의 가장 충직한 애인'이라고 이름을 붙였다, 왜냐하면 그게 그 자신에게는 빼놓을 수 없는 물건이다. 그는 끊임없이 자신 앞에 생기는 질문들에 답을 구하지 못했다.

가장 자주 드는 생각은, 아니면 더 정확히 말해서 가장 적게 진실이 아닌 것으로 드는 생각은, 야메손이, 두려움에 사로잡힌 채 살인을 저지른 뒤, 그 발각의 위험성에 자신이 노출되기보다는, 자신의 범죄로 얻는 과실을 챙기는 걸 포기했다는 가정이다. 아마 그 범인은 형사가, 범죄를 저지른 자를 수사하면서 언제나 자신에게 드는 질문 -이 사건은 누구의 이익을 위해서 벌어졌는가?- 을 한다는 그 사실을 고려했을 수도 있다.

하지만 이러한 가정도 폰 메르텐은 받아들이지 않았고, 그것은 절대로 에디토 맥 캐논 양이 그에게 야메손이라는 자는 대단한 결심을 실행하는 사람이라, 뭐든 무서워하지 않는다는 그 설명과도 전혀 맞지 않음도 알게 되었다, 그 점을 지금까지의 사실들이 널리 확인해 주었다.

옛 경험이 있다, 만일 사람들이 너무 강하게 또 너무 오래 그런 문제에 빠져들면, 더욱 돌출되는 세세한 일은 전체를 못 보게 만드는 옛 경험; 그리고 이것은 더욱 간단한 결과로 가지 못한 채, 너무 복잡한 해결책을 찾게 되는 위험을 초래한다.

폰 메르텐은 엄격한 자기 조절에 익숙해 있었다. 정말 유능한 형사의 가장 중요한 특성 중 하나인 자기 절제. 그 위험이 돌출되었음이 주목하는 것이다. 그래서 그는 신선한 공기를 마시려고 그 방에서 나와 산책하러 갔다.

기계적으로 그는 엘베Elbe 강 오른편 강둑을 길이에 따라 위쪽으로 걸어갔다. 그는 그 길을 따라 로쉬위츠Loschwitz까지 걸어, 나중에는 이 교외의 쉴러가까지 올라왔다. 그가 웨이베르 히르쉬WeiBer Hirsch의 위편에 도달했다, 그곳에서 그는 산책길로 들어섰다, 이 길은 이 장소와 뷔흐라우Bühlau로 연결하는 길이다.

그는 자신이 걸어온 길이 점점 에디토 양이 머물러 왔던 거주지로 점점 가까이 가 있음을 알아차리고는, 자신에게 살짝 웃어야 했다. 하지만 곧장 나중에 그는 다시 진지해졌다. 그는 생각에 잠기고, 그 점에 대해 자신을 지켜야만 한다. 그녀 개성의, 그녀 활달함이 가져다주는 상처받지 않은 성격, 그 성격적 매력은 그를 너무 큰 힘으로 누르지 않기를 바랐다.

"즐기기만 하기에는 내가 너무 늙고, 욕망 없이 살아가기에는 너무 젊어!" 그는 『파우스트(Faust)』에서 나오는 문장을 암송했다.

공통 목적은 그와 그녀의 유일한 연결고리이다. 또 이 목적이 달성되면, 그들의 갈 길은 다시 나눠질 것이고, 당연히 나눠질 것이다; 그리고 추억만 남게 되겠지.

그녀가 낙향가을 찾는다고, 그녀가 그걸 슈기없이 말하는 그 순간 좀 이상하게도 그의 마음을 건드렸다. 남편이라!

남편이 된다는 것, 그는 정말 자신에게 의미 있는 낱말로 느껴졌고, 그게 정당함도 느끼게 되었다. 하지만 바로 그 점 때문에 그 자신과 그녀 사이의 더 친해지는 관계에 대해 생각하지 못했다. 그녀는 분명 부유하다, 그것도 아주 부유하다, 아니라면, 그녀는 핀케르톤이 해 줄 조사에 기꺼이 비용을 댄다고 나서지 않았을 것이다. 하지만 부유한 여성과의 결혼은, 고상한 사고 관념을 가진 남자에게는, 가난한 아가씨에게 손을 내미는 것보다 큰 위험성이 있다. 부유한 아내는, 자기가 부유하다고 하면서, 진짜 남자라면 허용할 수 없는 그녀 자신의 우월성을 드러내 놓는 경우는 아주 아주 많다. 그런 의도를, 결국, 너무 자주 또 깊이 드러내면, 남편의 행복과 사랑은 불만으로 이어진다.

형사반장으로서 그는 정말 흠결 없는 명성, 좋은 명성을 가진 촉망받는 가정 출신이고, 그것은 그녀가 가진 달러보다 더욱 가치 있다고 보았다. 하지만, 이미 그러한 협상과 비슷한 비교의 생각은 결혼을 투기로 여김을 멀리하는, 그의 고상한 성격과 대립했다.

만일 그가 지금 그것이 자신에게 너무 어려워진 상태에 있기보다는 이전에, 싹트는 공감을 아래로 누를 수 있다면 그것이 더 나아 보였다. 앞으로 그는 흥미로운 탐구 대상으로만 그녀를 바라보고 싶다, 그것이 가장 낫다. 그래서 그는, 그녀가 저녁에 그의 호텔에 들어섰을 때, 좀 차갑지만 상냥함으로 그녀에게 인사했다. 그러나 그녀는 아주 흥분되어 있었다.

"알리소가 살아있다고요!"

그들이 그 호텔의 대형 레스토랑의 조용한 한 모퉁이로 자신들이 자리를 잡았을 때, 그녀가 처음 말이다.

"그건 있을 수가 없는데요!"

"살아 있다고요! 내가 그 위생병원(sanatorio)으로 나왔을 때, 반장님이 그곳을 먼저 떠났다는 것을 듣고는, 나는 내게 온 편지 중 아직 내게 배달되지 않은 편지가 있는지 확인하려고 중앙우체국으로 가봤어요. 그사이 나는 이 우편물을 받았다니까요!"

그녀는 프랑스에서 보낸 국제 보통우편엽서를 받았다고 했다. 그는 급히 그것을 받아, 당장 그 필체를 살펴보았다.

"에디토 양, 당신은 여기 쓰인 필체가 그 여자친구의 필체와 맞는지 확신하나요?"

그는 그러고는 질문했다.

"바로 그녀 필체입니다!"

"이 편지도 그녀가 쓴 것인가요?"

그는 자신이 보관한 편지함에서 라이프치히에서 보내온 편지를 꺼냈다.

"물론이구요! 그녀가 이 편지를 쓸 때, 그 옆에 내가 있었거든요!"

"그럼, 이 우편엽서는 가짜입니다!"

그는 편하게 다시 웃었다.

"하지만 똑같은 필체라고요!"

"전혀 아닙니다. 흉내를 냈다고 해도 그리 능숙하게 만들어지는 않았네요. 보세요, 예를 들어, 여기 제가 가진 그녀 원고에는 'T am' 앞의 'and' 라는 낱말에서, 글자 'd'의 수평의 마지막 연결은 나중에 특히 두툼하게 더해졌는데, 반면에 에디토 양, 당신의 것은 가늘고 짧아 위로 향하네요. 당신이 가진 그 가짜 엽서에는 글자 'd'를 그렇게 가늘게 썼어요. 서명한 'Alico'라는 부분에서 그는 더욱 주의를 기울여 썼네요; 여기 희미하게 비치는 것 보여요? 내가 보기에는 서명을 할 때, 처음에는 연필로 줄을 긋고 썼다가, 이를 고무 지우개로 없애 버렸어요."

"반장님, 당신 말이 맞네요! 그런데 이 엽서는 왜 보냈을까요?"

"그건 우리가 이 내용에서 찾아낼 수 있으리라 봅니다. 이 발송 날짜는 우편 도장 스탬프와 맞습니다. 비트로우게Vitrouge 내 기억에 따르면 이미 한때 이 지명을 들은 적이 있습니다.

제가 잘못 기억하지 않았다면, 비트로우게는 프랑스 남부의 한 지명입니다. 프로방스Provence에 있거나, 아니면 그곳에서 가까운 곳에요. 어쨌든 그곳은 아주 작은 마을입니다. 더 큰 프랑스 지명도 나는 알고 있습니다. 그래서, 이 지명은 나중에 지리학 백과사전에서 확인해보면 됩니다. 이 엽서를 발송한 날짜는 사흘 전이네요. 우편 소인(스탬프)에 따르면 이 엽서는 이곳에 오늘 오후 도착했습니다. 발송 장소가 아주 먼 곳인데요. 이는 내 의견과 맞는 것 같아요, 비트로우게가 남부 프랑스에 있음은 내 의견과 맞는 것 같아요. 야메손 씨는 불어를 할 줄 아나요?"

"그가 적어도 그 언어로 자신을 이해할 수 있을 만큼요. 그는 시카고의 레밍톤Remington 학교를 나왔어요, 그곳에는 불어도 가르쳐요."

"그 작은 마을 비트로우게에는 영어를 말할 줄 아는 사람은 거의 없어요. 그러니, 만일 스미스 부인이 실제로 그곳을 방문했는지는 쉽게 확인이 될 겁니다."

"당신은 야메손 씨가 이 우편엽서를 썼다는 의견이신가요?"

"분명히 그렇습니다. 그는 누군가를 부추겨, 타인의 필체로 엽서를 보낼 정도이기에는 너무 교활합니다. 그 점을 그는 가능하면 피하려고 했을 겁니다, 의심을 피하기 위해서요."

"하지만 그 경우 그는 스스로 비트로우게에 있다는 말씀인가요?"

"그것이 가능합니다, 하지만 반드시 그럴 필요는 없습니다. 그가 알고 있는 어떤 사람에게 이 엽서를 급히 발송해달라고 요청했을 수는 있습니다. 아니면 그자가 똑같은 목적으로 비트로우게에 있는 우체국으로 직접 똑같은 목적으로 이를 보냈을 수도 있습니다. 그 우체국이 그의 요청을 거절할 이유가 존재하지 않습니다. 하지만, 그 스스로 직접 그곳에 있고, 아직도 여전히 그곳에 남아있을 가능성도 있습니다."

"뭐 하려고요?"

"사람들이 그를 탐문한다는 것을 확인해 보려고요. 그런 작은 마을에서는 모든 낯선 사람은 특별히 주목하니, 그런 관찰은 그 관련 인물의 확인은 당연합니다."

"그런데, 그이가 내가 이곳에 있음을 어떻게 알고 이 엽서를 나중에 보냈을까요?"

"에디토 양, 당신이 언젠가 당신 여자친구에게 그 점에 대해 말한 적이 있나요?"

"그런 적이 있긴 했어요!"

"그렇다면요! 그녀는 그 사항을 그자에게 필시 말했을 겁니다. 그자는 당신을 테플리츠에서 만난 적이 있나요? 당신이 그곳에 있음을 그자가 알고 있었나요?"

"아마 알 수도 있을 겁니다. 알리소는 내가 테플리츠에 있다고는 그에게 편지로 쓰지 않았습니다. 그녀는 그 사람이 나와 그녀가 교제하는 것을 싫어했음을 알았습니다, 왜냐하면 그이는, 내가 그이를 싫어하고, 또 그이는 내 여자 친구 알리소가 나의 영향을 받는 것을 두려워했어요. 테플리츠에서 그녀가 그이에게 내가 함께 있는 것을 말하지 않았어요. 하지만, 그들이 떠나던 날, 나는 플랫폼에서 있었어요. 그이가 기차에 오르기 전에, 그이는 한동안 천천히 그 플랫폼을 살펴보았어요. 나는 정말 한 모퉁이에 서 있었어요, 화물을 싣는 수레 뒤에 온전히 숨은 채로 말입니다, 그리고 만일 내가 실수하지 않았다면, 얼굴에 면사포를 쓰고 있었어요. 그럼에도 그이가 나를 알아봤을 가능성은 있겠네요."

"필시 그렇겠군요, 또한 나중에 그자가 알리소에게 당신에 대해 물어봤을 수도 있고요, 그것은 아주 당연한 겁니다. 우리는 그럼 그가 쓴 글을 한 번 살펴봅시다: 'Kara Edito!' 이 문구는 당신에게 보내는 그녀 편지들에서 이 문구를 사용하는 것이 습관인가요?"

"내 여자 친구가 내게 글을 써 보낼 때는, 가장 자주 그녀는 이렇게 편지를 시작합니다: 'Kara Edinjo!' 이 다정한 이름은 내가 알리소와 함께 지내온 나의 어린 시절에서 나온 것입니다.

나는 그녀가 나를 달리 부른 것을 기억할 수 없습니다, 예외적으로, 만일, 그때는 우리가 사소한 다툼이 있고 난 뒤에는, 화가 난 그녀가 나를 달리 불렀어요."

"그런 세밀함을 물론 야메손은 알 리가 없겠지요. 우리가 더 읽어가 봅시다: '내가 여기 잠시 머물러 당신에게 마음의 인사를 나누려고요. 안타깝게도 나는 요즘 몸이 좋지는 못합니다; 나는 독감에 걸려 기침도 하고 가슴 통증도 심해졌어요. 나는 리비에라로 갈 예정입니다. 안타깝게도 당신은 시카고로 돌아가겠군요. 제 아버지의 옛 친구분을 만났어요; 그분이 나를 돌봐 주고 있어요, 왜냐하면 프랑코는 비즈니스 때문에 빈으로 가야만 합니다. 니스에 갈 예정이니 나에게 그곳으로 회신해 주기를 바랍니다. 다정한 인사를 나누며, 당신의 알리소Alico가.'"

폰 메르텐 반장은 그 엽서를 다 읽고는 자신의 고개를 숙인 채 깊이 생각에 잠겼다. 어느 정도 시간이 지나자, 그는 고개를 들고서

말했다:

"나는 그자가 의도한 바를 이제 알았습니다."

"그 말씀은?"

"나는 그 점에 대해 내가 생각하고 있는 가정에 부합하는 것과 반대되는 것, 이 모든 것을 다 고려했을 그때 말해 줄게요. 그러나 지금은 아주 중요한 질문이 하나 있어요: 당신 여자친구는 한때 폐병을 앓은 적이 있나요?"

"아뇨, 전혀 아니에요!"

"그 점을 나는 추측해 보았습니다. 그자가 비트로우게에 가 있었는지 아니면 그곳에서 아직도 머물고 있는지, 그것은 임시로 고려하지 않은 상태로 둘 수 있습니다. 어찌 되었든지 우리는 그자를 위해 그곳으로 가지는 않을 겁니다."

"그럼, 그 외에 그 사람은, 이 엽서를 여기로 왜 보냈을까요?"

"오호라, 그런 목적이야 다양하지요. 우리는 아주 강한 반대자에 대해 관심을 가져야 합니다, 그것은 더욱 분명해졌습니다. 먼저 그자는 알리소가 아직도 살아 있다는 점에 대해 당신에게 확인해 주려고 했습니다."

"당신 개입 없이도 뭔가 분명 그에게 성공한 것이 뭘까요? 나는 이 엽서가 가짜가 아님은 전혀 의심하지 않을 겁니다."

"나는 경험자로서 원래 발송인의 필체와 가짜 발송인 필체의 차이가 얼마나 중요한지를 더 나중에 당신에게 보여주겠어요, 야메손은 이제 리비에라로 갈 작정입니다."

"반장님은 그렇게 믿나요?"

"나는 그 점에 확신합니다. 그건 갑자기 생긴 감기나, 가슴 통증에 근원이 있을 수 있습니다."

"하지만 그는 정말 그런 병을 앓지 않는데도요!"

"그 불쌍한 알리소도 그런 병을 앓지 않았어요, 하지만 그분은 지금 분명 묘지에서 쉬고 있습니다. 하지만 리비에라 그곳의 다른 여성이 알리소를 위해 대신 죽었을까요?. 당신은 그것을 이해할 수 있나요?"

"그것은 둘째 살인을 말씀하는가요?"

"아뇨, 그런 것은 필요하지 않아요. 리비에라에서 건강하게 되는 희망을 가지거나, 적어도 자신의 고통을 줄일 수 있는 희망을 가지는 수많은 여성 폐병 환자가 있답니다. 하지만 나는 아주 궁금한 것이 있는데, 그것은 그자가 그곳에서 그 일을 어떻게 준비할지 하는 점입니다. 이것은 정말 쉽지가 않습니다. 더구나, 에디토 양, 당신은 여자친구 알리소에게 시카고로 귀향할 의도를 말한 적이 있나요?"

"내가 그런 사정을 말했을 수 있습니다, 왜냐하면 나는 지금 벌써 6개월 전부터 유럽에 와 있고, 내 고향 집 주변을 둘러보는 것을 싫어하지도 않거든요.

하지만 분명하게 내 의도를 발설한 적은 없습니다; 내가 이 사항을 말할 수 없었답니다, 왜냐하면 나는 그런 의도를 아직은 가지지 않았으니까요."

"분명히 스미스 부인은 그 점도 야메손에게 말했고요, 또 그는 지금 당신이 하려는 바를 알려고 시도합니다."

"그럼, 나는 뭘 해야 하나요?"

"우리가 리비에라로 가서 그곳에서 당신이 시카고로 돌아갈 의도가 있음을 그자에게 알리면 됩니다."

"하지만 그자가 나를 리비에라에서 본다면, 뭘 해야 하나요?"

"우리는 그런 대면이 일어나지 않도록 주의를 해야 합니다."

"언제 우리는 여행을 떠나나요?"

"우리가 핑케르톤에서 정보가 오면 곧장 출발합니다. 하지만, 아마 우리는 리비에라로 곧장 가지는 않습니다. 빈으로 먼저 가야 해요."

"반장님, 당신은 그 사람이 그곳으로 간 걸로 진짜로 믿고 있나요?"

"그게 온전히 틀리지 않지만, 나는 그것을 꼭 믿지는 않아요. 뭔가 의도 없이 그는 이것도 쓰지 않았을 겁니다. 하지만 그가 무슨 의도로 이 편지를 보냈을까요? 나의 추적에서 자신이 자유롭기 위해 시간을 벌기 위해서, 바로 그 점만을 위해서일까요? 그것은 진짜가 아닐 수 있습니다, 그자가 당신과 내가 함께 활동하는 것을 아직 몰랐을 겁니다. 또 분명히 그는 뭔가 그것을 추측하지 못했을 겁니다. 그자는 당신이 틀린 길로 들어서기를 원했을까요? 그 점도 진실은 아닌 것 같습니다. 마찬가지로 그자는 적게 알고 있습니다, 우리가 알리소 죽음에 대해 알고 있음도요. 그렇지 않으면 그는 그녀 이름으로 당신에게 엽서를 보내지 않았을 겁니다. 그럼 무엇 때문일까요? 빈에서 그는 만사를 대비해서 자신에게 알리바이를 가지려고 원하기 때문입니다.

그는 그 때문에 엽서를 썼습니다. 업무차 그가 빈으로 가야 했음을 썼으니까요. 그가 기업을 가지고 있나요? 지금까지 당신은 그 점에 대해 뭔가를 나에게 말한 적이 없습니다."

"그이는 자기 부친이 개업한 수입제조회사에 소속이 되어 있습니다. 아버지 야메손은, 자기 아들의 마음이 여린 점을 잘 알고 있으니, 그 아들에게 이 사업 참여를 그런 방식으로, 즉 아들 프랑코가 수익만 챙겨 가도록, 자신의 사업 부문을 팔지 못하게 하고, 또 임대하지도 못하도록 해 두고 있습니다."

"현명한 대처이군요! 그럼, 그런 사업을 위해 그자는 몇 번 여행을 했겠군요?"

"그이는 적어도 이번 사업목적을 유럽의 즐거운 여행을 핑계로 했는가 봐요."

"이번 경우에 우리는 좀 자세히 그 야메손이라는 자를 빈에서 살펴봐야 합니다. 아마 임시로는 충분하겠지요, 만일 우리가 그곳에 우리 형사 크루제를 보낸다면요."

"그 임무가 고도의 지성을 요구하는가요?"

"임시로는 아닙니다. 이것들은 필시 급히 수행되어야 할 것입니다, 아마도 이마 빈 경찰서 중역실에 전보가 이미 갔을 겁니다. 그래요, 그것은 처음에는 충분할 겁니다, 왜냐하면, 만일 제 추측이, 그곳에 그자가 자신을 위해서 알리바이를 가지려고 한다는 제 추측이 맞으면, 그는 자신을 프랑코 야메손처럼 그곳에서 자기 존재를 알려야만 합니다. 나는 곧장 그런 전보를 잘 정리해, 이를 빈으로 보내야 합니다."

폰 메르텐 반장은 그 점을 말했다.

"당신은 준비가 되어 있습니까, 핀케르톤 회신을 받은 뒤에 곧장, 가장 시간적으로 가까운 기차를 이용해 곧장 여행할 준비가 되어 있습니까?"

그는 나중에 물었다.

"지금 이 순간에도 나는 준비가 되어 있습니다."

"그건 듣던 중 반가운 소리이군요. 스미스 부인의 부친 친구라는 그분을 우리는 반드시 찾아야만 합니다."

"당신은 정말 그분이 존재한다고 믿는가요?"

"분명합니다, 왜냐하면, 야메손은 직접 그 친구입니다. 당신이 나를 동행해 주면, 귀한 걸음이 될 겁니다. 당신이 그자를 탐구해 봐요."

"그런 이유로만요?"

그녀는 자신이 아무 생각 없이 던진 그 말에 조금 얼굴을 붉혔다, 그리고는 급히 이 말을 덧붙였다:

"내 생각에는요, 당신이 지루해할까 봐서요, 당신은 온전히 혼자서 여행을 하니까요. 아니면 당신은 역시 크루제 부하 직원과 소통이 잘 되나요?"

"당신은 너무 좋은 취향을 가지고 있군요, 존경하는 에디토 양."

그는 평온하게 말했다.

"저로 하여금 칭찬의 말을 하게 만드니까요. 그러니, 당신은 이런 말을 들으면, 그런 칭찬하는 말을 듣지 못했을 겁니다. 만일 내 여행에 그러한 동반녀를 언제나 두고 싶다고 말한다면요, 내가 그 범죄에 대해 당신과 나누는 대화에서 얻게 되는 추가적 유용성을 전혀 고려하지 않고도요."

"그럼에도 그것은 칭찬의 말처럼 들리네요. 나는 고백하건데, 반
장님의 행정 당국이 허용하지 않을 수도 있을 핀케르톤의 협력과,
이에 더해, 가짜 우편엽서의 검증 작업은 당신에게 유용할 것이고,
또 아마 내가 반장님, 당신에게 알리소에 대해 또 야메손에 대해
알려드리는 것도 당신에게 유용할 겁니다. 하지만 그걸로 내가 반
장님께 주는 유용함은 분명히 전부일 거예요; 제가 얻을 수 있는
소득은 범죄에 관한 대화를 통해 나는 많이 배우기만 할 뿐입니다,
아주 많이도 또 뭔가 아주 흥미로운 것이기에. 하지만 반장님은 아
니구요!"

"용서하세요! 내 생각의 탐구심은 기본적으로 정확하게 수사하기
위함입니다."

"당신은 그걸 할 수 있습니다. 혼자 하는 말로요."

"에이 아니에요, 그것은 뭔가 기본적으로 다릅니다."

갑자기 크루제 형사가 들어 와, 그 자신이 뭘 해야 하는지 물었을
때, 그 질문은 그 둘의 대화를 중단시켰다.

"아뇨, 시카고에서의 두 번째 전보가 아직 도착하지 않았네."

폰 메르텐은 그의 질문에 답했다.

"분명히, 더구나, 크루제, 자네는 다른 외국어 할 줄 아나?"

"중학교에서 저는 프랑스어를 조금 배웠지만, 제가 군에 있을 때
그 점을 잊고 있었어요. 제가 나중에 사건을 쫓아다니는 형사가 되
었을 때, 불어 학습서를 다시 쥐게 되었답니다."

"자네는 자네 지식으로 프랑스 거주에 불편함이 없다고 생각하
나?"

"제가 필요로 하는 모든 것을 저는 아주 정말 모르고 있습니다, 반
장님, 하지만 저는 그럼에도 제 임무를 다하려고 애쓰고 있습니
다."

"자네에게 니스에서의 관찰 책임을 맡겨보려고 해요."

"그건 저도 할 수 있습니다, 반장님."

"그 일은 니스중앙우체국에서 알리소 스미스 부인에게 도착하는 편지들이 더 있는지를 물어보면 확인이 될 거네. 나는 예측할 근거를 가지고 있네. 우리가 뒤쫓고 있는 프랑코 야메손 씨가 도착우편물 창구에서 스미스 부인 이름이 기재된 그 엽서를 보여주는 방식으로 찾아 나선다면요. 이 경우에 그 수사는 물론 더 어렵겠네."

"오호라, 그런 일들은 이미 제가 처리하고 있습니다, 반장님!"

"자네가 만족할 정도로 절차를 잘 수행했음을 알고 있네. 하지만 낯선 나라에서 그 일은, 그럼에도 우리나라에서처럼 그렇게 쉽지 않아요.

자네는, 니스에 도착하면 즉시 현지 경찰서로 직행해 자네가 도착했음을 알리고, 그 경찰서에 내가 자네에게 줄 편지를 전해주게. 그러면 자네는 가장 잘 행동하게 될 걸세. 그곳 형사들이 그때 자네를 도와줄 거네. 그곳 경찰이 우체국의 담당 직원에게, 자네가 민원인들 사이에 서 있으면서 누군가가 찾아와, 찾고 있던 알리소 스미스에게 온 편지들을 찾아냈다는 신호를 하도록, 잘 말해 두면, 가장 나을 걸세. 이 일의 담당자를 그 관련 상대방이 알아차리지 못하게 잘 살펴, 그 편지를 받아갈 사람이 누구인지를 확인해 주게. 그 결과를 즉시 베를린에 전부해주게 하지만 그 관련 상대방이 그렇게 오랫동안 자네를 알아차리지 못하도록 자네가 세심한 주의를 기울여야 해요. 또 만일 그자가 니스에서 다른 곳으로 출발한 경우에도, 이 경우에도 언제나 베를린에 자네가 머무는 장소를 전보로 알려주게. 그 야메손이라는 자의 모습을 나는 아마 가장 잘 당신에게 설명했겠지, 그렇지 않은가?"

"그렇습니다, 반장님. 저는 언제 출발하면 되나요?"

"호텔에 비치된 현지 열차시각표를 통해 가장 가까운 열차를 이용하면 될 걸세. 자네는 쾰른Koln-파리Paris-리용Lyon으로 가는 차편을 이용하면 될 걸세. 물론 중간에 멈춤 없이요. 여기 500마르크이네; 이 돈이면 우리가 재회할 수 있을 때까지 쓸 수 있을 거네."

"그럼요, 반장님! 그럼, 나중에 봐요!"

"잘 가게, 크루제! 일처리는 언제나 꼼꼼하게!"

"최선을 다하겠습니다요, 반장님!"

거수경례하면서 크루제는 떠났다.

"야메손이 수사 대상에 있지 않기를 희망합니다!"

에디토가 나중에 의심하며 말했다.

"크루제 형사는 여기 가만히 붙들어 두기보다는, 그 자를 추적하러 이 자리를 벗어나는 것이 더 나을 겁니다; 나는 저 형사를 잘 알아요. 저 형사는 훌륭한 사냥개와 같이 자기 일을 잘 해 냅니다. 완벽함에는 결코 도달하지는 못해도요, 왜냐하면 그에게는 조합할 줄 아는 능력이 아직 부족합니다."

"반장님 곁에 누가 특별히 그런 능력을 발휘하겠어요!"

"나는 그 능력에 도달하려고 무진 애를 썼었어요, 왜냐하면 나는 그 능력이 형사부서의 가장 중요한 특성으로 생각하고 있거든요. 그 능력을 수행하려면 늘 유연한 마음도 지녀야 합니다."

"그건 왜지요?"

"사람은 한 가지 조합에 대해선 고집할 필요가 없습니다, 비록 그 조합력이 의심이 되지 않는다 하더라도요; 하지만 때로는 자신의 능력이 틀릴 수 있음도 늘 고려해야 합니다."

"반장님의 가르침을 받으면, 나도 좋은 형사가 될 수 있겠는걸요."

"당신에겐 그게 필요 없음이 안타까워요!"

"저를 오해하진 마세요; 저는 아마추어로서 이 일에 관심이 있거든요. 독일식으로 말하자면, 집안일만 처리하는 아내는 절대 되고 싶지 않아요."

"존경하는 아가씨, 제가 이런 질문을 해도 되나요. 독일식으로 말하는 집안일만 처리하는 아내라는 말씀은 제가 어떻게 이해할까요?"

놀란 그녀는 그를 한 번 쳐다보았다.

"그건, 아내가요, 집안 살림, 즉, 주거지 청소, 요리, 빵 굽는 것, 자녀 교육과 가정 살림에 관련된 여타 모든 살림살이에 전적으로 관심을 가지는 아내라는 말이지요."

"그럼 그런 여성에게는 정신적 흥미가 없다는 말씀인가요?"

"그런 일을 하게 되면, 그 여성에겐 그런 여유가 없다는 말씀이지요!"

"당신에게는 유일한 그런 사회 계층의 그런 여성과 사귀어본 적이 있나요?"

"아뇨, 아직 없습니다. 하지만 독일 아내는 언제나 그렇게 표현이 되고 있어요."

"어떤 사람들이 그리 말하나요? 당신이 알고 있는 독일 여성에 대한 것만큼만 그렇게 적게 알고 있는 사람들이 하는 이야기를 들었겠지요, 아주 존경하는 아가씨. 제 직업은 자주 나를 외국에 나가게 했거든요. 그래서 저는 외국의 여러 나라 가정 살림도 들여다볼 기회가 생깁니다. 그 때문에 저는 그런 방향의 판단을 내립니다. 즉, 아무 파당심 없이 침착하게 비교하는, 시험의 기초로 만들어지는 판단 말입니다. 이 판단에 따르면 그러합니다, 독일 여성인 부인은, 우리가 그런 전형적인 모습으로 고려하는 그런 부인은 모든 문명국 아내 중 제1위를 차지합니다 즉, 자기 가정에서이 도더신 때문이지요. 또 정신적 발전으로 만족을 추구하는 넓은 공간이 아직 남아 있음은 별도로 하고요!"

"이전에 저는 당신을 칭찬하면서 의심해 왔는데, 저는 이런 의심을 완전히 거두겠습니다; 당신은 완전하게도 칭찬만 하는 사람은 아님을 선언할게요!"

"그러고 저는 결코 그런 사람이 되지 않을래요; 만일 내 의견을 숨김없이 밝혀 당신에게 불만을 불러일으켜도 그런 사람은 되지 않을래요"

"저도 똑같은, 숨김없이 말하는 것을 반장님께 고백합니다. 저는 기뻐하겠습니다. 만일 선한 다른 나라 사람들의 좋은 특성도 당신에게 적절한 분노를 발견할 수 있었으면, 나도 기쁘게 여기겠어요.”

“예를 들어, 미국 여성을 말한다, 그 말이지요? 이 일이 당신에게
일어나지 않았음을 누가 말하나요?
나는 당신 나라 숙녀들의 좋은 성품도 충분히 인식하고 있습니다,
즉, 그 사람들이 사회에서 자신을 태연자약하게 움직이는 성품을
요, 실제 일에 대한 그들의 감각을요. 또 무엇보다도 좁쌀 영감 같
지 않은 통 큰 행동을 하는 성품도요. 하지만 그 미국 숙녀분들의
그 좋은 성품은 덜 좋은 성품과 대립합니다. 제 의견에는, 물론 그
성품이 뭔가 다른 것에 탁월하지는 않은 그 덜 좋은 성품을 말합
니다. 그 덜 좋은 성품이 좋은 성품을 완전히 무용지물로 만들어
버리거든요.”
“그게 무슨 성품인가요?”

“게으름이라고 할까요? 미국 여성들은 온종일 또는 반나절을 흔
들의자에 앉아, 독서나 군것질에 관심을 두고 있지요, 반면에 그들
의 남편이나 아버지는 쉼 없이 일하고 노력하며 지내면서, 그 가족
에게 모든 가능한 안락을, 또한 그 가족이 원하는 것을 충족시켜주
려고 하지요. 저는 기꺼이 고백하고 싶어요, 주로 남편들이 그 절
제하지 않은 사랑을 통해 무기력해짐에 대해 죄가 있지요. 하지만,
입증은 되지 않습니다. 만일 그들의 동반 여성이, 가족을 위해 세
심하게 행동하는 대신에, 그런 삶을 더 좋아한다면요. 하지만 그것
은 도움이 되어요, 그 가족을 헌신하는 일에 자신을 몰두시키는 그
런 아내를, 저는 더 높이 좋아합니다, 비록 그 아내의 정신적 흥미
가, 어떤 경우에는, 실제로는 소용없을지라도요. 하지만 지성적 아
내는 더구나 곧 이런 불필요함을 확인하고는, 이를 없애버릴 수도
있지요.”
“그런 남성이 미국 숙녀와 행복해질지도 모른다는 것이, 반장님,
당신에게는 불가능하다는 말씀인가요, 그렇지요?”
“꼭 그렇지는 않아요!”
그는 자신을 향해 완전히 보고 있는 그녀의 어두운 두 눈을 진지

하게 쳐다보았다. 나중에 그는 살짝 웃었다.

"성서에는 이렇게 씌어 있답니다: 99명의 의인보다는 후회하는 죄인 한 사람에게 더 많은 기쁨이 있다고 해요!

만일 그런 미국 숙녀가 결정할 수 있다면요, 남편을 향한 애정이 근원이 되어 독일 아내가 활동적인 사회 생활을 하려면, 이에는 정말 적지 않은 에너지와 여분의 자기 각성이 필요할 것이기에, 내가 그녀의 젠체하지 않는 재능이라고 이름을 붙인 바로 그 점은, 미래의 남편 행복을 위한 가장 나은 보장이 되지도 모르니까요. 하지만 오늘은 너무 늦었습니다, 에디토 맥 캐논 양, 또 우리는 우리 앞에 먼 여정이 기다리고 있습니다. 이로써 저는 그런 학문적 토론으로 당신을 계속 피곤하게 만들고 싶지도 않습니다."

"학문적 토론이라니요? 실제 생활에 가치 없는 그런 것인가요?"

그녀는 날카롭고 거의 악의적인 시선으로 그를 째려봤다.

"그렇습니다."

그는 평온하게 다시 말했다. 그 두 사람이 그렇게 앉아 있던 탁자에서 그녀가 먼저 그 자리에서 자신을 일으킬 때.

"그럼, 잘 주무세요!"

평소와는 달리, 그에게 손을 내밀어 악수하지도 않은 채, 그녀는 서둘러 그 방을 떠났다.

그는 그렇게 총총히 사라지는 그녀 뒷모습을 보았다. 그의 귓가에는 그녀의 치맛바람 소리가 들려왔고, 그의 입가에서는 한숨 소리가 떨린 채 나왔다. 왜 그는 탄식하는가?

폰 메르텐이 에디토 맥 캐논 양과 마지막으로 대화를 나눈 뒤, 잠자리에서 잠들기까지는 충분히 오랜 시간이 흘렀다; 그가 마침내 잠들자, 혼돈의 꿈이 그의 정신을 흩어 놓았다. 말 위에 앉은 그는 야메손 뒤를 쫓고 있었다, 그리고 그가, 길에서 말을 달리고 있을 때, 마침내 그 목표물인 그자를 잡으러 그자에게 팔을 내밀었지만, 그가 붙잡은 인물은 야메손이 아니라 그녀의 아름다운 몸매를 보이며 다정한 표정으로, 그의 옆에서 말을 탄 채 달리는 에디토 양이었다. 그래서 그는 이 꿈을 생각하면서 웃어야 할지 울어야 할지 몰랐다.

삼월의 태양은, 그가 눈을 뜨자, 그가 잠자던 호텔방 안으로도 밝게 들어왔다. 황급히 그는 자신의 침대에서 뛰어내려, 급히 옷을 입고, 아침 커피를 시키려고 사람을 부르는 벨을 눌렀다.

"손님에게 전보도 당도했습니다."

그 호텔 직원이 봉사하듯이 알려주었다.

"그건 어디에 있나요?"

"문지기 방에요; 제가 곧 가져다드리겠습니다."

몇 분 뒤 그 봉사원은 전보를 들고 왔다. 폰 메르텐은 그 전보를 펼쳤다. 그것은 베를린에서 온 것이다. 그 내용은 이러했다:

"핀케르톤 통지: 야메손 앞으로 온 편지들은 엘렌 부르케Ellen Burke라는 이를 통해 전달되었습니다, 오늘까지는 런던, 나중에는 니스로 전달한다고 함. 클럽 서기 말로는 야메손이 빈에 머물고 있다는 의견임."

폰 메르텐 반장은 다시 벨을 눌러 소리를 내고는, 들어서는 호텔 직원에게 물었다:

"맥 캐논 양을 이미 만나 볼 수 있나요?"

"제가 그분께 말씀드리겠습니다."

5분 뒤 그 호텔 직원이 나타났다.

"그 여성분은 마침 아침 식사로 초콜릿을 드시고 있었어요."

그 직원이 알려 주었다.

"그분에게 시카고에서 전보가 도착했다고 좀 말해 주세요. 또 그녀가 언제 나와 대화할 수 있는지 그 시각을 알려주시오."

다시 5분이 흘렀다. 그때 그 호텔 직원이 다시 와, 그 여성 손님은 15분 뒤 신문 읽는 곳에 오겠다고 한다고 알려 주었다.

그녀는 정확했다. 다정한 아침 인사를 말하며 폰 메르텐 반장은 그녀에게 그 전보를 전했다.

"그이는 런던으로 여행했다고 하고, 지금은 니스에 있다네요!"

그녀는 활달하게 외쳤다.

"그이는 런던에서 뭘 하려고 했을까요?"

"내가 어제 당신에게 말한 바를, 그자가 리비에라에서 그 일을 어떻게 진행하고 있는지, 그 점에 대해 내가 아주 관심이 많음을, 기억하고 있지 않나요?"

"아주 좋아요! 아, 내가 이해가 되었답니다! 그이는 두려워했어요, 만일 그곳에서 알리소를 폐결핵 환자로 대체할 의도였다면, 그 일이 너무 쉽게 발각될 수도 있고, 또 그 때문에 그이는 런던으로 여행했군요. 그곳에서 적당한 사람 하나를 물색하려고요. 그렇지 않나요?"

"어떻게 그렇게 빨리도 당신의 조합하는 재능이 발달하는지요! 그렇거나 아니면 온전히 비슷하게 되어가네요, 그 일이. 만일 그 사람이 리비에라에 남아 있는 환자를 부추겼다면, 자신의 죽은 여자 친구 역할을 하라고, 이는 중차대한 어려움을 만들어놓네요. 리비에라에 남아 있음은 적지 않은 돈 문제를 요구하니, 그런 병을 가진 여성은 그의 제안을 거의 받아들였을지도 모릅니다. 그러니 그자는 가난한 여성을 필요로 했을 것이고, 물론 그 여성의 모어가 영어인 사람을요, 가장 낮게도, 정말 미국 여성이 꼭 맞았겠군요. 하지만 대양을 건너는 여행을 하려면, 그는 너무 많은 시간을 허비했을 겁니다, 그 때문에 그자는 자신을 런던으로 향했군요."

"그리고 그곳으로 우리도 자세한 상황을 파악하려면 지금 출발해야 합니다!"

"가능한 한 서둘러야 하겠지요!"

"저는 떠날 준비가 다 되었어요."

"더 잘 되었어요. 우리가 탈 기차도 호텔의 열차 시각표에 따라 확인해 본 바대로, 2시간 뒤에 떠납니다. 칼레Calais행 급행열차입니다. 아주 기꺼이 나는 정말 빈에서 오는 전보를 아직 기다리고 있어요. 그게 필시 도착했을 겁니다, 하지만 런던에서 들려오는 것이 더 중요합니다. 빈 전보는 늦춰질 수 있습니다. 내가 서둘러 그 도착 여부를 다시 한번 요청하러 중앙 전보국에 가봐야겠어요. 그에 필요한 대금도 치러야하구요. 내가 가능한 한 빨리 돌아오겠습니다."

"그사이 나는 여행 준비를 마무리해야겠어요."

제5장 칼레행 기차 안의 대화

"야메손이 누구를 오게 했는지를 알려면, 반장님, 당신이 해 볼 조치는 어떤 것이 있나요?"

그들이 자신이 탄 열차 칸에 자리를 잡자, 에디토가 물었다.

"그게 아주 어렵다고는 할 수 없습니다. 그자가 자신이 활용할 개인 환자를 물색하는데 필시 충분한 시간이 없었을 겁니다. 그러니 우리는 직접 병원을 알아봐야 합니다, 폐병 치료병원에 찾아가, 그 병원 관계자를 통해 정보를 알아내야 합니다."

"그럼 개인 의원도 살펴볼 건가요?"

"제 의견엔, 그것은 불필요합니다. 개인 의원 요양 진료비가 비싸, 부자 환자들만 그런 개인 의원을 이용할 겁니다. 하지만, 제가 이미 말했듯이, 야메손 그자에게는 가난한 여성 환자 한 사람이 필요했을 겁니다, 왜냐하면 그 사람이 알리소 스미스라는 이름으로 자신을 알리고, 그의 계내에 동의했을 겁니다. 니, 나, 해니노 냉, 닝신은 유감스럽게도 니스에 못 가게 되었다고 니스에 보낼 통지문은 썼나요?"

"그렇게 했습니다, 또 저는 알리소 건강에 대한 추가 정보가 있다면, 그걸 드레스덴으로 보내달라고 요청했어요. 저는 크루제 형사께 그 우편엽서를 우체국에서 부치도록 요청해 두었어요."

"그것은 정말 잘 될 겁니다. 크루제는 제가 신임하는 부하이니까요. 희망컨대, 그 형사가 니스에서 야메손이라는 인물을 찾아냈으면 합니다."

"그런데, 만일 그 형사가 그 일에 성공하지 못하면 어찌할 것인가요?"

"그때는 아마 우리가 런던에서 뭔가를 찾아내야지요, 그 범인이 우리에게 다시 보여 줄 뭔가를 찾아낼 겁니다."

"하지만 만일 그마저도 실현되지 않으면, 우리는 어떻게 할 계획인 가요?"

"그런 경우 우리는 지금까지 가 보지 못한 다른 길을 선택해야 할 걸요. 하지만 우리가 그사이 여전히 탐구해 봐야 할 일에 따라서요. 하지만 제가 하는 한 가지 질문에 이제 답을 해 주세요. 에디토 양, 당신은 그 여성 엘렌 부르케Ellen Burke를 아나요? 시카고에서 온 전보에 나오는 그녀에 대해서요. 그녀가 야메손 편지를 전달해 준다고 하던데요?"

"아뇨, 저는 그 이름 처음 듣습니다."

"그렇다면, 필시 그 여성은 야메손이 한편으로 연애하는 여성일 것입니다. 우리는 정말 이것을 핀케르톤을 통해서도 확인해 볼 수 있지만, 그걸 긴급히 알 필요는 없습니다. 아마 당신 오빠가 그 점에 대해 우리에게 전해 줄 수도 있을 겁니다."

"오빠에게 전보를 칠까요?"

"편지면 충분합니다, 부르케 부인에 대한 추가 정보를 받을 필요가 있는 경우, 그때 우리가 전보를 이용하면 됩니다. 하지만 편지는 당장 써 주십시오. 왜냐하면, 그 편지가 목적을 달성할 때까지는 약 1주일 정도의 충분히 긴 시간이 필요합니다. 당신은 칼레에서 도버Dover로, 그 해협을 건너는 배편에서 그 편지를 써주면 어떨까요?"

"여행 중에 또는 기차역에서 기다리고 있는 시간을 이용해 짬을 내 볼게요."

"그렇게 할 필요는 없습니다, 만일 우리가 도착하는 도버에서 그 편지 부쳐도 늦지 않게 도착할 겁니다."

그러곤 긴 침묵이 이어졌다. 지난 저녁의 대화로, 보기에, 에디토 양의 기분이 상했나 보다. 그녀는 여전히 기분 나쁜 감정을 수그릴 수 없었다.

폰 메르텐 반장은 그 점을 크게 애석해했다. 그는 그녀가 기분 상한 것이 그 자신 때문일 거라고 여겼다. 필시 그 때문이다. 왜냐하면, 그녀는 자신의 그런 기분을 그 여행 동안에 여전히 누그러뜨리지 못하고 있었기 때문이다. 폰 메르텐과 에디토 둘이 앉아 있는 좌석에 몇 명의 남자 승객이 합석하고, 그 남자 승객 중 한 사람이 여성 승객 에디토에게 말을 걸어오자, 그녀는 주저 없이 자신에게 말을 걸어온 남자 일행과 활발한 대화를 이어갔다.

특히 그 일행 중 크레펠드Krefeld 출신의, 경기병 부대에서 근무하는, 평복 차림의 장교가 유쾌하고도 재치있는 방식으로 대화를 이끌어 갔다. 폰 메르텐은 처음에는 잠자코 듣고 있었다. 그래도 그의 날카로운 시험용 눈에는, 때때로 에디토 양의 눈길이 폰 메르텐 자신을 향해 날아와, 마치 그가 이 상황을 어찌 받아들이는지를 알아보려는 것임을 알게 되었다.

그래도 그가 침묵하면, 그 자신이 화나 있다는 결론을 그녀가 내리게 하지는 말자. 그래서 그도 자신의 침묵을 깨고 적당한 기회가 왔을 때, 그 대화에 참여하였다. 그는 조용하고도 침착한 기분으로, 자신이 잘 하고 있음을 보여주었다. 도중에 합류한 그 승객 일행이 자신의 목적지에 도착해, 그들이 자신의 좌석을 떠났을 때, 폰 메르텐과 에디토는 오랜만에 오늘 유쾌한 여행을 하고 있음을 확인했다.

이제 그 둘만 다시 남자, 처음에 침묵이 다시 시작되었다.

"왜, 반장님은, 오늘은, 전혀 저를 기쁘게 해 주려고 애를 쓰지 않는가요?"

에디토가 갑자기 물었다.

"내가 보기엔, 우리 아가씨께서 먼저 대화에 소극적으로 참여하는 듯해서요."

"그럼 지금 반장님은 그런 기분이 안 든단 말씀인가요?"

"나는 에디토 양, 당신이 나를 그런 나쁜 신사로 여기지 않기를 희망합니다!"

"만일 그런 기사도 정신 한 가지 이유로, 반장님은 제게 헌신하고 싶은가요, 그럼, 그런 경우 그 점에 대해 양보하겠어요!"

"그것 말고 제가 무슨 권리가 있겠어요?"

"우리는 동료입니다. 폰 메르텐 반장님. 적어도 우리가 관여하는 일에 있어서요. 그런 상태에서 동지애를 잘 유지해야 합니다. 그렇지 않나요?"

"분명하고요, 하지만 양측에 모두요!"

"감사하네요! 이제 제 생각이 맞았네요. 하지만 제게 보이기로는, 반장님, 당신은 이성 간의 동지애 같은 것은 전혀 불가능한 것으로 생각하고, 그런 점에서 반장님은 자신을 지키려는 것처럼 보이는데, 아닌가요?"

그는 살짝 웃었다.

"그것은 틀립니다. 저는 그런 동지애를 두려워하지 않습니다. 하지만 제가 고백하고싶은 것은, 더 친숙해지는 동지애의 감정이 두 사람 중 한쪽에서 생겨서 나중에 서로 더욱 친해지는 것은 드물다는 점입니다."

"그럼 우리가 그 드문 경우를 한 번 만들어 봐요, 어떤가요? 저는 생각하기를, 저는 그게 가능하다고 보니, 반장님, 당신도 그 점에 있어 공감한다고 보는데, 내가 맞았나요?"

"꼭 그렇지는 않아요!"

"오호라, 당신은 나를 놀라게 하네요!"

"내가 나를 잘 알거든요, 친근감을 드러내는 그런 낱말 하나도 잘 할 줄 모르는 것도 나거든요."

"아뇨!"

그는 조용히 대답했다.

"그 점에 있어, 에디토 양, 당신 모습과는 대조적으로, 나는 아직 충분히 나이 먹었다고는 할 수 없지요.

하지만, 만일 제가, 제가 당신과 함께 충분히 오래 있어도, 그 속에서 내 안에서 떠오르는 바를 내가 표현할 줄을 전혀 모른다는 점을 확인해 주고 싶습니다. 내가 에디토 양, 당신에게 불쾌함만 보여줄 뿐입니다. 그런데 왜 웃고 있나요? 그럼, 당신이 원한다면, 나는 당신께 다른 방식으로 유쾌함만 보여줄 수도 있고요."

"그건 가당치 않습니다!"

"에디토 양, 당신은 그 점을 제게서 소환했어요! 그럼, 당신은, 만일 유쾌함의 순간으로 연결되면, 당신은 정말 만족한다는 것이 되거든요! 의식적으로는 냉정하게, 사랑은 우연이 아닌 열렬함으로 뭉쳐 한 쌍을 이루면, 그 자체가 특별한 매력이 되거든요!"

"그것은 천성에 반하는 것이에요!"

"당신은 지금 그 점을 토론하고 싶은가요, 어느 것이 천성에 맞고, 어느 것이 그 반대인지를요? 그것은 의식화된 무산대중이 하도록 남겨 둡시다!"

그녀는 더는 말이 없었다. 비록, 그녀가, 가장 다양한 문화국의 유쾌한 모임들을 통해 몇 년 전부터 활동해 오던 능숙한 그녀였지만 적당한 대답을 찾으려면 시간이 필요했다. 그것은 그녀를 자극했다. 한때 능숙한 재담꾼들과 재치 넘치는 대화를 제법 자주 한 그녀는 그에게도, 그렇게 다른 사람에게 하듯이, 왜 하지 못할까?

그녀는 원인을 잘 알았다. 피상적 방식으로는 이 형사 반장과의 대화는 불가능했다; 그는 언제나 그녀가 뒤따르기 어려운 방식이 밑바닥에 들어서고 있다; 그는 바로 진짜 독일인이다. 좁쌀영감! 그 때문에 그녀는 내부적으로 그를 비웃으려고 했으나, 그 비웃음은 진짜 성실한 대화 자세가 아니다.

정반대로, 그들이 도버 해협을 통과하여 이동하는 동안, 또 더 나아가 영국 수도 런던에 가까이 다가갈수록, 폰 메르텐 반장은 그녀 생각으로 가득 차 있었다. 또 하지만 이는 아주 불쾌하지 않은 방식으로

런던에 도착하고서, 폰 메르텐 반장은 좋은 호텔을 골라 숙소로 잡고, 곧장 여러 병원을 방문하며, 자신의 수사를 시작하려고 했다. 그러나 에디토 양은 그 반장에게 그 수사 활동에 자신도 꼭 끼워 달라고 끈질기게 요청했다, 그런 끈질김에 그는 그녀를 허락했다.

그들은 각자 방문할 병원 리스트를 작성하고, 수시로 해야 할 일을 서로 전화로 소통하기로 했다. 만일, 어느 한 사람이 목표에 도달했다고 판단이 되면, 다른 사람이 수색하는 일을 중단하게 했다. 그러나 수차례의 전화 대화는 그 쌍방 노력이 아무런 성과가 없음을 알려 주고 있었다. 그들이 저녁에 호텔에서 다시 만나게 되자, 폰 메르텐 반장의 의견에 따르면, 야메손이 스미스 부인 역할을 대신할 여성을, 병원에서는 직접 데리고 가지는 않았음을, 적어도 런던에 있는 병원에서는 그런 사례가 없음을, 그 점만을 분명히 확인했다.

다시 한번, 폰 메르텐 반장은 자신의 수사 선상에 두던 가정을 검토하고, 그 가정에 우호적 요인과 방해요인들을 일일이 검토하고, 그 가정에 여전히 남아 있어야 하는 결론에 도달했다.

저녁 시간을 그와 에디토 양은 함께 보내면서, 지난 며칠간의 못 읽었던 신문잡지들을 읽었다. 이는 야메손이 광고를 통해 적당한 여성을 물색했는지 알아보려고 했다. 런던의 수많은 일간지에서, 그것도 아주 방대한 광고 부문에서 그자에 관한 사항을 찾아내는 일은 지속이 요구되고 피곤한 작업이다. 그러나 이마저도 아무 소득이 없고, 그 창백함은, 에디토 양이 지닌 매력적 얼굴도 점점 창백해져 가자, 그녀 관심도 이제 소진되었음을 입증해 주었다.

폰 메르텐의 끊임없이 그만하고 놔두라는 요청 뒤에야 결국 그녀는 밤의 휴식으로 향할 수 있었다.

폰 메르텐 반장은 아직은 이런 휴식을 즐길 여유가 없었다. 자신의 호텔 방의 편안한 안락의자에 앉아, 그는 자신의 충직한 동반자인 파이프 담배에 불을 붙이고는 나중에 강도 높게 현 상황을 분석해 보는 것을 시작했다. 여러 생각이 그의 머릿속에 나타났다가는 곧 다시 사라졌다. 마침내 성공 가능성이 높을 것으로 보이는 어떤 생각이 떠올랐다.

야메손이 자신의 사업을 핑계로 즐거운 유럽 여행을 하고 있다는 말을 맥 캐논 양이 한 적이 있었다. 그 점에 있어 그자는 물론 그 업무상 목적을 도외시할 수는 없었다. 그 업무는 그를 어디로 이끌고 가고 있는가? 그자의 처음 사업의 종류에 따라 분명 런던으로도 왔다. 그자는 런던에 좀 오랫동안 머물러야 했다. 어디에서였던가? 필시 호텔은 아니었다; 그의 삶의 습관에 따라 외국인들이 잘 이용하는 펜션을 선호했다.

독일에서는 잘 정리된 거주지 광고를 통해 어느 펜션이 거주하기 좋은지를 알 수 있지만, 영국에서는 그런 법률이 없었다. 런던에서는 펜션이 수천 개나 있는데, 이를 일일이 방문해 알아본다는 것은 -요금을 받고 외국인을 투숙하게 하는 수많은 개인 가족들을 제외하고도- 수개월이 걸린다.

그러나 만일 야메손이 실제로 유럽 여행을 즐겁게 하면서 사업을 핑계 삼는다면, 에티토 양이 말했듯이, 그는 자신의 상업 친구들과의 만남을 온전히 피할 수 없었다. 폰 메르텐은 그자가 하는 기업 종류를 잘 알고 있고, 런던에서 시카고 기업과 연을 맺고 있는 수많은 기업이 있음도 짐작해 볼 수 있다.

따라서 야메손이 얼마 전에 런던 방문에서 알게 된 회사들을 찾아, 이를 물어보는 것이 가장 유용하게 여겨졌다. 필시 그 영국 기업 중 하나는, 영국 관습에 따라, 그를 한 클럽에 모이게 하여, 더 다정하게 정보를 알려 주고, 그의 습관에 대해 정보를 주었을 수도 있을 것이다. 그러한 수사는 분명 물론 아주 세심하게 진행되어야 하고, 영국 현지 형사의 도움을 받는 것이 가장 낫다. 폰 메르텐 반장이 영어를 아주 잘 말한다 하더라도, 런던에서 자신을 영국인이라고 말하는 위험을 감수할 수 없다; 왜냐하면, 만일 사람들이 그를 정당하지 않다고 지적한다면, 그를 의심해, 야메손에게 어떤 사람이 그를 찾아다닌다 라며 알려 줄지도 모르는 일이다. 폰 메르텐 반장은 자신이 이 길에서 그 결과가 보장될 확실성을 갖기 전에는, 잠이 오지 않음을 잘 알고 있었다. 그는 갑자기 자리에서 일어나, 택시를 잡아타고, '스코틀랜드야드Scotland Yard' 경찰서를 찾아갔다.

그곳 당직 형사는, 폰 메르텐이 자신의 신원과 온 목적을 밝히자, 친절하게 대해 주었다. 그러나 이 수사를 위해 도움을 줄 형사를 찾기란 쉽지 않았다. 피어손Pearson이라는 당직 형사는 폰 메르텐 형사반장에게 킬라니Kellaney 형사를 추천했다. 그는 영국 경찰서가 제공할 수 있는, 가장 추천할 만한 남자 중 한 사람이었다. 만일 폰 메르텐이 이 남자에게 뭔가 협조를 구할 일이 있으면, 그를 즉시 전화로 호출할 수도 있다. 폰 메르텐 반장은 그 당직 형사의 추천을 거절할 명분이 없었다. 그래서, 동의했다. 그러나 그리 오랜 시간이 지나지 않아, 프레데리코 킬라니Frederiko Killaney라는 형사가 와서 인사를 나눴다. 그러나 그 형사를 본 그 독일 형사 반장은 자신의 동의를 거의 후회할 뻔했다. 킬라니 그 형사는 선천적인 "젠틀맨"의 전형이었다. 그는 좋은 사회 클럽에 소속된 사람처럼 보였다. 그러니, 그는 자신의 여린 마음 때문에 자신의 재산을 잃기도 했다.

그 형사 사무실의 밝은 불빛에 본 그 형사는 분명히 그가 살아온 모든 특색을, 아름다운 얼굴형을 보여주고 있다. 폰 메르텐이 그를 처음 본 인상은 전혀 호감이 가지 않았다. 킬라니 얼굴은 전혀 지성미라는 보이지 않고, 착한 마음씨도 보이지 않아, 그에게는 자신이 지금 수행하는 직무보다는 다른 직업이 더 어울리는 듯 보였다.

하지만, 폰 메르텐이 그가 해 줄 임무를 그에게 알려주고, 그에게 그 임무를 빠르고도 행복한 해결책을 달성하면 충분한 현금 보상이 따를 것이라고 약속했다. 폰 메르텐은 에디토가 기꺼이 그 대금을 내놓을 것으로 알고 있었다. 그러자 킬라니 얼굴에는 번개와 비슷한 번쩍하는 생각이 나타나, 갑자기 표정을 바꾸었다.

"미국과의 협상이나, 특히 시카고와 관련된 상업 수사는 가장 확실한 절차가 있습니다." 라고 킬라니 형사는 말했다.

"하지만 저는 내일 오전 9시에 이 일을 시작할 수 있습니다; 그러나 저는 오늘 지금 이미 도입부의 발걸음을 내디딜 수 있습니다. 저는 시카고에 사업 주소를 두고 수시로 연락하는 은행 직원과 친하게 지내고 있습니다. 아마 반장님이 말씀하신 그 회사도 그에 해당할 겁니다; 만일 그렇지 않다면, 제 친구가 이곳의 어느 은행이 저곳의 어느 기업이 사업을 잘 하는지를 잘 알고 있을 겁니다. 만일 저희가 이 은행을 찾아낸다면, 저희는 아주 곧장 이곳의 상업회사들을 통해, 그 야메손 씨와의 관련성을 알 수 있을 겁니다. 저는 지금도 그 친구를 만나러 갈 수 있어요."

"그럼, 아주 좋아요"

그렇게 폰 메르텐은 말했다.

"당신이 뭔가 알아내면, 그 정보를 제가 묵고 있는 호텔로 좀 알려 주십시오."

그 직원은 그것을 약속하고는 곧 떠났다. 폰 메르텐도, 그 당직 형사의 호의에 대해 감사를 표한 뒤, 그 자리를 떠났다.

폰 메르텐으로서는 킬라니 형사가 보고해 올 내용을 기다리는 것 외에는 다른 뭔가가 없었다.

그러나 한 걸음을 그는 아직 더 내디딜 수 있다; 그는 전신전화국으로 갔다. 그곳은 그가 이미 지난 밤에 빈에서 온 전보가 있는지 물었던 곳이다. 그래서 드레스덴에서 추가 발송 명령을 받을, 빈에서 오는 전보가 있었는지를 물었던 그 전신전화국 부서로 찾아갔다. 그런데 지금 그 전보가 도착해 있었다; 그 내용은 이러했다:

"시카고 출신의 프랑코 야메손Franco Jameson은 12일 전부터 여기 머무르고 있음, 주소는 레르첸펠데르구르텔 Lerchenfeldergurtel 21번지임."

12일 전부터라면; 폰 메르텐은 자기 반대자에게 자신의 칭찬을 거절할 수 없었다. 의심의 여지없이, 야메손은, 자신의 모든 알리바이를 입증하려고 빈으로 자신의 역할을 해 줄 누군가를 보냈다는 말이다. 누가 그 대체 인물이 될 수 있었을까? 이제, 이 질문은 더 늦게 답이 나왔다: 지금 뭔가 더 중요한 일을 할 필요가 생겼다. 가장 중요한 그 일이란 그가 좀 휴식을 취하는 것이다. 그가 다시 자신의 호텔로 귀환하였을 때, 자정이 이미 오래전에 지났다. 그때 그는 자신의 여행 긴장이 더욱 느껴졌다. 그러나 그가 잠들기까지는 좀 더 시간이 걸렸다. 그 자신의 정신 속에, 지금까지 있었던 모든 일이 지나가고, 그는 그 속에서 확신을 가진 것은, 그가 제대로 목적지를 향해 맞게 움직이고 있음이다. 그 상황에서 그에게 나타난 그림 중에서 에디토 양의 얼굴이 가장 오래 남아 있었다. 그는 그 그림을 지워보려고 애를 썼으나, 그는 성공하지 못했다.

왜, 그렇게 갑자기 그의 삶에 들어와, 그의 의도와는 달리, 그렇게 활발하게 그를 사로잡고 있는가? 또 그렇게 부자인 바로 그 여성인가?

한숨을 쉬면서 그는, 짧은 시간 동안에도 키워 온 그 희망을 버렸지만, 여전히 그의 앞에서 유혹하며 나타났다.

모든 성격적인 힘에도 불구하고, 그는 자신을 에디토의 우아한 출현이 -더욱 그녀의 드러내려고 하고, 진실한 성격이- 그에게 효력을 가져다주고, 좀 오랫동안 그녀와의 교제를 개인적으로 해본 사람이면 누구나 느낄 수 있는 그 매력으로부터 벗어날 수 없었다. 적어도 그는 자신을 그 점에 있어 확실하지 않다고 여긴다.

그는, 그 점에 있어, 양보할 수 있는 권리가 있는가?

없다! 그녀와의 대화에서 그는 충분하고도 명확하게 표현한 것은 그와 그녀를 분리하는 것이다. 그가 이 부유한 숙녀의 남편이 될 것인가? 아니다. 그가 자신의 존재에 대해 중요하게 고려한다고 하더라도, 그는 부유한 숙녀의 손을 요청할 결심을 하지 못한다. 그래, 그 경우에는, 아마 다른 경우보다는 더욱 덜하다. 그의 남자로서 자존심은, 부유한 아내가 어느 날 그에게 재산 없음을 비난할 수 있다는 생각을 가져다주지 못할 것이다.

그런 그의 상황에서 그런 비난조차도 당연할 법도 하다. 그는 정말 자신이 가사 돌봄을 맡을 수도 있다; 그의 재산 이자와 함께 그의 급료는 적당한 핑계로 걱정 없는 존재감을 그 가사돌봄에 확고히 해주는데 충분할 것이다. 그러나 그 미국 여성의 주장이 적절하여, 그들이 그러한 상태로 계속 남는다는 보장이 있는가? 그녀에 대한 로맨틱한 끌림은 아마 그녀의 생활방식으로 제한됨을 첫 시기에는 다소 못 느낄 수 있다. 소위 말하는 밀월 기간에는 신혼부부는 정말 나중보다는 다른 시각으로 모든 것을 바라본다. 그러나 그 밀월 기간이 지나가면 어떤 일이 벌어질까? 그때 그녀 주장은 점점, 아마 그녀가 처녀 때 가졌던 권리 기준도 함께 자라나지 않을까? 그때는 무슨 일이 벌어질까?

그때 그는 그녀에게 그의 생계 지참금은 그런 그녀 주장을 만족시키지 못한다고 말해야만 한다; 그러면 그의 자존심은 심하게 상처를 받을 것이다.

하지만, 그가 지금 그녀에 대해 알고 있는 만큼, 그녀는 자신이 가진 전 재산으로 도움을 주는 데 전혀 주저하지 않을 것이다. 분명, 그녀는 가장 맞게도, 그것이 실제로 그렇게 일어난 그런 방식으로 온전히 이해될 수 있도록 보일 것이다. 그러니, 그가 만일 에디토 양과 결혼 한다면, 그들 결혼은 그런 일로 불쾌해하지는 않을 수 있다.

그러나, 그런 순간이 오지 않는다는 보장이 없다. 그와 아내, 그 둘 간의 넘을 수 없는 깊은 계곡이 나타나리라는 것을 느끼면서, 그런 매 순간이 그는 두렵다. 그 두려운 순간은 올 수 있고, 그때 모든 것은 영원히 잃게 될 수 있다. 그 점을 고려해볼 때, 그가 이미, 처음에, 그런 결혼 생각이 너무 강하게 자라기 전에, 커 가고 있는 사랑의 감정을 지금 막아버리는 것이 더 낫지 않을까?

그러한 기우가 그를 괴롭혔고, 오랫동안 잠들지 못하게 했다. 그러나 마침내 자연은 자신의 권리를 차지하자, 그는, 조심스럽게 모든 것을 운명에 맡기기로 작정하고 잠을 자기 시작했다.

제6장 런던의 킬라니 형사

몇 시간의 달콤한 잠을 자고 나니, 폰 메르텐 반장은 몸이 산뜻하고 상쾌했다. 그는 새로운 활력으로 깨어나, 서둘러 옷을 챙겨 입은 뒤, 호텔 급사에게 그가 맥 캐논 양에게 정오 쯤에 잠깐 그녀 방에 들러 알릴 사항이 있다고 전해 달라고 했다; 오늘 오전에 그는 바쁘다. 그는 에디토 맥 캐논 양의 도움이 오전에는 전혀 필요 없으니, 그녀더러 오랫동안 휴식하라고 알릴 목적이다.

그가 자신의 방에서 킬라니 형사의 방문을 기다리며, 다시 현재의 수사 사항을 다시 검토하고 또 검토해 보았다. 그는 이미 오래전부터 '진실도 고려하고, 진실 아닌 것도, 심지어 불가능한 것까지도 고려하는 자가 범인이라' 는 수사 격언의 진실을 잘 알고 있다.

그가 그런 생각에 잠겨있을 때, 킬라니 형사가 그를 찾아 왔다. 그 영국 형사는 짧게 그에게 알려 주기를, 야메손은 처칠가 Churchillstrato 제62번지 엘렌 부르케 부인의 외국인 객실에 자주 머물렀다고 했다. 또 그 사람은 런던에서 최근 머물 때도 그녀 거주지에 머물렀다고 했다. 부르케 부인은 정말 지난해 9월 이후 계속 시카고에 머물러 있었다. 그래서 그동안 그녀 숙소는 카롤리노 브루흐톤Karolino Broughton이 운영하고 있었다.

이 말을 들은 폰 메르텐 반장은 한순간도 뭘 해야 할지 주저하지 않았다. 그는 그 형사에게 어제 약속한 금액을 보상하고는, 그의 훌륭한 협조에 고마워했다.

킬라니 형사가 떠난 직후, 폰 메르텐은 에디토 양에게 메모를 썼다. 그 메모에서 그는 그녀에게 알려주기를, 자신이 처칠가 제62번지의 엘렌 부르케의 외국인 숙소로 이사해야 함을 알리고, 또, 가장 빨리 그곳에서 그녀에게 자기 소식을 전하겠다고 했다. 그 메모를 그는 방 청소부 여봉사원에게 그녀에게 꼭 전해주라고 했다. 나중에 그는 자신의 여행용 가방을 꾸리고는, 호텔 청구서에 적힌 대금을 치르고는, 택시를 잡아타고 처칠가로 달려갔다.

그 외국인 숙소에서 그를 맞이한 이는 아름답고 신선한 모습의 하녀였다. 왜냐하면, 안주인은 아직은 그를 맞이할 준비가 되어 있지 않았다.

그녀는 그에게 숙박 가능한 방을 보여주었지만, 그는 방 임차료에 대해 묻지 않았다. 수많은 런던 가정부처럼, 필시 아일랜드 출신으로 보이는 그녀가 그 방을 정리하는 사이, 그는 그 하녀와 대화를 나누기 시작했다.

"아름다운 아가씨이군요, 당신은 여기서 일한 지 얼마나 되나요?" 그가 물었다.

"2년 일했습니다, 손님."

"그러면, 필시 제 친구 야메손도 알 것 같은데요. 그 친구가 내게 여기 런던에 오면, 이곳에 머물라고 추천해 주었답니다. 좋은 추천이 아닌가요?"

"맞아요, 저는 야메손 씨, 그분 잘 알아요. 그런데 그분이 손님 친구라고 하시면, 손님도 어쩌면 부르게 부인을 아시겠습니다. 그렇지 않나요?"

"그렇고 말고요!"

"여사님은 잘 지내시나요?"

"아하, 아주 잘 지내고 있답니다. 그분은 시카고에서 더 잘 적응하고 있지요."

"여사님은 여전히 그렇게 아름답지요?"

"저는 정말은 잘 모릅니다. 그분이 일찍이는 어떤 모습인지는 요하지만 그녀는 지금도 여전히 매우 아름답지요."

"그렇지요, 여사님 사진은 접객실에 있어요, 벽난로 쪽이요, 야메손 씨 사진 옆이요."

"재가 나중에 접객실로 가서 그 사진을 한번 살펴볼게요. 야메손 씨는 최근 이곳에 머물렀나요?"

"만일 손님이 며칠만 더 일찍 오셨더라면, 그분을 만날 수 있었을 겁니다."

"아이 아깝네, 아까워! 내가 그 친구를 만날 수 있었다면, 그 친구에게 인사라도 할 텐데. 아마 그 친구는 곧 다시 이곳에 올 겁니다."

"그럴 수 있지요. 하지만 제 생각엔 그분이 런던에 다시 오시려면, 얼마간 시간이 흘러야 해요."

"그럼 아마 부르케 부인은 그 친구가 귀국하는 걸 알고 있나요?"

"필시, 그분이나 비즈Beads 박사님은 아시고 있을 겁니다. 그분과 야메손 씨는 몇 번 자리를 함께 하셨어요."

"나는, 기억하기를, 프랑코가 내게 그분 이야기를 한 것을 기억하고 있답니다. 그분은 여기서 가까운 곳에 머무르고 계시지요, 안 그런가요?"

"예, 노텀버랜드가Northumberlandstrato 14번지에요. 그곳에 그분은 자기 개인 의원을 운영하고 계십니다."

"비즈Beads 박사님은 진료시간이 언제인가요?"

"그건 저는 잘 모릅니다. 아마 오전 9시부터 정오까지요."

"지금도 이 집에 그분 환자들을 받습니까?"

"아뇨. 다행스럽게도 그분의 환자들은 손님으로 받지 않습니다. 손님은 그 환자들이 얼마나 많은 문제를 일으키는지 상상하시지 못할 겁니다. 어떤 환자는요. 15분 간격으로 뭔가 다른 것을 요구하거든요.

야메손 씨가 지지난 겨울에 여기에 투숙하셨을 때, 그이는 심한 감기를 앓았어요. 비즈 박사님 처방에 따라 그분더러 며칠간 침대에서만 지내도록 했거든요. 그때 제가 그분을 위해 봉사를 해야 했지요.

하느님 맙소사, 정말 정말 참을성이 없는 분이셨어요! 그분이 침대에서 일어나, 걸을 수 있을 때가 되자, 저는 그때 안심이 되었어요."

"그 점을 믿겠습니다. 하지만 다른 시간에는 그 친구는 정말 친절하답니다. 그렇지 않나요?"

"그건, 친절하셨다는 그 말은 보통 맞지 않아요. 하지만 잘 생기신 분이었어요. 그래요, 아주 잘 생기신 분이지요! 하지만 그분은 자신의 큰 눈으로 사람들을 쳐다보면요, 절반의 사람들은 그분을 보면 겁내고, 절반은 그분을 보면 감탄했어요! 하지만 용서하세요, 손님, 제가 여기서 너무 오래 이야기했네요, 저는 오늘 할 일이 아직 많이 남았어요."

그 청소부 하녀는 급히 그 방을 나갔고, 폰 메르텐 반장은 비즈 박사를 만나러 갈 채비를 하였다.

찾아오는 환자들이 많은 비즈 박사에게 폰 메르텐 반장이 야메손에 관해 물어보려 했을 때, 그 박사가 너무 빨리 대화를 마무리하지 않도록 하려고, 또, 그 형사 반장보다 더 일찍 진료를 받기 위해 와 있던 환자들이 다 진료를 끝낼 때까지, 그 반장은 진료 대기실에 기다리고 있었다. 마침내, 그가 진료실에 오늘의 마지막 환자로 들어갔다. 그는 자신의 류마티즘으로 고생하고 있다고 말하자, 이 질병에 대해 비즈 박사가 그에게 바르는 약을 처방해 주었다. 대화 속에서 폰 메르텐은 자신의 친구 프랑코 야메손이 그에게 아주, 아주 경험이 많으신 의사 선생님으로 비즈 박사님을 추천하더라는 말을 했다.

"야메손 씨는 이미 귀향하였나요?"

비즈 박사는 깜짝 놀라며 물었다.

"아뇨, 그 추천은 아주 오래전에 있었습니다, 그때 그이가 독감으로 고생하고 있었을 때, 박사님께서 독감을 그렇게 빨리 낫게 해주셨다는 이야기를 제게 해 주었습니다."

" 저어, 그 일은 아주 중요한 일은 아니고요."

그 박사는 웃으며 말했다.

"하지만 그이는 환자로서 선천적으로 인내심은 정말 없었지요. 자신과 관련된 사람이 온전히 건강하지 못하거나 온전히 아프지 않을 때, 그런 천성을 보이지요. 그때 나는 그이를 아주 싫어했어요, 하지만 지금 나는 그이를 좋아할 만한 사람으로 여기게 되었네요."

"박사님 의견이 그렇게 바뀐 원인을 제가 여쭈어봐도 되나요?"

"그 환자분은 그 일이 알려지는 것을 원하지 않습니다. 하지만 당신이 그분 친구분이라 하니, 저는 그 일을 말해드릴 수 있지요. 그분이, 자신의 감기가 거의 나은 뒤에도요, 간혹 제게 진찰을 받으러 왔는데요, 그이가 우리 진료 대기실에서 어떤 젊은 부인을 만났어요, 카타리노 우드웰Katarino Woodwell이라는 여성을요. 그 환자가 폐병으로 고생하고 있었어요. 그녀는 이곳 초등학교 교사인데, 부모님도 안 계시고, 다른 친척도 없었지요. 그 친구분이 그 여성에 관심이 있더군요. 그 여교사는 아주 예뻤어요; 그런 점이 그의 동정심을 불러일으켰거나, 관심을 더 가지게 했을 겁니다."

"그 친구는 제게 그녀 이야기를 해 주었습니다요. 그 여교사가 아주 아름다운 금발의, 푸른 눈을 하고서 또 중간 정도의 키를 가진 우아한 여성이지요?"

"아주 맞아요. 아주 정확합니다. 그래서 그 두 사람이 서로 친교를 이어가자, 그 친구분이 나더러 계속, 그녀가 정말 폐병을 완치할 수 있는지, 아닌지를 알려달라고 하더군요. 난 그분에게 그리 많은 희망을 줄 수 없었답니다; 그녀 질병이 너무 퍼져 있었거든요. 이런 상황을 듣자, 그 친구분은 나에게 5파운드짜리 지폐를 내밀고는, 그녀가 쓸 치료제와 강화제들을 위해 그 돈을 쓰겠다고 했어요. 필요시에는, 그가 그녀 여생을 위한 비용 전부도 내놓겠다고 하면서요. 나의 가난한 환자를 위해 좋은 일로 쓴다고 하니, 저는 그 점에 기꺼이 동의했지요. 시카고에서 그는 나중에도 여러 번 그 환자를 위해 충분히 고액의 돈을 송금해 주었어요, 그러니, 나는 그녀 건강상태를 그분에게 정기적으로 알려야 했지요. 안타깝게도 그 소식은 더는 호의적이지는 못했지요; 나의 첫 진단이 맞은 것이

판명되었어요. 우드웰 양은 더 황폐해지고, 야메손이 이곳에 며칠 전에 왔을 때 그녀는 스스로 힘든 시절을 보내고 있었어요. 그 친구분이 그녀를 여기서 다시 보자, 더욱 마음이 짠했다고 하더라고요; 내가 그분께 유일한 가능성이라고 한다면, 겨우 몇 달간 연명할 수 있다고 말해야 했지요. 그래서 그녀를 남쪽 기후에 맞도록 이사 가는 편이 낫겠다고요. 그러자 그는 주저함도 없이 결정하더군요, 자신의 비용으로 그녀를 리비에라로 옮기겠다고 했어요."

"아주 고상한 행동이네요, 실제로!"

"정말입니다. 베른하르드Bernhard씨!"

이 이름을 폰 메르텐은 비즈 박사와, 자신이 묵고 있는 숙소에도 그렇게 소개했다.

"3일 전에 그분은 그녀와 함께 떠났어요. 그리고 오늘 그들은 이미 산레모San Remo[3] 쯤은 가 있을 겁니다."

"박사님 의견으로는 그 여성분이 곧 죽을지도 모르는 상황에서 구원을 받을 것으로 생각하시나요?"

"그 점에 있어 의심이 있지 않을 수 있습니다; 4주 이상은 어렵습니다. 그 뒤로는 그녀는 어렵습니다."

"불쌍한 여인이군요! 분명히 그녀는 아주 젊은데요, 그렇지 않나요?"

"스물여섯 살이네요."

"저는 반복해 말합니다: 야메손 씨가, 그녀에게 적어도 생명의 마무리를 더 쉽게 해 줄 수 있을지도 모르는 아주 고상한 성품을 지니고 있어요. 또 그것은 더욱 그렇습니다. 왜냐하면, 그 상황에 따라 덜 순수한 동기에 대한, 말하자면 연애감정에 대한 모든 생각은 아마 예외적일 수 있어요."

"물론이구요! 환자분께서도 아시다시피, 야메손 씨가 에델로 양, 에델로 부르케Adelo Burke 양을 말합니다만, 이미 비공개로 약혼했다 하더라도 말입니다."

---

3) 산레모는 이탈리아 북서부 리구리아 주의 서쪽 지중해 연안에 위치한 도시

"예, 예. 그 친구는 제게 비밀이 전혀 없습니다. 왜 그는 그녀와 지금까지 결혼하지 않았을까요?"

"야메손 씨가 결혼하지 않는 것을 꼭 바라는, 그분의 늙으신 삼촌이 아직 생존해 계신다고 들었습니다. 그러고 만일 그분이 결혼하면 그 삼촌이 주시는 유산을 물려받지 못할 수 있다고 하는 가 봐요. 그 삼촌이 아주 큰 재산에, 이미 나이도 70살을 넘겼고, 자주 편찮으시니, 그리 긴 시간이 지나지 않아도, 그 삼촌이 별세할 수 있다고 보는가 봐요. 그 때문에 야메손 씨는 자신의 결혼을 늦추는 걸 선호하는가 봐요."

"그런 조건에서라면, 일반인도 정말 그 점을 반대하기란 어려울 겁니다. 하지만, 지금 저는 충분히 박사님을 불편하게 해드렸군요. 바쁘신 시간을 내어 주셔서 정말 감사합니다. 안녕히 계십시오!"

"잘 가세요, 선생님! 만일 선생님이 야메손 씨를 만나면 그분께 내 안부를 전해주세요."

폰 메르텐 반장은 그렇게 하겠다고 약속하고는 그 자리를 떴다. 그 사이 그가 에디토 양을 만나러 갈 시간이 있었다. 그는 그녀에게 자신의 성공에 대해 일정한 만족감을 숨기지 못하고, 숨길 의도도 없이, 자신이 얻은 정보를 그녀에게 말해 주었다.

그녀는 그가 하는 말을 끊지 않고 듣고 있었다.

"그리고 나는 당신이 그 사실을 확인할 때에도 아무 도움이 되지 못했네요!"

그녀는 그가 자신이 알아낸 사항을 알려주는 것을 마치자, 좀 비난이 섞인 어조로 소리를 질렀다.

"에디토 양, 내가 그렇게 힘든 여행으로 필시 필요한 당신의 휴식을 깰 권한은 없습니다."

"저는 실제로 반장님이 생각하는 만큼 그렇게 약하지 않아요. 반장님은 스스로 휴식도 하지 못했지요, 그렇지 않나요?"

"오호라, 하지만 저는 몇 시간은 잠을 잤어요."

"그것은 충분하지 않습니다! 그런 식으로 반장님은 당신의 병을 악화시키게 됩니다!"

"그 병은 이미 더 큰 피곤함도 참아내야만 했지요. 하지만 저에 관심을 두고 있으니, 에디토 양, 당신은 아주 친절하네요."

"그것은 좋은 동료로서의 제 책무인걸요. 하지만 수사의 일에서는 아닙니다! 이제 우리는 뭘 할까요? 여기서 분명 이뤄져야 할 일은 모두 이뤘군요. 또 우리는 제가 조금이라도 도움이 될 수 있는 것 없이 떠날 채비를 해야 하는 거죠?"

"저기 리비에라에 가면, 에디토 양, 당신은 제게 아주 필요할 겁니다. 야메손을 아는 사람이 그곳에서 그자를 추적해야 하는 일이 가장 중요하거든요. 저는 어떤 궁리나 핑계를 대서라도, 저는 그 펜션에 있는 그자의 사진을 손에 넣을 것이지만, 그것을 얻는 일에서도 제겐 어려움이 있어요. 필시 그자는 의복을 달리해 입고 있을 테니, 그를 찾는 일이 어렵습니다."

"반장님, 당신은 그런 의견인가요?"

"그건 정말입니다. 하지만 여기서도 우리는 아직도 모든 것을 다 완수한 것은 아닙니다. 그 사진을 입수하는 것 외에도, 우리는 그 카탈리노 우드웰 양에 대해 더 자세한 것을 알아내야 하는 시도를 해 봐야 합니다!"

"그건 뭐 하려고요?"

"내 희망은요, 크루제 형사가 야메손, 그자의 자취를 찾는 일에 성공하고, 그자의 주거지를 계속 관찰하지만, 그에 대한 확신은 우리가 아직 가지고 있지 않아요. 반대로, 만일 야메손이 뭔가 특별하게 자신의 신변 보호를 위해 애를 쓴다는 점을 생각해 보면, 그 점에 대해 의심해 볼 수 있습니다. 오래전부터 야메손이 자신의 범행을 계획했다고 생각을 해 봐요. 그자는 여기서 1년 전 겨울에 우드웰 양과 친교를 하였다고 합시다. 또 그자가 지금 그 살해당한 알리소를 대체하기 위해 그녀를 이곳으로 데려왔고요. 그 점은 그녀가, 분명, 이 여성과 좀 비슷했기에 그렇게 했을 겁니다. 정말 그 비즈 박사도 이미 그녀의 머리 색깔에 대해, 그녀의 눈과 그녀의 모습에 대해 내가 물었을 때, 그 박사님도 내가 물은 여성과 좀 비슷했기 때문입니다. 나는 이 유사한 모습이 그 범죄 계획을 실행하게 했다고도 볼 수 있습니다. 하지만 분명한 것은, 그는 그때 이미 그 범행을 준비해 놓았다는 점입니다. 왜냐하면, 그자는 필시, 그에게는 전혀 낯선 폐병 환자라는 그 여성에게 충분히 많은 돈을 내놓을 작자가 아니기 때문입니다. 그래서, 1년 전부터 그는 자신의 범행을 실현하기 위해 공을 들여왔고, 의심할 것도 없이 그에게 불리한 모든 상황을 예견하고, 이를 피하려고 준비를 해 왔어요. 이런 경우들에 대해, 그는 자신이 우체국에서 편지를 받을 때, 자신이 의심받고 있음도 고려했을 겁니다. 하지만, 달리 생각해 보면, 지금 그는 자신이 안전하다고, 적어도 추적을 받고 있지 않다고 느낄 수 있습니다. 하지만, 크루제가 성공할지는 의문입니다. 만일 이것이 일어나지 않는다면, 우리는 더 어려운 추적의 상황을 맞을지도 모릅니다. 그자가 지금 산레모San Remo에 있다는 것을 알고 있음에도 불구하고요."

"그곳에 그가 있다고는 전혀 볼 수 없을 겁니다. 전혀요. 비즈 박사가 그자에게 그의 여성 환자를 위한 숙소로 그곳을 추천했다고 해요.

우리에게는 야메손이 그녀와 함께 여행하고 있다는 점이 호의적인 요소구요. 혼자라면 일행이 있는 두 사람의 여행보다는 그자를 찾아내기가 더 어렵습니다. 특히, 만일 그들 중 한 사람이 여성인 경우에는요. 만일 한 사람 이상의 사기꾼이라면 정말 잡히지 않을 수도 있을 겁니다. 만일 자기 애인을 자기 집에만 있도록 놔두었거나, 그 애인과 관련한 모든 연락을 끊는다면요. 그래서, 우드웰 양을 통해 우리가 야메손의 자취를 찾는 것이 아마 더욱 가능할 겁니다. 우리는 그녀에 대한 모든 정보를 더 자세히 챙겨봐야 합니다."

"그것은 맞는 말씀입니다. 하지만 어떤 방식으로 반장님은 그 정보를 알아볼 작정인가요? 그들에 대해 비즈 박사에게 물어보는 것이 가장 간단한 방법인데 그렇지 않나요?"

"아마 그럴 수도 있습니다. 하지만, 그것은 그 의사가 우리를 의심하게 될 수도 있습니다. 이 길은 아직 우리에게, 다른 방법이 성공하지 못할 때, 그때 우리를 위해 남겨 둡시다."

"그럼, 반장님은 무슨 방법을 생각해 두고 있나요?"

"우드웰 양이 지금 머물 곳이 어디인지를 알아내고, 그곳에서 더 자세한 상황을 파악하는 일입니다."

"이 일을 반장님은 제게 맡기고 싶나요?"

요청하는 듯이 그녀가 그 형사를 쳐다보았다.

"만일 에디토 양, 당신이 그 점을 해낼 수 있다고 판단하면, 오케이입니다! 하지만 가장 조심할 필요성이 있습니다!"

"그 점을 고려해 놓고 일을 해 보지요."

"먼저 나는 좀 뭘 먹고 싶어요. 충분히 배가 고파요."

"물론이지요! 그럼 우리가 함께 아침 식사를 하러 갈까요?"

"그게 반장님 마음에 든다면, 기꺼이 가지요."

폰 메르텐이 킬라니 형사에게 이곳으로 오도록 호텔 복무원을 보내고 나서, 그 두 사람은 아침 식사를 하러 식당으로 갔다.

킬라니 형사가, 반 시간이 지나자, 그곳으로 왔다. 폰 메르텐은 그에게 인사하고는, 그에게 관련 주제에 대해 이야기를 나누었다.

"우드웰 양이 아프고 가난하기에, 그녀는 자신이 가르치는 학교 부근에 거주지가 분명 있을 겁니다."

그는 그렇게 설명을 마치고는,

"이것이 맨 먼저 해주실 일입니다."

"그것은 어려운 일이 아닐 겁니다"

킬라니 형사가 말했다.

"우드웰 양은 중병을 앓고 있으니, 비즈 박사는 분명 그녀를 지속적으로 치료해야 하는 환자로 여길 것이고, 그러니, 필시, 그녀가 여교사로서 근무하는 학교가 그 비즈 박사의 거주지에서 그리 멀지 않을 겁니다. 스크틀란드야드에서 저는 이 지역에 있는 모든 학교와 관련 교사 명단을 입수할 수 있을 겁니다. 제가 그 리스트를 입수하면, 몇몇 학교에는, 그 자료 없이도, 제가 알고 있으니, 전화로 물어볼 수 있을 겁니다. 만일 관련 학교에 대해 알게 되면, 곧장 반장님께 알려드리겠습니다."

"좋습니다; 그리고 제가 좋은 보상을 약속드리겠습니다." 에디토가 말했다.

벌써 한 시간 뒤에 킬라니 형사가 돌아 왔다.

"그 일은 아주 순조롭게 되었어요."

그는 보고했다.

"우드웰 양은 포르스터Forster 부인이 운영하는 사립학교에 근무하고 있습니다. 그 부인이 전화로 제게 알려주길, 그 부인은 사랑스러운 그 여교사를 아주 아주 연민하고 있다고 했어요. 분명 이 사람은 자신의 이사장의 가장 큰 동정을 받고 있습니다. 우드웰 양은, 아주 얼마 전까지만 해도, 캠브리지가Cambridgestrato, 제112번지, 우본Uborne씨 댁을 주소로 두고 있었습니다."

에디토 양은 그 킬라니 형사에게 약속한 보상금을 주었다. 분명 그것은 큰 액수였다. 왜냐하면, 기쁨의 놀라운 표정이 킬라니 얼굴에 보였기 때문이었다. 그는 이 시점에 앞으로도 두 사람을 위해 돕겠다고 확언하고는, 작별했다.

에디토 양은 지금 캠브리지가로 가고 있고, 반면에 폰 메르텐은 자신의 펜션으로 되돌아갔다. 그렇게 각자 가기 전에, 그 두 사람은 특정 시점에 그들이 서로 그녀가 머무는 호텔에서 다시 만나기로 여전히 상호 동의를 했다.

우본 씨는 식구가 많은 구두업자였다. 그는 자신이 버는 작은 수입에 자기 주택의 방 임대로 늘여갔다, 에디토는 자신이 가장 잘 소개하기를, 자신도 방을 한 칸 임차하고 싶다고 접근했다. 우본 씨의 부인은 에디토에게 작지만 그리 불편하지는 않은 방을 보여주면서, 이틀 전에는 그 방에 리비에라로 떠난 어떤 아가씨가 머물렀다고 강조해 말했다.

- 113 -

"그럼 그녀는 부유한 환경에서 성장한 좋은 사람으로 살았지요, 그렇지 않나요?"

"아, 그렇지는 않아 보였어요. 처음에는 공립초등학교에서 교사로 출발했다고 했어요. 그러다가, 그녀가 더는 그 공립 학교의 스트레스를 참아낼 수가 없었을 때, 사립학교로 옮겼다고 했어요. 그녀는 미국에 부자 삼촌이 있다고 했어요. 그분에게서 지원금을 받고 있다고 하던데요."

"정말인가요?"

우드웰 양이 의심스런 이야기가 되지 않도록 그 부자 삼촌 이야기를 필시 꾸며냈구나. 우드웰 양은, 만일 사람들이 그 후원금을 주는 이가 여전히 젊은 남성임을 알게 된다면, 여기에 오래 머물지 못했을 것이다.

"그럼, 그분이 필시 리비에라로 가는 여행 경비도 주었겠군요, 그렇지 않아요?"

"그분이 직접 여기에 와, 있었어요, 그 여교사와 함께 가려고요. 왜냐하면, 그분은, 그것 외에도 런던으로도 가야 한다고 하였어요."

"부인은 그분을 보셨나요?"

"아뇨. 여기로는 그분이 직접 오시지는 않았어요. 분명 그분은 좀 이상한 남자입니다. 왜냐하면, 그는 아주 엄하게 그 우드웰 양에게 소지품 중 아무것도 남기지 않고 가져가야 한다고요. 특히 사진 같은 것은요. 착하신 하느님! 그 가련한 여성이 가진 것이라고는 아주 적은 물품 뿐이었는데요! 그것들로는 우리를 부자로 전혀 못 만들 거에요! 사람들은 자신이 가진 것 하나 정도는 청소하는 하녀에게 선물로 줄 수도 있는데도요. 그런데, 그녀가 가진 사진 중 하나는 제가 가지고 있네요! 지난 크리스마스 때였어요. 그 여선생님이 아직 건강하였을 때, 그 여선생님은 자신이 직접 손으로 만든 예쁜 사진틀에 넣어 자신의 사진 한 장을 선물로 주더군요."

"제가 그 사진을 한 번 볼 수 있을까요?"

"만일 손님이 원하신다면, 기꺼이 보여드리지요!"

그 선한 안주인은, 자신의 방이 임대되기를 바라면서, 황급히 뒤쪽의 방으로 달려갔다. 그 방은 그녀와 그녀 자녀들이 거주 공간으로 사용하고 있는 방이다. 그녀 남편은 집 바깥에서 일한다. 그녀는 돌아오면서 에디토에게 그 사진틀을 보여준다. 그러자, 에디토는 자신의 친구 알리소 스미스와 그 사진 속 인물과의 유사성을 보고는 깜짝 놀랐다. 우드웰 양은 마치 그 살해당한 여성의 나이 어린 동생처럼 보였기 때문이었다.

"아주 아름다운 얼굴이네요!"

그녀는 크게 말했다.

"이 사진을 좀 더 큰 사진으로 만들 모델로 제가 좀 사용하였으면 합니다. 제가 그림 그리는 화가이거든요."

"화가라고요? 그건 저도 예상하지 못했네요!"

우본 씨 부인은 에디토 맥 캐논 양의 간단하고도 우아하게 화장한 모습을 보면서 말했다.

"예, 저는 즐겨 그림을 그립니다. 안주인께서 얼마동안 이 사진을 제게 맡겨도 될런지요?"

"흠! 저는 정말 손님을 잘 모르거든요. 제가 나중에 그 사진을 되돌려 받을 수 있겠지요? 이게 제겐 귀한 기념품이라서요. 왜냐하면, 저는 실제로 그 사랑스럽고, 연민이 가는 여성을 아주 좋아했답니다. 제가 그녀를 위해서 제가 할 수 있는 만큼 간호를 해 왔기 때문이에요."

에디토는 자신의 지갑을 꺼냈다.

"제가 이 사진에 대해 보상해 드리지요. 또 제가 이 사진을 몇 주 뒤에 돌려드리겠다는 약속도 하겠습니다. 안주인께서는 이에 동의하시는지요?"

"그러고, 제가 이 사진을 되돌려 받으면, 그때 손님에게 이 보상금을 돌려드려야 하나요?"

"아뇨, 아뇨, 그러실 필요가 없어요. 그건 안주인의 소유가 되니다!"

"오호, 그런 경우라면 저도 당연히 동의하지요! 하지만 이 금액은 너무 많은데요! 제가 보기엔 손님은 부자인 미국 여성같아 보여요, 그렇지요? 손님이 쓰는 말투도 여기 우리와는 좀 다르기도 하구요."

에디토가 웃었다.

"런던 말투는 저는 정말 말할 줄 모릅니다!"

그녀는 말했다.

"그러고요, 안주인은, 그 젊은 여선생님이 어디서 왔는지 아세요?"

"우드웰 양은 뉴캐슬Newcastle 출신입니다. 그녀 아버지는 광산의 광부책임자이셨는데, 3년전 별세했구요. 또 그녀 어머니는 그보다 일찍 별세했어요. 다른 형제자매는 없었구요. 그 불쌍한 여선생님은 이 세상에 혼자 남았지요. 그녀의 유일한 가족은 미국에 산다는 그 삼촌이었어요."

"그 여선생님은 자신의 지인들과 교류가 많았나요?"

"더 일찍은 그랬어요. 그 여선생님이 공립초등학교 근무할 때는요. 그때 그 동료 여선생님들이 자주 그 여선생님을 찾아왔고, 그 여선생님도 그분들을 만나러 가기도 했어요.

그러나 그녀가 더욱 병이 심해지자, 그분들 방문은 중단되었고, 그녀가 사립학교에서 가르치던 학생들 몇 명은 아직도 이곳으로 찾아왔어요. 하지만 그런 학생들도 점점 줄어들었어요. 무슨 이유로, 뭐랄까"

"그럼, 무슨 이유인가요?"

"그건, 그 여선생님 모습이 달리 보였기 때문이어요!"

"그럼, 무슨 이유로 그렇게 모습이 달라졌나요? 왜냐하면, 그 여선생님이 폐병을 앓았기 때문이지요, 그렇지 않나요?"

"오, 선한 하느님, 손님이 어찌 그걸 아세요? 아마 손님은 이 방을 임차하지 않을 생각이지요, 그렇지 않나요?"

"아뇨, 안주인님, 저는 이곳에서 저도 폐병에 걸리기를 원치 않습니다. 하지만 이것은, 안주인님이 나를 위해 내주신 시간에 대한 작은 보상으로 5실링 드리고 싶습니다. 제가 이 사진은 제가 활용한 뒤, 꼭 돌려드리겠어요. 그럼, 안녕히 계세요!"

그 가난한 안주인이 하는 고맙다는 말을 뒤로하고, 에디토는 호텔로 돌아가기 위해 그 건물의 계단을 내려왔다. 그곳에서 그녀는 이미 그녀가 오기를 기다리던 폰 메르텐 반장을 발견했다.

그녀는 그에게 그간 있었던 일을 보고했다.

"그럼?"

그녀는 자신의 보고를 마치고는 물었다.

"에디토 양, 당신은 칭찬을 기대하고 있지요, 그렇지 않나요?"

"그렇지요!"

"그게 에디토 양, 당신을 참을성이 없게 했군요. 당신이 한 일은 어느 형사 경력이 오래된 사람도 그 일을 그렇게 해내지 못한다구요."

"반장님, 그 말 진지하게 한 거지요?"

"아주 진지하게요!"

그의 어투에는 의심이 없었다.

그녀 두 눈은 그 일 자체 때문이 아닌, 기쁨으로 반짝였다. 왜냐하면, 이 순간에 그녀는 불쌍한 알리소에 대해 전혀 생각하지 않고, 그녀가 그 반장 입을 통해 받은 칭찬으로, 또 그녀가 정말 그 일로 자신이 가치 있는 일을 해냈음에 대해 느낌으로 감동했기 때문이다. 그녀는 난생처음으로 좋은 사회의 여성들 능력을 -그림을 그리거나, 수예를 하고, 악기를 다루는 것 등등 - 능가하는 뭔가를 해냈다. 그가 분명 보이는, 싫어하는 감정으로, 독일 가정주부의 끊임없는 노동성과는 반대되는, 더 좋은 계급의 진짜 미국 여성의 비활동성에 대한 말을 했을 때, 그때 그녀 마음에 이제야 홀홀 털어버릴 수 있는 뭔가 날카로운 바늘 같은 것이 남아 있었다.

"이제 나도 에디토 양, 당신에게 그동안 내가 한 것을 보고하고 싶어요."

그는 계속했다.

"처음에 나는 내가 머무는 펜션 접객실에서 그 청소하는 여성이 말한 바를 통해, 그 벽난로 위에 나란히 남자 사진과 여자 사진이 놓여 있었어요. 내가 그 둘을 보고 있는데, 자신을 브로우톤 Broughton이라고 소개하는 여성이 들어오더군요. 그분이 그 펜션 소유주였어요. 그녀는 그리 아름답진 않아도, 얼마 전에는, 그분도 필시 아주 흥미로운 여성이었을 겁니다."

"반장님은 그곳에서 그 사진들을 보았다는 말씀이지요, 아닌가요?"

그녀가 물었다.

그러자 그 형사반장은 그곳에서 있었던 일을 알려 주었다; 그 이야기는 이렇게 전개되었다.

"그렇습니다. 야메손과 비슷한 이 사진은 아주 좋군요. 부르케 양에 대해서는, 그녀가 지금의 머리 모양이 그녀가 사진 속 모습보다는 더 나은 것 같아요."

"오호, 당신은 그 두 사람을 알고 있나요, 손님?"

"물론, 우리는 시카고에서 자주 함께 있었어요."

"그런데, 엘렌은 그곳에서 어떻게 지내고 있나요?"

"고맙습니다, 제가 보기에는 그녀는 그곳에서 아주 잘 지내고 있는 것 같아요. 만일 사람들이 야메손 씨의 그 삼촌이 죽고 싶지 않으려고 한다는 점만 고려하지 않는다면.."

"저도 그 일이 마침내 일어나기를 기원합니다. 왜냐하면, 그때라야 비로소 나는 실제적으로 이 펜션을 제가 취득할 수 있게 되기 때문이에요. 그때까지 나는 이곳을 엘렌을 위해 경영하고 있어요. 더구나, 야메손 씨는 나에게 그분 삼촌이 아주 편찮다고 하더군요."

"나도 그걸 들었어요."

"필시 그 늙은 남자는 오래 살지는 못할 겁니다; 그는 정말 삶에 대한 기쁨을 기대하지 않고 있다고 들었어요."

"그리고 그의 죽음은 다른 세 사람을 행복하게 할 겁니다. 부인과 부르케 양과 야메손을요. 분명히, 당신은 내게 조언을 주실 수 있겠지요, 브로우톤 부인?"

"기꺼이요, 만일 그게 제 능력 안에 있는 일이라면요."

"부르케 양이 제게 요청하길, 그녀 자신에게 뭔가 아주 아름다운 뭔가를 가져오도록 요청했어요. 뭘 골라 가져갈까요? 그런 경우 사람들은 일반적으로 여성이 평소 지니고 다니던 그런 물품들이겠지요: 황동으로 만든 것이든지, 장신구라든지, 보석류 등은, 그분이 많이도 가지고 있으니."

"그렇습니다. 뭔가 적당한 것을 찾기가 정말 쉽지 않아요. 손님은 관련 물품을 위해 얼마의 돈을 지출할 생각이신가요? 그걸 맨 먼저 알아야 할 것 같아요!"

"2파운드에서 5파운드 정도면 충분할 것 같습니다."

"오호, 분명하시군요! 흠! 아마도 반지 같은 것을요?"

"정말 아름다운 반지는 그 돈으로는 거의 구입할 수 없어요. 중간 정도의 반지를 저는 그분에게 선물하고 싶지는 않아요."

"혹시 달고 다니는 펜던트나 메달 같은 것은 어떤가요?"

"그렇게 하려면, 실물이 있는 그림 같은 것이 필요합니다.
하지만 그것은 나에게 이런 생각이 들게 하는군요!
제가 좋은 사진관에 가서, 그 사진사더러 이 사진들을 확대해달라고 하면 어떨까요, 그녀 사진과 야메손 사진을요. 그걸 확대해서 제가 그녀에게 가져다줄까요?"

"그러면 그녀는 아주 좋아할 것 같아요!"

"그런 목적이라면, 당신은 제게 잠시 저 사진들을 맡겨 주실 수 있는지요?"

"물론, 기꺼이 그렇게 하지요!"

"그러면 제가 지금 바로 저 사진들을 들고 그 사진관으로 가 볼게요. 혹시 그런 일을 잘 하는 사진사를 소개할 수 있는지요?"

"이 사진을 만든 사진사는 여기에서 몇 집 건너에 가면 찾을 수 있어요. 그분 이름은 람베르츠Lamberts입니다. 그분이 하는 일의 범위가 넓어, 그분은 사진 확대기도 보유하고 있을 겁니다."

"그건 제가 곧 확인해 보겠습니다."

그렇게 해서 반장은 그 사진을 입수하게 된 경위를 알려주었다. 그러고는 그가 말을 이어갔다.

"사진틀이 든 사진들을 집어, 그것들을 내 호주머니에 넣고는, 내가 그 브로우톤 부인과 작별하고는 그 사진관을 찾아 나섰어요. 내가 그 사진관 주인에게 내가 그곳에 온 바람을 말하자, 그 사진관 주인은 말하기를, 자신이 그 두 사람의 다른 사진도 여럿 가지고 있다고 하지 않겠어요. 왜냐하면, 언제나 사진찍을 때, 고객이 자신이 원하는 바를 고를 수 있도록 여러 사진을 만들어놓고 있다고 했어요. 그렇게 실제로 되어 있었어요. 내가 그 사진사에게 사진 확대를 부탁하고, 1파운드를 먼저 지급해 놓았기에, 그는 더 귀한 사진들을 더는 만들지 않기 위하여 다른 것들을 내게 주는 것에 조금도 반대하지 않았어요. 이게 그동안 벌어진 일을 당신에게 알려주는 겁니다!"

그는 자신의 호주머니에서 사진 4장을 꺼내, 그것들을 에디토에게 보여주었다.

"이 사람이 야메손이에요. 그 유사함은 완벽하군요."

그녀는 그 사진 중에서 2점을 가리키며 말했다.

"그러고 이것은 아마도 필시 부르케 양일 겁니다. 이 얼굴을 저도 이미 본 적이 있지만, 언제 어느 시점에서 그녀를 만났는지는 전혀 기억이 없습니다! 그것은 정말 필시 중요한 일이 아니지요, 그렇지 않은가요?"

"수사에서 아무것도 덜 중요한 것은 없답니다. 비록 어떤 것이 아주 아주 중요한 것이 아니라고 해도요!"

폰 메르텐은 그렇게 대답하면서 살짝 웃었다.

"그 점에 대해 아주 강력하게 친절함을 가져보세요. 필시 시카고에서 일겁니다, 왜냐하면, 테플리츠에서의 당신이 마지막 머물 때를 제외하고는, 에디토 양, 당신은 아마 한번도 야메손을 만난 적이 없지요. 그렇지 않은가요?"

"그건 그래요!"

"그럼, 가장 정확히는 에디토 양, 당신이 시카고에서 그녀를 만났겠군요, 왜냐하면 그녀는 그와 함께 있었을 겁니다. 아니었다면, 이 사진은 당신이 보지 못했을 겁니다. 당신이 그녀 모습을 지금 기억할 수 없을 겁니다. 사교계에서, 지인들 사이에서, 그 만남은 필시 없었을 겁니다. 왜냐하면, 제가 먼저 당신에게 그녀 이름을 물었을 때, 그 전보가 도착하고 나서, 당신은 그 이름을 기억하고 있지 못했어요. 킬라니 조사에 따르면, 그녀는 지난해 12월 2일에만 시카고를 방문했다고 합니다. 그리고 어떤 사교 모임에서, 또 그 사교 모임에서 그녀를 당신이 만났다고 해도, 이는 12월 초와 1월 말 사이입니다. 당신이 시카고를 떠난 1월 말 사이일 겁니다. 그런가요?"

"이제 나는 알겠습니다! 밀워키Milwaukee에서 열린, 그 화재로 고충을 당하는 이들을 돕는 의상축제 행사에서였어요. 그녀는 프랑코 야메손과 춤을 추고 있었어요, 그 때문에 나는 그녀가 온 것을 알게 되었어요."

"스미스 부인도 함께 있었나요?"

"아뇨, 그녀는 당시에 이미 유럽에 있었어요."

"나는 그럴 걸로 추측합니다. 그이는 조심스럽게 그들 두 사람 사이에 만남을 피해왔어요. 부르케 양의 두 눈을 봐요. 그 눈은 열정적 기분을 숨기고 있어요. 그 이름으로 봐서, 그녀는 아일랜드 출신일 겁니다. 아일랜드 사람들은 영국사람들보다 더 다혈질입니다. 아마 우리는 여전히 그 아가씨가 필요할 것 같습니다. 그러나, 지금, 에디토 양, 우리는 런던에서는 더할 일이 없어졌어요. 당신은 7시에 이동할 준비가 되겠어요? 그때 우리는, 아주 좋은 직행 열차로 도버와 칼레를 지나 파리로 가서, 그곳에서 리용Lyon을 지나 니스로 가야 합니다."

"물론 저도 준비가 되어 있어요."

"그러니, 나는 이곳으로 6시 15분에 오겠습니다."

"좋아요. 하지만 그 전에 나는 반장님, 당신께 여전히 말하고 싶어요, 당신은 당신 일을 아주 잘 수행하고 있다는 점을요. 어느 고참 형사라 하더라도 당신보다 더 이 일을 해내는 사람은 없을 겁니다!"

그는 웃었다. 그녀 칭찬은 그를 아주 기분좋게 만들었다.

"나는 언제나 에디토 양, 당신의 만족을 위해 노력할 겁니다."

그는 마치 수줍다는 듯이 대답하고는, 작별인사를 하고는 떠났다.

그들이 떠나기에 앞서, 여전히 스코틀랜드야드 경찰서에서 보낸 사람이 있었다. 그가 폰 메르텐 형사반장에게 전보를 전해 주었다. 그 전보는 크루제Kruse가 보낸 것이었다. 그가 니스에 도착했다며, 조심스럽게, 제노아Genova행 노선 중에서 둘째 역인, 빌레프란체 Villefranche 기차역에서 내렸다고 했다. 그리고 그는 관찰할 준비를 다 해 놓았고, 폰 메르텐 반장이 오면, 그곳 중앙우체국의 도착 우편물을 찾는 창구에 오면, 그를 만날 수 있을 거라고 했다.

제7장 프랑스 니스로 이동

니스에서 폰 메르텐 형사반장은 자신이 이전에 니스를 방문했을 때, 늘 숙박해 왔던, 아름답게 자리한 펜션 두르강에Durgange에 에디토 양을 숙박하게 했다. 그러고는 그는 곧장 그곳의 중앙우체국으로 달려갔지만, 크루제는 그곳에 아직 모습을 보이지 않았다. 폰 메르텐은 그곳 경찰서로 갔다. 폰 메르텐 반장이 그 경찰서에 가보니, 이미 이곳과의 수사협조를 잘 준비하고 있었다. 크루제 형사는, 명령을 받은 대로, 먼저, 그곳 수사 책임자에게 자신의 신분을 알려, 그곳의 담당 형사 두메스닐로Dumesnilo를 배정받았다. 그 형사가 중앙우체국과 크루제 형사 사이의 수사에 협조하고 있었다. - 즉, 크루제가 그 중앙우체국 현관에 머물면서, 야메손이나 스미스 부인 앞으로 오는 편지들을 찾는 이가 오면, 그 상황을 우체국 직원이 크루제에게 알려주도록 해 놓았다. 그러나, 그런 일은 지금까지 일어나지 않고, 야메손 씨를 수신인으로 한 편지도 아직 그 우체국에는 없었다. 하지만 드레스덴에서 이곳 알리소 스미스 부인 앞으로 온 편지가 1통 도착했다.

폰 메르텐은 경찰서에서 기꺼이 이 일을 돕도록 배려를 해 준 두메스닐로를 만나, 요청하기를, 그 중앙우체국에 가 있다가, 만일 크루제가 그곳에 돌아올 때, 곧장 그를 펜션 두르강에 쪽으로 즉시 보내도록 명령해 두었다. 그러고는 폰 메르텐 형사반장은 크루제를 못 만났다고 에디토 양에게 알리러 팬션 두르강에 쪽으로 갔다.

"그럼, 그분은 지금 어디 있나요?"

에디토가 물었다. 야간침대열차에서 오랜 시간, 정말 아주 긴 여행을 한 뒤, 그녀는 펜션 두르강에서 목욕을 하게 되자, 자신이 아주 새롭게 느껴졌다.

"크루제 형사는 어떤 식으로든지, 그 자취를 뒤쫓아 왔기에 뭔가 알아낼걸로 예측할 뿐입니다.

왜냐하면, 그가 중앙우체국에서 우리를 만날 수 있으리라고 그 전보에서 말했기에, 또 그가 나를 그곳에서 기다린다는 것도 그 전보에서 알렸기에, 그는 그곳으로 즉시, 자신이 그것을 해야 할 권리가 있다고 생각하면 즉시, 그곳으로 되돌아올 것이기 때문입니다."

"그런데 만일 그 형사가 더 긴 시간이 필요하다면요?"

"그런 경우도 그가 분명 내게 이곳 경찰을 통해 알려 줄 겁니다."

"하지만 그 형사가, 만일 야메손이 그 편지들을 찾으러 오지 않았다고 하면, 어떻게 그 발자취를 찾아낼 수 있을까요?"

폰 메르텐 형사반장은 자신의 두 어깨를 으쓱했다.

"아마, 뭔가 우호적인 우연이 그를 도울 겁니다! 지금까지 우리는 정말 그런 호의에 기뻐하지 못하고, 정반대로 한 걸음 한 걸음 우리는 우리 자신을 앞으로 나아가게만 했습니다. 희망컨대, 크로제가 그리 오랫동안 혼자 있지 않을 겁니다, 왜냐하면, 지금, 우리 스스로 그 일을 더 파고들고 있는 지금, 나는 그를 빈으로 보내, 야메손 이름으로 그곳에 남아서 활동하는 인물이 누구인지 확인해 볼 참입니다. 물론 이것은 정말 생각하기 어렵지만, 그 점까지도 중요하게 봅니다. 적어도 임시로는요, 이는 그럼에도 흥미로울 겁니다."

"아마 야메손은 개인적으로 자신이 그곳에 있음을 알리고, 그곳을 떠났군요. 또 자신이 이곳에 있음을 숨기지도 않고서."

"그것은 사실이 아닙니다. 야메손과 같은 남자는 일을 어중간하게 하지 않습니다. 빈Wien에서 그는 자신에게 유리한 알리바이를 확실히 해두고자 했습니다. 경찰의 유일한 알림, 그것으로 충분하지 않습니다. 그가 머물려고 했던, 또 그가 관계를 맺고자 한 사람들은 탐색적으로 들었을 것이고, 이렇게 말했을 겁니다. 그가 그곳에 아주 짧은 기간만 머물렀다고 할 겁니다. 하지만, 아뇨, 아뇨, 그런 일은 야메손이 하지 않습니다.

그는 자신과 아주 비슷한 모습의 사람을 빈으로 보내, 여기서의 이 일이 끝날 때까지 프랑코 야메손처럼 그곳에 생활하도록 뭔가 작용을 했을 겁니다. 그 점에 대해 나는 한순간도 의심하지 않아요. 하지만 나는 희망합니다. 그 일이 그가 기대하는 그런 방식으로는, 또 그가 모든 경우를 대비하여 대피하려 하는 그런 방식으로는 끝나지 않기를 희망합니다. 아주 맞습니다. 그자가, 우리가 핀케르톤을 통해 알았듯이, 그자가 자신의 편지들을 이곳으로 계속 보냈음은 맞을 것입니다. 또 지금은 여기로 그 편지들이 아직 도착하지 않았기에 물어볼 필요가 없음이 더 진실입니다."

"아마 실제 그를 수신인으로 하는 우편물이 도착하지 않았다는 말씀인가요?"

"그건 거의 그럴 겁니다. 아델로 부르케Adelo Burke, 필시 아주 열정적인 그 젊은 아가씨는, 그 남자 때문에, 그 남자만 보고 그녀가 자신에게 돈이 되는 자기 소유 펜션을 자기 여자친구에게 경영하도록 맡겨 놓고, 그를 따라 시카고로 갈 만큼 그를 사랑하니까요. 분명, 아무 통지 없이 그렇게 오랫동안 그를 놔두지 않았을 겁니다. 아뇨, 아뇨, 그것은 다른 이유가 있습니다!"

"그럼 다른 이유가 어떤 게 있나요?"

"진실은 아주 아닐 겁니다만, 그러나 가능성은 있습니다, 그녀더러 우편물을 다른 지역의 주소에 있는 야메손 앞으로 보내라고 하면, 그곳의 핀케르톤 에이전트가 부르케 양을 의심했을 수도 있을 것입니다, 아마 그자는 스스로 세심한 인물로 주변을 잘 살펴볼 겁니다. 핀케르톤의 전보는 말할 뿐입니다. 야메손이 자신에게 이곳으로 자신의 우편물을 계속 보내라는 그 점만 말했지만, 그러나, 그것은 그자의 이름으로는 이뤄진 것은 아닙니다. 만일 핀케르톤이 그 점에 대해 특정한 뭔가를 알아차렸다면, 그쪽에서 의심없이 그것을 우리에게 보낸 전보에 덧붙여 놓았을 겁니다."

"그럼 반장님, 당신은 지금 뭘 할 작정인가요?"

"먼저 나는 이제 검찰에 야메손을 체포하기 위해, 체포영장 청구 요구서를 작성해야 합니다. 그래서 크루제가 여기 올 때까지 잠시 자유시간을 가지고 싶습니다. 체포영장 명령서가 없으면, 나는 여기서 아무 일에도 기획할 수 없습니다."

"그럼, 반장님은 그를 곧장 체포하면 안 되나요, 만일 당신이 그를 만나면요?"

"아뇨, 외국에서는 그리할 수 없습니다. 그 체포하는 일은 관련 당사국의 경찰국 책임자만 할 수 있습니다, 또 프랑스 경찰과 이탈리아 경찰 당국은 -우리는 아직 정말 모르고 있습니다, 우리가 그를 리비에라의 프랑스 쪽이나 이탈리아 쪽에서 그를 만날 경우,- 이 경우에 의무적으로 2배로 신중을 유지해야 합니다, 왜냐하면 미국인을 여기서 체포를 하려면, 그 미국인이 자기 영사관에 보호를 호소할 수 있는 사항이기 때문입니다. 미국 정부가 그 점에 대해 동의하기 전에는, 그를 독일로 데려갈 수 없습니다."

"그게 간단한 일이 아니군요!"

"분명 그렇습니다만, 달리 나는 다른 방식으로 행동할 권한이 없답니다."

"그런데, 크루제 형사가 더 오랫동안 자리를 비운다면 무슨 일이 일어날까요?"

"그러면, 그가 분명 내게 그 일을 알려 줄 겁니다. 만일 그렇지 못하면, 우리에게는 아직 2가지 가능성이 있습니다."

"그 2가지가 뭔가요?"

"만일 야메손이 자신의 목표를 달성하려면, 그는 어딘가에서 알리소 스미스 이름으로 우드웰 양에게 알려야만 합니다. 그녀는 이 이름으로 그녀를 치료할 의사 선생님과도 연락이 닿아야만 합니다. 여기서는 몇 곳의 장소만 고려해볼 만합니다: 한 곳은 산레모입니다. 야메손이 그곳으로 가, 내가 이미 말했듯이, 나는 믿지 않지만요. 왜냐하면, 비즈 박사는 이 장소를 추천했습니다. 또 다른 곳들은 멘톤Mentone, 오스테달레티Ospedaletti, 보르디게라Bordighera와

간느Cannes입니다. 폐병을 치료하기에 적당한 이들 장소 중 한 곳에서, 알리소 스미스 양은, 더 정확히는, 이 사람의 이름으로 활동하는 우드웰 양이 찾아질 겁니다."

"그건 아주 가능성이 높군요. 그럼 다른 한 가지 가능성은요?"

"당신이 말했다시피, 야메손은 게임을 즐겨하는 사람입니다. 만일 그게 진실이라면, 그는 분명 몬테카를로Monte Carlo에서의 자신의 행복을 시도할 기회를 지나치지 않을 겁니다. 그곳에서 우리는 그를 만날 수 있을 겁니다."

"이 사항도 정말 가능성이 있겠군요. 그럼, 그런 경우, 우리는 그를 찾을 희망이 없어지지는 않겠구요."

"몬테카를로를 염두에 두는 일은, 온전히 에디토 양, 당신의 도움이 큽니다."

"뭔가 할 수 있어서 저도 만족해요."

"그러나 아주 쉽다고는 할 수 없습니다요, 그 일이. 분명히 그는 자신의 외모를 변장할 수도 있을 겁니다. 그것에는, 그가 당신에게 쓴 편지에서, 스미스 부인의 부친이 그녀를 동반하고 있다고 했다구요. 그것은 필시 뭔가 좀 늙은 신사로 모습을 보였을 겁니다."

"오호라, 어떤 가면을 써도 그를 알아볼 수 있음은 분명하다구요."

"그럼 더 좋습니다. 보고서를 작성하러 나는 지금 갈 예정입니다. 우리가 곧 체포영장이 필요할 것은 가능성이 있답니다."

"그렇게 희망을 가져요! 그사이 나는 뭘 할 수 있을까요?"

"지금은 아무것도 하지 않아도 좋습니다. 도시를 좀 둘러 봐도 되고, 몬테베톤Monte Betton에서 잠시 산책해 보세요, 그곳에서 날씨가 맑으면 코르시카Korsiko 섬까지의 아주 아름다운 전경을 볼 수 있어요, 아니면 좀 휴식하거나."

"그건 지금 필요하지 않아요, 나는 지금 전혀 피로하지 않다구요."

"그것도 듣기 좋네요. 2시간 정도면 제가 제 일을 끝낼 수 있을거에요!"

"그럼 그때 에디토 양, 당신을 만나러 오겠어요. 그때까지 안녕히!"

"그럼, 나중에 봐요!"

두랑게 부인에게는 메르텐 자신이나, 또 그의 여성 동행인도 자신들이 경찰에 알려지는 것을 필요하지 않음을 말하고 나서, 폰 메르텐은 자신의 방으로 갔다. 두랑게 부인은 그의 공무원 성품을 알고는, 그녀는 그의 바람을 복종할 권리가 있음을 알았다. 어떤 경우에도, 맥 캐논 양의 이름이라든지, 그의 이름이 외국인 리스트에 나타나지 않는 편이 더 낫다. 왜냐하면, 혹시 야메손이 그 리스트를 훑어보면서, 혹시 그가 아는 사람이 여기에 도착해 있을지도 모른다는 가능성이 전혀 없지 않기 때문이다.

폰 메르텐 반장이 아직 자신의 보고서를 작성하면서 시간을 보내던 중에, 크루제 형사가 그의 방을 들어섰다. 크루제는, 자신의 귀환을 우편물 창구 근무자에게 알리고 난 뒤, 어떤 사람이 그에 대해 물었다는 것을 알게 되었고, 폰 메르텐 반장이 자신의 주소를 준 두메스닐 직원이 그를 보냈다는 것을 알게 되었다.

크루제 형사는 성공하지 못했지만, 그 점을 폰 메르텐 반장은 그의 얼굴을 통해 알아차렸다.

"그렇구나, 크루제 형사, 뭔가 새로운 일은 없었는가?"

"아쉽게도 아주 작은 것만 알아냈어요, 반장님. 제가 도착한 날 아침에 저는, 반장님이 제게 명령하신대로, 그 경찰국으로 가서, 도움을 요청했어요. 어떤 형사를 소개받아 저는 그와 함께 그 중앙우체국으로 갔지요, 그리고 그곳에서 제가, 그 현관에서 기다리면, 야메손 씨 앞으로 온 편지나 스미스 부인 앞으로 온 편지를 찾으러 오는 이가 있으면, 그 편지들을 내어 주는 그 우체국 직원이 제게 알려주기로 동의를 했답니다. 그런데, 그 일은 어제에도, 그 전날에도 일어나지 않았어요. 그런데 오늘 아침에 저는 그 출입구 옆의 창가에 서서, 바깥을 내다보았지요 왜냐하면, 적은 수효의 사람들

- 128 -

만 그 현관에 있기 때문이고, 우편으로 남아 있는 편지들을 위한 창구에는 아무도 없었답니다. 그런데, 갑자기 제가 보니, 좀 나이 많은 신사가 우아하게 옷을 차려입고는, 어떤 사람에게 손짓으로 오게 하더니, 그이에게 쪽지를 주더라고요. 그렇게 그 쪽지를 건네받은 사람이 우체국 안으로 들어가더라고요. 그이가 그 쪽지를 주었어요. 그 쪽지에는 제임스 베르James Ber...라고 또 아직 몇 개의 이어진 글자들이 그 위에 있었어요. 그 창구로 가더니, 나중에 겉봉에 미국 우표가 붙어 있는 두툼한 편지와 함께 그 쪽지를 다시 받더라고요. 저는 그 위임받은 이를 뒤쫓아 일정한 거리까지 갔어요. 왜냐하면, 그게 뭔가 우리가 의심할 만한 일로 생각이 들었기 때문이었어요. 왜 그 남자는 자신의 편지를 직접 받아가지 않았을까요?"

"아주 좋은 지적이네."

"좀 더 의심스러운 것은요, 우리가 나올 때, 그 남자가 지금은 그 우체국 앞에 서 있지도 않았어요. 그 남자가 좀 전에는 그 위임을 받은 신사에게 그 쪽지를 전해 준 그 우체국 앞에 서 있었는데, 그 남자가 보이지 않았어요. 이 편지를 들고 있던 신사는 필시 뭘 해야 할지 몰랐습니다. 어찌할 바를 모르고 그는 서 있었어요, 한 손에 그 편지를 들고서요. 저는 제가 볼 수 있는 건물 안으로 들어가 제 몸을 숨겼어요. 약 10분쯤 뒤에야 저는 이미 생각했습니다. 내가 저 위임자를 만나러 가 볼까 하고요. 그리고 뭔가 핑계를 대서, 그 편지 주소도 알아볼 생각이 들었어요. 그런데, 갑자기 그 신사가 담배 점포에서 나오더니, 그리고는, 그가 조심스레 사방을 둘러보더니, 그는 자기가 위임한 자에게 다가가, 자신의 편지를 받아, 그 자기가 위임한 자에게 돈을 지급하고는 잰걸음으로 라루에데라가레la Rue de la Gare 방향으로 가는 것이었어요. 저는 그를 조심해서 뒤따랐어요. 그는 마세 광장Place Masse까지 가더니, 그 광장에 세워 둔 자동차 안으로 뛰듯이 들어가더군요. 그리고는 곧장 잽싸게 자동차로 내빼더라고요."

"그게 자가용이었어? 아니면 택시?"

"그건 자가용이었어요. 택시는 아니었어요. 저는 얼른 택시를 잡아 타고, 그 기사에게 명령하기를 저 자가용 차량을 뒤따라, 최대한 빨리 달려가 달라고 부탁했어요. 그 기사는 최선을 다했지만, 라로우바까페에워la Rouba Capeau 근처에서 그만 그 자동차를 놓쳤어요. 아마 그 자동차는 라루에리테랄레la Rue Litterale를 따라 계속 가는 것 같았어요, 그 도로를 계속 가면, 빌레프란체Villefranche 쪽으로 가게 될 겁니다. 저는 그곳으로 달려, 경찰관에게, 아주 좀 전에 어떤 자동차가 지나가지 않았는지 물었어요. 그는 그렇다고 대답했어요. 그 소도시의 반대편에 서 있던 그의 동료도 봤다고 해요. 저는 에제Eze까지 더 달려 가 봤어요. 하지만 그곳에는 아무도 뭔가를 알려주지 않았어요. 너무 많은 질문을 나는 하는 것을 원하지 않았지만, 의심을 사지 않으려고요. 만일 그 추적을 당한 자가 그곳에 머물고 있다면, 의심할지도 모른다는 생각이 들었어요. 그래서 제가 되돌아오니, 반장님이 여기에 머문다는 것을 알고 이곳에 제가 오게 되었어요."

"크루제, 자네는 최선을 다했군; 나는 자네가 한 일에 아주 만족하네. 이제 여기 사진을 살펴보게."

폰 메르텐은 자신의 호주머니에서 런던에서 가져온 야메손 사진을 꺼냈다.

"이제 내게 말해 주게, 자네가 본 인물, 즉, 자네가 뒤쫓던 그 신사와 이 사진 속 인물과 비슷한 점이 있는가?"

크루제는 아주 자세히 그 사진들을 쳐다보았다.

"비슷함은 의심할 필요없이 있네요."

그는 이어 말하기를, "아주 대단히 비슷합니다. 내가 뒤쫓아간 그 남자는 아주 나이가 들어 보였어요."

"그 점은 나도 생각했지! 가장 자세히 그 모습을 한 번 설명해 주게나."

"그자는 약 180센티미터의 키에, 아주 어깨가 넓었어요. 또 넓은 이마를 가지고 있었어요. 뒤쪽이 올라간 창모자를 쓰고 있었어요. 아주 조금 그의 머리를 덮었지만, 좁고도 강하게 구비진, 소위 말해 독수리코를 가졌어요. 둥근 얼굴에, 신선한 얼굴색에, 영국인들이 즐겨 하는 뺨 수염하며, 노란 콧날과, 검고 둥근 챙모자, 강낭콩처럼 노랗고, 단추가 달린 정장에, 높고 하얀 컬러, 붉은 넥타이, 어둡게 회색인 바지와, 위쪽이 금빛인 등나무 지팡이도 지니고 있었어요."

"자네는 아주 잘 관찰했군, 그 점을 일반 사람들은 그렇게 못할 거네. 그러나 지금 이 순간, 가장 중요한 질문이 하나 들어요: 자네가 보기엔, 야메손이 자네가 그자를 관찰하고 있음을 알아차린 것 같은가?"

"그건 안 그럴거라고 믿어요."

"그자가 빨리 사라지는 것은 내겐 좀 의심스러운 점이긴 하네. 하지만, 우리는 곧 그 일이 어떻게 진전될지 보게 되겠지. 드레스덴으로 보낸 우편엽서에서 그는 맥 캐논 양의 대답을 여기서 기다린다고 했거든. 그가 오늘 아직 그 점을 묻지 않은 것은, 다시 한번 그의 너무 큰 조심성 때문이라는 입증입니다. 만일 그가 뭔가 의심을 하면, 그 자신이 노출되는 위험에 자신을 두기보다는, 그 대답을 위해 추가 질문을 하지 않는 편이 더 낫다고 볼 걸세. 만일 그가 의심하지 않았다면, 그는 내일 다시 알리소 스미스 부인에게 온 편지에 대해 물으려고 할 거야. 그 점은 더 가능성이 있네. 만일 자네가 내일도 다시 그 창구 앞에서 그 자리를 지키고 있는 편이 더 낫겠어."

"오늘은 더 지키지 말까요?"

"오늘은 그자가 다시 오지 않을 거야. 먼저, 그자는 정말 약간의 시간이 흐르기를 바랄 거야. 그 자신이 온전히 안전하다고 느끼는 그 장면이 다시 오기를 단지 원하려고 하면, 정말 어느 정도 시간이 흐르는 것을 기대하고 있을 걸세. 그것은 아까운 일이 아니야. 우리가 이 서신으로 요구하는 체포영장을 손에 넣기 이전에는, 우리는 정말 그자를 법적 절차로 진행할 수 없는 처지이네. 희망컨대, 우리는 그의 거주지를 확인할 때까지 그 체포영장을 손에 넣을 수 있으면 되지. 왜냐하면, 그 사이에, 자네는 다른 할 일이 없으니, 내가 요청하는 바를 그 경찰서에 알려 주게. 이 일은 물론 전보로 처리해야 해. 깐느에서, 자네는 그 장소를 기록해요! 멘토네 Mentone, 오스페달레티Ospedaletti, 보르디게라Bordighera 나 산레모 같은 도시에서 혹시 알리소 스미스 부인이 여기로 여행 와 있는지 물론 전보로 물어봐요. 그런 사실이 보인다면 즉시, 그 사실을 이곳으로 전보로 알려주게. 모든 전보는 답신 전보료까지 포함해 보내주게. 그에 드는 비용 일체를 알려주게. 이 모든 사항을 다 알아들었어요?"

"알겠습니다. 꼭 그대로 하겠습니다. 반장님!"

"그래요. 이 위임 사항을 잘 처리해 주게."

크루제 형사는 그 자리를 떠났다. 또 폰 메르텐 반장은 자신의 보고서를 마무리했다. 나중에 그는 자신의 담배 파이프에 불을 붙이고는, 깊이 생각에 잠겼다.

사건이 그의 손에 오래 있으면 있을수록, 그는 그자가 얼마나 교활하고 조심성 있게 행동하고 있는지 더 잘 알게 되었다. 야메손, 그자가 마지막 순간까지 그렇게 행동하는 것을, 특히, 크루제 형사가 그자에게 뭔가 신경쓰이게 했다면, 필시 그럴 가능성이 높다. 달리 보면, 그자는 알리소 스미스라는 이름으로 우드웰 양에게 통지하는 것을 피하지 않을 수도 있다. 만일 그가 이렇게 나온다면, 그는 자신이 보험금을 챙기려면, 꼭 필요한 사망 관련 공식 서류를 받을 것이다. 그러나 만일 그가 맨 마지막 순간에만 그 통지를 실행한다면, 그가 분명 알리소 스미스의 신분증명서류(법적 서류)를 분명 보유하기에, 그럴 가능성도 충분하다. 그리고, 그럼에도, 야메손의 죄를 완전히 입증하려면, 맥 캐논 양이 그가 스미스 부인처럼 보이는 그 사람의 죽음을 확인해 주는 것이 중요하다. 그렇게 죽은 이가 알리소 스미스가 아니라, 카타리노 우드웰이라는 것을. 이러한 목적을 위해 에디토 양은 우드웰 양과 서로 대화해 볼 필요성도 있다. 그러나 비즈 박사의 말을 빌면, 그 환자는 아주 짧은 기간만 생명을 유지한다고 하니. 그럼 신속하게 일을 처리할 필요가 생겼다!

폰 메르텐 반장은 야메손이 로울레테Roulette에 있는 몬테카를로 Monte Carlo나 트렌테에테-구아란테Trenteet-Quarante에 머물면서 자신이 좋아하는 게임을 하고 있으리라는 점에 의심하지 않았다. 하지만 그곳에서 그를 찾아내, 그를 추적하는 일은 위험한 일이고, 수사하는 그들이 쉽게 발각될 수도 있을 것이다. 하지만 폰 메르텐 반장은 자신의 손에 체포영장이 들어오기 전까지는, 그런 위험은 피해야 한다, 그때까지 이틀이 걸릴지 사흘이 걸릴지 모른다!

일을 서두르기 위해, 폰 메르텐 반장은 다음과 같은 내용의 전보를 검찰청에 보내려고 편지를 썼다:

"알트부르크 숲에서 신원 미상의 시신을 살해한 자는 시카고에서 온 프랑코 야메손이라는 자이고, 지금 리비에라에 있습니다. 니스 경찰서로 긴급히 체포영장을 요청합니다. 제 앞으로요. 이는 세심한 주의가 여전히 필요함."

이런 전보 내용을 들고 그가 직접 전신전화국으로 갔다. 돌아와서 보니, 그는 펜션 두르강에Durgange의 살롱에서 자신을 기다리고 있는 에디토 양을 발견했다.

그는 크루제가 자신의 미행에 실패했음을 에디토에게 알려 주고, 그 상황이 그를 자극하게 한 후속 조치에 대해 설명했다.

"예상컨대, 그 야메손같이 교활한 남자는 더도 덜도 없이 자신을 노출하지 않을 겁니다."

그녀에게, 카타리노 우드웰 양이 죽기 이전에, 카타리노 우드웰 양과의 만남 필요성을 설명하고 난 뒤, 그는 그렇게 말을 맺었다.

"나는, 저 교활하고도 아무것도 두려워하지 않은 그 미국인이 자신의 아주 대단한 조심성을 고려해 볼 때, 그의 자취를 추적하기란 실패할 것이고, 알리소 스미스 부인이라는 이름으로 활동하는 그녀

자취를 알아내는 것도 실패할 수 있음에 신경이 쓰입니다. 그때, 우리에게는 그 대형 게임장에서 그를 찾아내야만 하는 더 위험한 방법만 남게 됩니다."

"왜 반장님은 이 방법이 위험하다고 생각하나요?"

"왜냐하면, 에디토 양, 당신 혼자서 확신을 갖고 그자를 추적해야 합니다. 크루제는 마찬가지로 그 일을 할 수 있습니다. 그가, 그의 인적 사항으로 봐서, 아주 정확히 야메손을 관찰했다고 해요. 하지만 야메손이 크루제 형사가 자신을 추적하고 있음을 알아차렸다면, 크루제를 보면 그는 곧장 알아차리게 되고, 그를 통해 우리가 마땅히 피해야 하는 우려스러운 상황이 생기게 됩니다. 나는 사진으로만 야메손을 보았지, 직접 보지는 못했습니다. 그 때문에 나는 물론, 내가 지금의 그자가 쓴 가면으로 그자를 알아볼 수 있을지 장담하지 못합니다. 이것은 가능성이 아주 낮아요. 그런데, 당신은 야메손 모습을 아니, 크루제가 그의 의심을 사기보다는 다소 적은 위험에 노출될 겁니다."

"제가 제 자신을 짙게 화장을 하거나, 얼굴을 가린 채 가면을 쓰고 들어갈 수 있겠는데요."

"그건 대형 게임장에서는 허락되지 않습니다. 그곳에는 사교할 정도의 화장 정도는 요구되지만, 사람들을 놀라게 할 수도 있으니까요."

"그 대형 게임장 입구에서 그를 관찰하는 것은 어떤가요?"

"그것은 어렵고 위험합니다, 왜냐하면, 그가 그 게임장에 들어가기에 앞서, 그의 주의력은 온전히 자신을 방어하려는 것으로 준비되어 있습니다. 반면에, 나중에 게임에 집중할 것입니다. 그런데 만일 당신에게 아이디어가 있다면요! 그 주요 출입문 왼편에, 그 콘서트와 연극을 하는 대형관람실 맞은편에 특별 출입 카드를 발급하는 창구가 있습니다. 그 장소는 격자가 있는 창문이 있습니다. 그쪽에서 사람들은 큰 대문을 지나가는 모든 사람을 볼 수 있습니다. 그 출입객들은 대신 당신을 볼 수 없습니다. 아마 우리는 예약

석으로 들어갈 수 있습니다."

"그것은 아주 유용하겠어요."

"우리는 그 점을 한 번 시험 삼아 해 봅시다. 아마 그 게임을 주관하는 직원들은 분명 이에 동의하지 않을지 모르지만, 나는 그들을 설득할 수 있도록 하는 데 성공하리라 확신이 듭니다. 우리에게는 좀 통지에 대한 가능성도 여전히 남아 있습니다. 그럼에도 내가 고백하건데, 이 희망은, 야메손이 나를 알아차린 뒤에는, 극도로 자신의 신변에 주의력을 가진 야메손이 어떻게 행동할지는 나도 잘 모릅니다."

"하지만, 반장님은 스스로 말하고 있네요. 즉, 그자가 자신이 받게될 보험금을 챙기려는 자신의 목적에 달성하는 위험에 노출하게 된다고요."

"아주 맞는 말이네요. 하지만, 그의 상황으로 보면, 나는 이렇게 말할 수 있겠어요. 사람들이 그 범인을 발견했다면, 그 알림은, 그 추적자들을 자신의 발걸음으로 오게 하는 것이, 가장 확실한 수단일 겁니다. 달리 보면, 그것은 꼭 필요합니다. 내가 뭘 할 수 있을까요? 나는 내가 그 치료하는 곳에서도 제 스스로를 알리지 않으려고 했고, 대신, 인근의 작은 농촌 사회에서도요. 그러한 것들이 여기서는 많이 존재합니다. 그리고 그들이 치료할 목적의 빌라들로 준비가 되어 있습니다. 그런 빌라를 임차한다는 것은 정말 값싼 비용이 아닙니다; 그러나, 먼저, 비즈 박사의 말씀에 따르면, 그것은 짧은 시간만 필요합니다. 그리고 또 둘째로, 야메손은 충분한 돈이 준비되어 있어야 한다는 점입니다. 살해한 여성에게서 나온 돈이든, 아니면 자신의 미래 남편이 될 사람에게 자신의 돈지갑을 맡겼을지도 모를 부르케Burke 양의 지갑에서의 돈이든 간에."

"테플리츠를 빠져 나가기에 앞서, 알리소 씨는 그곳에서, 야메손이 도착하기 바로 직전에, 자신에게 크레디트편지로 충분히 많은 금액을 인출했어요. 나는 그녀와 함께 은행에 갔었어요. 그때 그녀는 100크론 짜리 지폐를 한 다발이나 인출했어요."

"이 사람의 경우에도 야메손과 관련해 이 사람도 사전에 관심을 가지고 있었으리라고 예상할 수 있어요."

"사람들은 모든 주변 마을 공동체(행사장)의 임원들에게 알려서 문의할 수 없을까요?"

"그것은 아주 많은 시간이 걸리고, 또 둘째로, 온전히 위험이 없는 것이 아닙니다. 마을 이장은 보통 그 공무적 비밀을 제대로 유지하지 못하고 발설하는 편이거든요. 그러니 나중에 야메손도 그 점에 대해 알게 됩니다. 하지만 나는 이 점에 더 관심이 간다고 할 수 있습니다. 그자가 자신의 개인 자가용을 사용하고, 택시를 이용하지 않는다는 말입니다. 좀 큰 휴양지에는 철도역이 있고, 그런 철도를 이용해, 그자는 더욱 더 빨리 자기 목표에 다다를 수 있는데도 말입니다. 그러나 인근 장소를 통해 자동차 사용은 그 철도를 이용하기보다는 실제로 효과를 볼 수 있습니다. 우리에게 지금 중요한 것은, 그가 자동차를 온전히 예외적으로 한 번만 사용했는지, 아니면 그자가 계속 그 자동차를 사용하는지를 보는 것입니다."

"무엇 때문에요?"

"만일 그자가 계속 자동차로 이동하면, 이는 입증합니다. 그의 지금의 거주지는 이곳에서 아주 멀리에 있지는 않을 겁니다. 그런 경우, 리비에라의 프랑스지역에만 가능합니다. 아마 이탈리아의 직접적인 인근 영토도 포함해서 말입니다. 알리소 스미스 부인에 대한 그곳의 수사가 충분히 많은 시간이 걸린다 하더라도, 그 수사들은 리비에라 전역으로 확대된 수사처럼 그렇게 어렵지는 않을 겁니다."

"그런데, 반장님은 그이가 자가용을 늘 이용할 것인지를 어떤 방식으로 확인해 보려고 하나요?"

"몬테카를로의 카지노를 한번 살펴보려구요. 만일 그게 격자 창문 뒤에서 그 말하던 방식으로 실현되기라도 하면요. 내가 곧 그곳으로 차로 이동할 겁니다. 니스와 몬테카를로Monte Carlo 사이에 철도 이동이 아주 빈번하다고 들었어요."

"반장님은 저를 함께 데리고 가고 싶나요?"

"나는 에디토 양, 당신이 짙게 화장해도, 그 게임장에는 들어가지 않는다고 한다면, 나는 기꺼이 그리하고 싶습니다. 우연히 야메손이 우리 일행을 본다하더라도 효과가 있습니다. 하지만, 어떤 경우에는 그자가 당신을 알아보는 것을 피해야 합니다."

"저는 그런 게임장을, 제게는 수천 프랑frankoj에 해당하는 비용을 썼던 경험을 통해 더 이른 시기부터 알고 있었어요. 저는 그 놀음에는 관심이 덜하고요. 그런 짙은 화장은 나는 물론 저항할 수 없겠군요. 그러면 그게 너무 주위를 놀라게 할까요?"

"만일 우리도 승용차를 사용하기만 하면, 그런 경우는 주변을 놀라게 하지 않을 겁니다. 마세나Massena 광장에 언제나 그런 것이 서 있습니다. 크루제 형사도 함께 여행할 겁니다.

이미 오래전부터 그는 그 전신전화국에서 돌아와 있어야 하고, 아마 나를 내 방에서 이미 기다리고 있을지도 몰라요."

"무엇 때문에 그가 함께 여행할까요? 야메손은 그를 알아볼 수 있지 않겠어요?"

"크루제 형사가 콘다미네condamine에서 자동차를 놔두고 이동할 수 있을 겁니다. 모나코Monaco와 몬테카를로 사이의 작은 곳입니다. 그리고 그 길의 마지막 부분은 걸어서, 카지노와 그 은행 〈Credit Lyonnais〉 사이의 작은 식물원에서 우리를 나중에 만나러 올 겁니다. 그곳에는 카드놀이하는 사람들이 산책하지 않습니다. 만일 그들이 신선한 공기를 마시러 온다면, 그들은 바다로 나 있는 큰 테라스나 인근의 다른 정원들로 향해 갈 것입니다. 크루제 형사가 조금씩 파리 그랜드 호텔Granda Hotelo de Paris 주차장을 좀 둘러보면, 그 주변도 배회하면, 야메손이 타고 달아난 자동차를 식별할 수 있을지 보게 될 겁니다."

"그것은 아주 좋은 생각입니다. 나는 그럼 나를 이렇게 준비하겠습니다. 15분 뒤에 제가 이곳으로 돌아오겠습니다."

폰 메르텐 반장은 자기 방으로 돌아왔다. 그곳에 이미 실제로 그를 기다리는 크루제 형사가 와 있었다. 이 사람은 그에게 그동안 도착한 전보를 반장에게 전했는데, 그 내용은 다음과 같다:

"알리소 스미스는 이곳에서 알리지 않았음."

멘토네Mentone 시장은 그렇게 정확히 회신해 주었다.

"크루제 자네는 라루에데라가레la Rue de la Gare로 서둘러 가게나."

그렇게 폰 메르덴 반장은 말했다.

"그러고는 그곳에서 운전기사 복장을 하나 구입해 주게: 고무 외투와 모자와 자동차용 안경을 말일세. 자네가 이 물품들을 손에 넣는 즉시, 이곳으로 다시 와, 마세나Massena 광장의 택시 승강장에 와 있게."

"명령대로 하겠습니다. 반장님!"

15분 뒤, 폰 메르텐 반장도 에디토 양과 함께 그곳으로 차를 타고 가, 곧장 세 사람은 라루에리테랄레la Rue Litterale에서 몬테카를로로 향하는 길을 따라 항구 옆을 지나갔다. 약속한 대로, 크루제는, 폰 메르텐이 그의 임무에 대해 알려준 방식으로, 라콘다미네Condamine에서 자동차에서 내렸고, 이제 그 두 사람만 다시 카지노 장으로 차로 이동했다.

폰 메르텐은 그곳 카지노 장을 지키는 문지기에게 자신의 명함을 내밀고는, 이곳을 지키는 감독관과 대화를 나누고 싶다는 뜻을 전했다. 이 감독관에게 그는 자신의 희망 사항을 밝혔다.

"저는 반장님이 원하는 방식으로는 도움을 드릴 수 없어 아주 안타깝습니다."

그렇게 그 감독관은 대답했다.

"그것은 아주 공포를 만들어 낼 수 있고, 이를 피하는 것이 몬테카를로에 있는 저희 회사 ⟨la Societe Anonyme des Bains de Mer de Monte Carlo⟩[4]의 이익에 부합하도록 노력해야만 합니다."

"공포감이야 더욱 클 수 있습니다, 만일 제가, 제가 감독관님, 당

---

4) *역주: 모나코 공국에 등록된 상장 기업

신의 도움 없이 내가 찾는 남자를 색출해, 그 게임장에서 그를 체포한다면요."

"저희들은 반장님을 그 게임장에 들여보낼 수가 없습니다. 여기서는 그 게임장 안을 정리할 권리는 저희에게 있습니다."

"중대 범죄자, 그 범죄자를 체포하는 경찰에 반대하면 안됩니다. 왕국 경찰은 저를 도울 의무가 있고, 아주 나쁜 결과가 있을 겁니다, 만일 당신의 경찰국장이 내게 이 도움을 거절하면요."

"당신은 체포영장을 받았는가요?"

"물론입니다. 감독관님!"

"그걸 내게 보여주시오."

"그걸 제시하는 일엔 제가 조심하고 있습니다. 내게서 그를 체포하려는 것을 방해하려고 한다면, 그래서 당신이 그 범죄자에게 알려준다면, 내 임무는 실패할 겁니다."

폰 메르텐 반장은, 그 감독관의 당황함을 숨기지 못하는 것을 보니 곧 결론을 내렸다.

"나는 당신에게 당신과 나의 관심에 관련된 협상을 제안하고 싶습니다."

그는 그 감독관에게 말했다.

"당신은 내 기대에 양보하고, 나도 당신에게 약속하겠습니다. 나는 이 왕국 영토 안에서는 그 범인을 체포하지 않겠습니다. 하지만, 그가 이 나라를 떠난 다음에 체포할 생각입니다."

"그것은 받아들일만 합니다. 하지만 나는 그 일에 대해 이곳 이사장님께 상황을 알리는 것을 선호합니다. 잠시만 기다려 주세요. 내가 곧 그분을 오게 하겠어요."

"여전히 추가로 한 가지 주목할 것은요! 우리가 찾는 자가 여기에 머물면서, 장시간 이 왕국 경계들을 나가지 않을 경우인 가장 극단적이지만, 가능성이 없는 경우에는, 나는 그자를 이 왕국 영토 안에서 체포해야 합니다. 그러나, 이 경우 가장 피해가 적도록, 내가 약속하기를, 나는 그 체포를 밤에만 할 겁니다. 낮에 요란하게 하는 것을 피할 작정입니다."

"그것이면 충분할 겁니다. 잠시만요, 나는 이곳 이사장님과 함께 곧 돌아오겠습니다."

에디토 양은 물론 프랑스어를 할 줄 알고, 긴장이 고조되어, 그 언어로 말하고 있는 대화를 듣고 있으면서, 그의 정력적 행동을 보자, 그 반장을 칭찬했다. 그가 이에 답하기도 전에, 문이 열렸고, 그 감독관이 나왔다, 아주 우아하게 차려입은 신사를 동반하고서. 그 신사는 단추 구멍에 "레지용 도뇌르 훈장honora legio"을 매달고 있었다. 그 감독관은 그 신사를 이곳 이사장이라고 소개했다.

"물론, 나의 사랑하는 경찰관님, 저는 당신 제안에 동의합니다." 그 이사장은 진짜 남부 프랑스사람들의 말의 빠르기로 말했다. "모든 원하는 방식대로, 저희는 형사님께 양보합니다. 왜냐하면, 형사님은 모든 소란을 피해주신다고 약속하셨기 때문입니다. 그것은 정말 물론, 저희 사업의 관심에서는 아주 필수적인 조건입니다. 아쉽게도 우리는 사람들이 여기에 더 오래 머물러 있고 싶음을 방해할 수는 없습니다. 그러나, 저희는 형사님께 아주 감사합니다. 형사님이 우리를 그런 상황에서 해방시켜주신다면요."

폰 메르텐 반장은 살짝 웃었다. 그는 생각하기를, 그 첨단으로 발전된 회사 같으면, 야메손과 같은 남자에게는 잘 맞겠구나 하고 물론 그는 이 생각을 발설하지는 않았다. 그가 브라운Brown 양으로 소개한 에디토 양이, 즉, 브라운 양이 개인적으로 잘 알고 있는 그 범인을 관찰하는 임무를 맡아 줄 거라는 말만 그는 했다. 그리고는 다음 날 아침 10시 45분에, 평소 개장 시점보다 15분 빠른 시각에, 그녀가 격자로 된 창문을 통해 통행인들을 관찰하는 것에 그 이사장과 동의했다.

"그런데, 왜 곧장 오늘 저녁에 하지 않고요?"

에디토 양은, 자신들이 카지노를 떠나면서 물었다. 그 둘은 자신들이 약속한 크루제 형사와 만나기로 한 식물원을 향해 출발했다.

"왜냐하면, 야메손은, 만일 그가 그 게임 공간에 있다면, 필시 그곳을 공식 폐장하는 시점까지는 떠나지 않을 겁니다. 당신이 그곳에 그리 오랫동안 그 창문 뒤에 기다리는 것은 필요하지 않습니다."

"그것은 맞아요. 나는 정말 희망하기를, 그런 관련성에 있어, 나는 그곳에서 아주 흥미로운 관찰을 할 것으로 희망합니다. 하지만, 그 점에 대해 내일 아침에도 충분한 시간이 있을 겁니다. 더구나, 저곳에 크루제 형사가 오네요!"

"만일 내가 아주 실수하지 않았다면요, 반장님,"

크루제가 보고했다.

"야메손이 니스에서 운전해 온 그 자동차가 지금 생로맹St. Romain 차고에 있습니다."

"그 차고가 가까운 거리에 있나? 여기서 동편으로 진입하는 몬테카를로 쪽인가, 아닌가?"

"바로 맞추었습니다, 반장님! 저는 그곳에서 자기 차를 청소하는 자가용 운전자와 대화해 보았습니다, 그곳에서 나는 그에게, 그런 일에 대해 내가 아무것도 모른다고 할 정도로 하면서 물론 그에게 좀 도움을 주었습니다. 그를 통해 제가 알아낸 것은, 야메손 차량은 전반적으로 1시에 도착하고, 저녁에는 잠시 11시 이전에, 몬테카를로로 떠난다는 것을 알게 되었습니다. 충분히 오랫동안 그 자동차를 렌트한 남자를 만나러 간다고 했어요. 나중에 그 자동차가 가는 곳이 어딘지는, 그 자가용 운전자는 모르고 있었구요. 그는 그렇게 내게 말하더라고요, 그 자동차 운전기사는, 밤에는 언제나 브라세리에Brasserie 주점 식당에 현대적으로 앉아 있다고도 말했어요. 하지만 나는 먼저 묻고 싶은 것은 이렇습니다. 제가 그곳으로 가서, 그자를 데려오면 어떤지를요."

"아뇨, 그건 하지 마세요. 하지만 우리 자동차의 운전 기사에게 말해 주게. 그도 저녁 11시에 몬테카를로에 있으라고, 자신의 자동차 방향을, 그 차가 가능하면, 자네가 야메손 씨 차량이라는 그 차 뒤에 꼭 붙여 주차해 달라고 하게. 야메손이 여기로 오면, 자네는 일정한 거리를 두고, 그를 뒤쫓고. 또 그 거리를 너무 띄워 놓지는 말고. 그러다가, 어느 지점에서, 교차로 같은 곳에서, 옆으로 빠져, 그 사항을 나에게 알리러 니스로 돌아와 주게."

"명령대로 하겠습니다, 반장님!"

"그런데 먼저 우리는 그 차고지를 한번 둘러 봅시다, 그러고, 그곳에서 내게 이 사건과 관련된 차량을 내게 알려줘요."

그들은 생로맹 건물로 갔다.

"왜 크루제는 그 자취를 끝까지 추적하지 않게 하나요?"

맥 캐논 양이 물었다.

"왜냐하면, 그건 야메손의 의심을 불러일으킬 수가 있을지도 모르기 때문입니다"

폰 메르텐 반장은 대답했다.

"그런 인물을 그 사람이 적용하고 있는 똑같은 경각심으로 대해야 합니다. 내일 저녁에 크루제는 그가 오늘 자신의 추적을 멈춘 지점에 있을 것이고, 다시 시작해, 그 추적을 계속할 겁니다, 아마그 끝까지요. 그런 식으로 우리는 정말 조금씩 늦추어졌지만, 그럴수록 우리는 목표에 분명히 도달하게 됩니다."

그 차고지를 둘러 보면서, 폰 메르텐 반장은 크루제가 그에게 알려준 그 자동차를 오랫동안 살펴보았다,

"당신은 지난번에 그자가 탔던 차를 지금 다시 알아볼 수 있겠어요?"

에디토 양은 그들을 지나치면서 물었다.

"100퍼센트로요."

"저는 10퍼센트도 그 차량을 찾을 자신이 없는데요. 그럼 지금 우리는 뭘 하지요?"

"자네는 먼저 뭘 좀 먹어야 합니다"

폰 메르텐은 크루제를 향하여 말했다. 에디토 양의 질문에 곧장 답하지 않고.

"하지만, 브라세리에Brasserie 주점 식당에서 현대적으로 있지 않

으려면, 어느 작은 레스토랑에 있는 편이 낫겠어요. 나중에 다시 한번 야메손의 대기 자동차가 떠날 준비가 되었는지를 알아보고, 우리 자동차도 준비가 되어 있는지도 확인해 주게, 그리고 그 자동차로 카지노까지 우리를 태워 주고, 나중에, 자네에게 말한 바대로 하게."

"명심하겠습니다, 반장님!"

크루제가 그 자리를 떠난 뒤, 폰 메르텐은 자신을 다시 에디토 양에게 향하고는 말했다.

"미안합니다"

그가 말했다.

"먼저 내 부하를 그의 자리로 돌아가라고 한 것에 대해서요; 야메손이, 뭔가 다른 이유로, 그 게임이 끝나기 전보다 더 일찍 집으로 갈 가능성도 있기 때문입니다. 그러고 그 때문에 저는 사전 예방조치를 해 두어야만 했지요. 이제 나는 당신에게 제안합니다. 내가 좋아하는 곳으로 따라와 주실 것을."

"기꺼이요. 반장님, 당신은 몬테카를로를 잘 알고 있는 듯 합니다만요."

"여러번 나는 이미 여기에 업무차 방문했고, 이번과 마찬가지로 충분한 시간이 있어, 이 장소에서 어느 파라다이스의 아름다움이 속하는지, 그게 오랜 역사의 레블랑Leblanc이 속하는, 파라다이스 같은 아름다움을 둘러보는 데 충분히 많은 시간이 있었지요. 이 공간이 나중에 주식회사가 될 때까지, 여기 식물원은 여전히 새로운 나무들을 많이 심어가고 있습니다.

깜짝 놀라게 됩니다. 보름달의 반짝임 속에서 또 오늘과 같이 출렁이는 바다에서, 저 넓은 테라스에서 달을 한 번 바라다보면요. 내가 당신을 지금 안내하고자 하는 아주 조용한 장소를 좋아합니다."

그 두 사람은 저 큰 테라스의 한켠에 난, 충분히 가파르면서 좁은 길을 따라 내려왔다. 그리고는 그 철길의 사면을 따라서 짧은 거리를 걷고, 나중에 현수교를 지나자, 이제 해변이 가까워졌다. 이 해변은 일렬로 된 낮고도 뾰쪽한 바위들로 암초가 있는 곳이다. 아주 아름다운 광경이 그 두 사람에게 펼쳐졌다; 파도가 한 차례 들어섰다가 물러나고, 어둡고도 초록의, 거의 검정의, 거품으로 왕관을 만드는, 은은하게 빛나는 달빛에, 그 벼랑 위의 천둥소리와도 비슷한 소리와 함께 포말은 다가와서는, 부서지고, 다가와서는 부서졌다.

폰 메르텐 반장의 키보다 두 겹 세 겹은 높은 그 포말은 하늘을 향해 솟구치다가, 반짝이는 진주에서 나오는 폭포수처럼, 그리고 가장 가까운 순간에는 수천 개의 물방울로 다시 떨어진다. 이 모든 것은 정말 끝없이 되풀이 되었다.

조용히 그 두 사람은 나란히 몇 분 동안 가만히 서서는, 그 아름다운 풍경을 바라보고 있었다. 갑자기 폰 메르텐 형사반장은 이 젊은 미국 여성의 우아한 손가락들이 그의 오른손을 덥석 잡고는, 다정하게 이를 누르는 걸 느꼈다.

"저는 당신에게 감사해요!"

그녀는 간단히 그 말을 했다.

"무엇 때문에요?"

"당신이 나를 이곳으로 안내한 것에 대해서요!"

나중에 그 둘은 그 바닷가 바위 표면 위를 걸으며 바닷물 가로 다가갔다. 그 거친 바위 위로 처음에는 큰 바닷물이 들어서더니, 발목 정도 높이의 땅도 적시더니, 다시 그 물길은 흘러내렸다. 그런데 나중에는 그 바위들이 제법 높이 솟아 있기에, 그 사이를 걸어다닐 때는 조심조심 다녔다. 폰 메르텐 반장은 에디토 양에게 그런 갯바위 위를 걸을 때, 조심하라고 주의를 주면서, 그녀 보행을 도우려고 시도했다. 그러나 그녀는 반장이 전하는 그런 주의 사항에도 불구하고, 그건 너무 큰 걱정이라며, 자신의 의도대로 웃으며, 언제나 앞장서서 씩씩하게 가고 있었다. 이는 마치 도마뱀이 자신의 몸을 굽히며, 이리저리 능숙하게 앞으로 나아가듯이 했다; 반장에겐 그런 그녀를 바라보며, 또 그녀의 우아한 움직임을 보는 것은 진정한 기쁨이었다. 그녀는 자신의 챙이 있는 모자를 벗어, 시원한 바닷바람이 자신의 이마에 나는 땀을 바닷바람에 식히려고 했다. 그런데 그녀 머리카락이 아마도 튀어나온 바위 끝에 걸렸거나, 아니면, 그녀의 빠른 발걸음에 머리에 묶어둔 핀이 풀어졌나 보다; 그래서 그녀 머리카락이 마치 황금빛으로 빛나는 물결처럼 갑자기 그녀 등 뒤로 흘러, 우아한 허리를 지나, 저 아래 엉덩이까지 흘러 내렸다. 그녀는 살짝 웃으면서, 자신의 몸을 돌려, 폰 메르텐 반장을 향했다. 그는 가만히 서서, 자신의 예술처럼 완벽해진 두 눈으로 그녀의 매력적인 앞 모습을 감상하고 있었다. 달빛에 완연히 비치는, 미묘하게 형성된 몸매를, 그녀의 자줏빛 입술을, 젖어서 빛나는 두 눈을. 그녀는 자신의 챙 있는 모자를 벗어, 시원한 바닷바람이 그녀의 더워지는 이마를 건드리도록 했다.

극도로 자제하면서 그는 이 광경에서 자신에게 갑자기 생긴 감정을 -한 걸음만, 두 걸음만 그는 앞으로 나아가, 그 팔을 뻗어 그녀를 잡아보려고 하는 그 감정을- 누를 길이 없었다. 그래서 그는 그 여인을 잡아당기기 위해서, 이 순간에 황홀하게도, 그 아름다운 여인을, 그녀를 자신의 난폭하게 뛰고 있는 감정으로 그녀를 당겨, 그녀를 숨 막히게 하는 열정적 키스를 하려면, 한두 걸음만 앞으로 나아가 그녀를 당기면 가능한 일이었다.
"나는 권한이 없어요!"
그는 무의식적으로 쉰 목소리로 말했다.
"반장님, 당신은 무슨 권한이 없어요?"
그녀가 물었다. 그리고 곧장 그녀는 그 대답을 알았다. 비록 그가 그것을 발설하지 않았다 하더라도, 그건 이상한 눈길이었다. 그녀가 지금 그를 쳐다보는 그 시선에서는 이상함이 있었다. 그것은 그를, 이 세계에 경험 많은 기사를, 거의 혼돈에 빠뜨렸다. 그가 자신에게 가졌던 그 힘의 동의가 그 눈길에는 들어 있었지만, 그를 놀리고 불만을 갖게 하는 놀림도, 약한 놀림도 있었다. 그리고 그녀에 대해 그를 불만스럽게 만들었다. 또 그 자신에 대해서도.

"더 앞으로는 가지 마요, 맥 캐논 양"

그는 마침내 말했다, 자신의 낮은 목소리로 확신을 주려고 하면서, 하지만, 그 목소리에는 약한 떨림도 낮출 수는 없었다.

"왜 안 되나요?"

그녀가 애교스럽게 물었다.

"저 물길의 파도가 이미 에디토 양, 당신에게 닿은 것 같아요; 좀 더 큰 파도가 오면, 당신은 온전히 온몸을 젖게 될 거요!"

"만일 그게 유일한 위험이라면, 나는 그걸 무시하겠어요!"

그녀는 그렇게 말하고는, 여전히 두 걸음 앞으로 뜀박질을 시도했다. 그런데 갑자기 그 바위들의 반대편에서 아주 큰 파도가 들이닥쳤다. 그 바람에 에디토 양은 그 순간 높이 솟구친 파도 아래서 모습이 보이지 않았다. 그녀가 다시 모습을 보였을 때, 그녀가, 어느 강한 팔의 힘에 들려, 그 파도가 때리는 것이 이제는 그녀를 덮치지 않을 장소로 옮겨져 가고 있었다. 나중에 그곳에서 폰 메르텐이 그녀를 그녀 발 위로 세워 주었다.

"용서하세요, 아가씨!"

그는 이제 차분한 어조로 말했다, 마치 그들이 뭔가에 대해, 내일 비가 올 것인지, 해가 떠오를 것인지를 말하고 난 듯이 말했다.

"하지만, 나는 당신이 그 위험 속에 노출되는 것을 더 오랫동안은 허용할 수 없었어요."

"그래 다 젖었는가요? 그런 예감을 내가 받았네요."

"그것만 아니네요! 그 튀어 오르는 파도의 힘이라면, 당신은 넘어질 수 있어요. 그리고 그 날카로운 갯바위에 당신은 상처를 입을 수도 있어요."

"실제로 거의 쓰러질 뻔했어요!"

그녀는 웃으면서 고백했다.

"반장님, 당신의 즉각적인 반응 덕분입니다. 이제 나는 당신을 용서하고, 당신은 나를 어린아이로 취급했어요!"

"당신도 바로 그런 어린 아이라구요"

그는 그렇게 대답하려 했지만, 자신의 말을 참았다.

"그런데 지금 반장님은 뭘 좀 먹고 싶지요?"

그녀는 활달하게 계속했다.

"그럼, 오늘 우리가 샴페인 한 병 마시는 거, 좋죠?"

"이 염원은 분명 수행하지 못할 이유가 없죠!"

그는 그녀의 활달한 어조 흉내를 내며 대답했다.

"아가씨로서의 당신 명령에 따라, 어디서 우리가 저녁을 먹을까요?"

"파리그랜드호텔Granda Hotelo de Paris로 가요! 그곳은 언제나 흥미로운 사회이지요!"

"그곳에 한 번 어울려 가 봅시다!"

"여기서는 반장님, 당신을 아는 지인이 아무도 없으니, 당신의 공식적 보호 아래 내가 서 있게 되겠네요."

"그렇네요, 내가 동석하는 일에 당신은 반대하지 않겠지요!"

"전혀요."

그녀는 확실한 톤으로 대답했다.

"우리 미국 여성은 독일 여성보다는 더 많은 자유를 누린다구요, 하지만 우리는 그 점을 오용하지는 말자구요."

"그럼 더 좋구요! 우리가 야메손이 떠나갔다는 그 점을 먼저 아는 것이 필요할 뿐입니다. 그렇지 않으면, 우리가 파리 그랜드 호텔 Granda Hotelo de Paris에서 서로 만나는 것을 피할 수 없습니다. 그도 그곳으로 올 가능성이 있습니다!"

"하지만, 우리는 정말 11시까지는 기다릴 수 없습니다! 이 시인 같은 광경 뒤에 나는 아주 산문 같은 배고픔을 느낍니다! 당신은 어떤가요?"

"제 몸은, 그런 요구가 충분히 오랜 시간 뒤에만 충족할 수 있도록, 익숙해져 있습니다. 그 점을 그 서비스가 필요하겠군요. 하지만 저는 그런 야만인이 아니니, 당신의 똑같이 진지한 태도를 요구하기 위해, 우리는 먼저 그자의 차고부터 탐색해 봅시다. 야메손의 차량이 아직도 여기에 있는지 알려면요. 만일 그렇다면, 우리는 규모가 작지만 좋은 호텔을 콘담미네로 찾으러 갈 겁니다, 그곳엔 야메손은 필시 오지 않을 겁니다. 그곳에서 우리는 저녁먹을 겁니다. 그때까지는 참는 것을 동의하는가요?"

"만일 그곳에 더 좋은 샴페인이 있다면요!"

"아주 더 좋은 샴페인이 있지요!"

"선하신 하느님, 내 머리카락이 왜 이리 엉망이 되었어? 그 점에 대해서는 나는 전혀 생각하지 못했어요. 그런 상황에서 나는 정말 내 모습을 볼 수 없을 겁니다!"

"왜 아닌가요? 그런 식으로만 당신의 머리카락의 놀라운 아름다움은 인지될 수 있지요. 하지만, 당신은 맞습니다. 그러면 놀라게 될 겁니다요. 우리는 지금 여기 카지노에 가까이 있습니다. 나는 한 밤까지도 문을 여는 가까운 미용실로 당신을 안내하겠습니다, 당신이 그곳에서 머리카락을 손질하고 있을 동안, 혼자서 그 차고지로 가 보려고 합니다. 나중에, 내가 이곳에 와서, 에디토 양, 당신을 호텔로 안내해 드리겠어요."

"동의합니다!"

그 차고지에 그 자동차는 여전히 그 자리에 서 있었다

"저렇군, 내가 크루즈, 자네에게 말한 그대로구나!"

폰 메르텐은 그렇게 속삭이고는, 그곳에서 관찰하고 있는 자기 부하 옆을 지나치면서, 조용히 말했다.

"명령대로 잘 하고 있습니다. 이상 없습니다, 반장님!"

폰 메르텐 반장이 나중에 그 미용실로 돌아 와보니, 미용실의 일이 물론 끝나지 않았기에, 그는 거의 반 시간은 그곳에서 기다려야 했다. 마침내, 에디토 양이, -그곳 미용사가 말하기를, 처음에는 그녀 머리카락에 묻은 바닷물을 씻어내야 하고, 나중에, 이를 다시 말려야 하기에 시간이 걸렸다고 말해 주었다며 - 변명하고서 나타났다. 그녀는 베아우 리바게Beau Rivage호텔로 안내를 받아 이동하면서,

그의 팔짱을 꼈다. 모나코Monaco의 어디서나 마찬가지로 물론, 여기서도 이 사회는 매우 섞여 있다. 이러한 사회의 모습이 에디토 양을 유쾌하게 만들었고, 그러한 기분을 그녀는 숨기지 못했다. 또 그는 이런 모습을 다른 곳에서는 그녀에 대해 전혀 알지 못하던 충분히 주목할 사건으로 비쳤다. 그는 이 상쾌한 기분의 원인에 대해 그녀에게 묻는 것을 놓치지 않았다.

"그걸 나는 더 나중에 당신에게 알려 주고 싶었어요"

그는 미소를 보이며 대답했다, 그녀의 큰 두 눈에서의 진지한 눈길과는 비교가 될 정도로, 이 순간 그녀 눈길은 온전히 그를 향해 있었다. 이 상쾌한 기분을 그녀는 그날 저녁내내 지니고 있었다. 그녀에게 아주 좋은 맛난 샴페인은 그녀의 좋은 기분을 여전히 더해 주었고, 평소에는 아주 진지해 있던 폰 메르텐도 그녀의 활달함에 감흥을 받았다. 그 두 사람은, 옆 테이블에 앉은 남자들 중 두 사람이 - 필시 평상 복장을 한 프랑스 장교들인 듯한 사람들이 - 에디토에게 어떤 식으로든지 자신의 관심을 두려고 하는 점에, 특히 그 점 때문에 기분이 좋았다. 그리고, 자정이 지나자, 그 폰 메르텐 형사반장과 에디토 양이 그리 멀지 않은 역으로 기차타러 그 호텔을 떠나자, 그 남자들도 그 일행을 뒤따라 나와 인사했다.

기차 안 좌석에서 에디토는 폰 메르텐에게 그 두 남자 중에 한 남자가 그녀 손으로 몰래 밀어 넣어준 종이쪽지를 보여주었다. 그것은 다음 날 만나자는 초대장이었다.

"이런 버르장머리 없는 녀석들 같으니!"

폰 메르텐 반장은 그 종이쪽지를 읽고는 화를 벌컥 냈다.

그녀는 진심으로 웃었다.

"반장님, 당신은 뭘 기대하나요? 늦은 저녁에 홀로 샴페인을 마시면서 기다리는 여성을 기대하는가요!"

"하지만 그 사람들은 에디토 양, 당신이 내 아내라는 걸 알 수는 없었지요!"

"오호, 반장님! 저는 지금 당신의 사무적 행위에 대해 당신을 기억해야겠어요!"

그녀가 살짝 놀렸다.

"당신은 결혼반지를 끼고 있나요? 아니지요! 하지만 저녁 식사 자리에서는 결혼한 부부는 결혼반지를 빼놓고, 그걸 자기 호주머니 안으로 둔다구요, 이는 형사 정의의 역사에서 일어날 수 없는 일이지요!"

기대와는 반대로 그는 지금 웃어야만 했다.

"아뇨, 그것은 실제로 아직 일어나지 않았지요!"

"반장님은 질투심을 많이 느끼는 것 같군요!"

그녀는 계속 자신의 놀림을 이어갔다.

"이런 경우에 사람들은 질투심이라고 말할 수 없지요."

"왜 아닌가요?"

잠시 그녀는 진지했다.

"왜냐하면, 질투란 내가 아쉽게도 가지지 않은 권리를 조건으로 합니다요."

"안타깝게도! 얼마나 점잖은 분인지! 하지만 만일 당신이 그런 권리를 가졌다면, 당신은 그 경우 질투심을 느꼈을까요?"

"저는 믿지 않습니다, 아내라면, 사람들이 질투의 원인이 된 아내라면, 사람들이 그녀에 대해 질투하는 것은 바람직하지 못해요!"

"아주 재치가 있네요! 하지만, 실제에 있어서 반장님은 그 점에 따라 행동했다면, 나는 이에 토론하고 싶지 않아요. 더구나 그런 정의는 반장님이 여성을 위해서만 아니라, 남성을 위해서도 이 태도를 적용했으면 합니다요."

"저는 그 점에 반대하지 않아요."

"하지만 나는 질투심을 가졌을 겁니다. 만일 내가 사랑하는 그 사람이 다른 여인에게 자신의 갈채를 표현하는 경우에는요!"

"여성에게서 사람들은 남성에 비해 더욱 그런 연약함이 있거든요!"

"나는 당신의 그 좋은 용서에 감사합니다. 하지만, 그것은 좀 씁쓸

한 뒷맛을 가지고 있네요. 그 여성에게, 그렇게 지위가 낮은 존재인 그 여성에게, 사람들은 물론 그 여성의 약함을 용서해야 합니다!"

"그걸 제가 목표로 한 것이 아닙니다. 아니면 더 진실로 저는 그걸 표현할 의도는 없었어요."

"그 말씀 진지하군요! 반장님은 그것을 생각만 할 뿐, 말하고 싶지 않다고요! 하지만 나는 나를 그 점, 즉, 우리 여성을 나쁜 존재라고 선언하는 남자들이, 그럼에도 그런 나쁜 존재의 필요성을 인식한다는 점에서 나를 위로하고자 해요!"

"흠, 그 점에 대해서도 사람들은 더 토론을 해야 할 것 같아요!"

"반장님은, 자신이 여성과의 관련 없이 온전히 혼자 살 수 있다고 주장하고 싶은가요?"

"저는 그 점을 그렇게 하고 있다고 생각합니다!"

"그럼, 반장님은 그렇게 행동하려고 한다고요! 정말 외교적으로요! 그럼, 반장님 자신을 위로해 주세요; 조금 분별력 있는 아내라면, 그녀 남편이 결혼 전에 했던 일, 그점에 대해 관심이 없다구요; 아주 현명한 아내라면 자신을 향한 모든 유혹이 있었음을 자기 남편에게 알리기를 거절할 줄도 알아요."

"그리고 그런 아주 현명한 아내가 에디토 양, 당신이 되겠다는 말씀인가요? 아닌가요? 당신은 거부하나요?"

"저는 그럴 생각이에요!"

그는 한 번 웃고는 그녀가 내리는 것을 도왔다. 왜냐하면, 그 사이 그들은 니스 역에 도착해 기차에서 내려야 했다. 나중에 영업용 차량으로 그녀와 함께 그들의 숙소 호텔로 이동했다.

숙소 현관에 도착하자, 에디토 양은 폰 메르텐 반장에게 평소보다 더 서둘러 작별인사하는 그 모습이, 이미 이전에 그에게 강한 인상을 남겼던, 그녀의 진지하고도 큰 눈으로 바라보던 그 수수께끼 같은 눈길을 다시 떠올려 주었다. 동시에 그는 그녀가 미국 풍습대로 악수하며 작별인사할 때, 오늘은 다른 날보다 그 손길이 좀 더 세어졌다는 느낌을 받았다고 말할 수 있었다. 그게 무슨 특별한 의미가 있었을까? 그래서 그녀가 엘리베이터를 이용하는 동안, 그는 천천히 계단으로 자신의 방에 올라가면서, 스스로에게 물었다. 이러한 생각을 잠시 하면서, 그는 자신의 피가 그의 심장으로 뜨겁게 흘러갔지만, 곧 그 차갑고도 이성적인 생각이 그 자신을 다시 이미 지배했다. 아마 그녀는 자신에게 그 아름다운 자연의 풍광을 볼 수 있도록 그가 안내 준 것에 대해 친절한 방식으로 자신의 감사를 표현했는가 보다. 필시, 그것은 그랬을 것이다, 그 이상은 아니었을 것이다!

그날 뭔가 흥분을 일으키는 사건들이 일어나지 않았지만. 그래도 그는 평소처럼 빨리 잠들 수 없었다. 언제나 다시 그의 영혼의 눈 앞에 에디토의 모습이, 그녀가 자신의 긴 머리카락에 에워싸인 채, 그 갯바위에 서 있던 모습이 어른거렸다. 그는, 사실, 에디토의 갑자기 변한 행동이 뭘 의미하는지 몰랐다. 지금까지 그녀는 지금 여전히, 몇 번의 순간을 제외하고는, 그에게 본심을 드러내지 않는, 자제하는 모습을 보였다. 그 원인을 그는 그들 두 사람의 사회적 위치와 재산-상황 사이의 차이에서 생기는 것으로 보았다. 이게 진짜 미국 여성의 두 눈에는 아주 중요한 차이다. 그러니, 그걸 그는 이미 어느 날 저녁에 깊이 생각해 본 바가 있었다. 그는 그것을 통해 필요한 결론을, 이름하여, 에디토와 그 사이에 무슨 인연에 대해 전혀 생각해낼 수 없다는 결론을 내렸다; 그 점을 그는 물론 확고한 채로 남아 있었다.

그러나, 오늘 그런 태도를 이어감을 포기하기란 그럼에도 그에게는 이전보다 더 어렵다. 그렇게 된 이유는, 바로, 에디토가 앞서서는 전혀 보여주지 않았던, 그녀의 매력적이고 시원한 성격이었다. 분명 그녀는 언제나 그를 대할 때는, 선량한 사교계의 여성이 그의 계급 출신의 남성에게 하듯이, 그런 일상적 방식으로 대해 왔다. 비록 그녀가 이 계급을 자신과 평등한 위치로 인식하고 있지 않다 하더라도, 그러나, 그녀 행동에서는 언제나 뭔가 차갑고, 침착하고,

뭔가 완전한 확고함이 있었다. 아마 온전히 무의식적으로, 아니면 아마 강하게 의식적으로, 그녀는 이미 처음부터 그녀 자신과 그와의 경계를 만들어 놓고 있었다. 그 경계를 그가 한 번도 넘는 것을 생각해 보지 않았다. 오늘에야 그녀는 이 경계를 스스로 무너뜨렸다. 아주 완전히! 오늘 그녀는 처음으로 자신을 그를 향해, 이전과는 달리 경계하는 모습을 버리고, 아주 자유롭게, 예의를 차린다는 생각도 버렸다.

왜일까? 그녀가 좀 아양을 떨어볼 필요가 있었는가? 그녀 자신은 그 반장 때문에 만족하고 있었던가? 그녀가 받은 임무로 인해 그것 말고는 다른 것을 그녀가 생각해 두는 것이 불가능했기 때문일까? 그는 자신의 이러한 생각으로 자신이 상처받았다고 여길 정도로 바람기 많은 사람이 아니다. 아니다, 만일, 그녀가 자신의 고백을 통해 지금까지는 완전하게 자신이 이 진지한 임무에 두고 있지 않았다고 한다면, 그게 자연스럽다. 지금 그녀에게 이 일이 처음으로 일어났을 때, 휴식을 찾아, 그는 거의 말하고 싶다.- 사막에 오아시스를 만났다고. 그가 그녀에게 런던에서 말한 그 칭찬을 그녀는 진지한 기쁨으로 여겼다. 하지만, 그것은 그녀가 그녀 자신의 행동에서 필요한 멈춤을 강요한 그 순간에 그녀가 기분이 좋아짐을 느꼈다는 것은 예외적인 것이 아니었다. 무엇이 그녀가 그 점에 양보했다는 것보다 더 자연스러운가?

그러나 그녀가 그를 향해 이상하게도 보인 그 진지한 눈길은 그것과는 어울리지 않았다. 만일 에디토 양이 아니고 중간계층의 아가씨라면, 혹은, 그가, 겸손한 공무원 대신에, 더 이른 시기의 여전히 빛나는 제복을 입고 여전히 유쾌하고 승마하던 장교였다면, 그 경우 그녀 행동의 갑작스런 변화는 생각할만했다. 하지만 지금의 상황에서 오, 그녀에게 더 진지한 감정을 예상하기란 정말 어리석음 그 자체이고, 또 그가 그러한 일장춘몽 같은 일에 시간을 허비하기보다는 더 나은 뭔가 할 일이 정말 있다. 그렇지만 그의 생각을 에디토 양의 유혹하는 그림에서 다른 행동으로 전환함에는, 그가 자신에게 이미 습관화된 온전한 엄한 자기규율이 필요했다. 하지만 그는 성공했다, 비록 잠깐 동안이라도, 왜냐하면, 곧 나중에 천성은 자신의 권리를 요구했기에, 그의 침착하고 깊은 한숨은 그가 이미 깊은 잠에 빠져들었음을 의미한다.

그럼 에디토는?

에디토도 오늘은 예전처럼 곧장 잠자리에 들 수 없었다. 그녀 심정도 그 갯바위 장면이 다시 한번 지나갔다. 그러나 그녀에게 거의 뭔가 어린 아이같은 것을 주는 행복한 미소가, 그녀 입가 주변에 보였다. 그것은 그녀가, 지금, 폰 메르텐이 지금까지 억지로 그녀에 대항해서 보인 그런 자제심을 부수는 데, 마침내, 비록 그것이 짧은 시간이지만, 성공했다는 그런 생각때문이었을까? 그건 아니다. 교태를 부리는 여성 같은 성격은 에디토는 전혀 가지고 있지 않다, 분명, 몇 번 그녀로서는 이 남자 또는 저 남자의 갈채를 받는 즐거움을 기대한 적이 있었다; 또 그녀가 잠깐 그런 갈채를 생기게 의도한 적이 있었지만, 그때도 그녀는 확신하게 되었다. 이러나 저러나 이는 잠깐의 자유로운 시간에 하는 웃음놀이에 불과함을.

진짜 진지한 염원이 그녀와 닿았던 곳, 그곳에서, 그녀도, 여느 부유한 여성에게 닥치는 저주 때문에 고통을 당해야 했다: 그녀는 자신에게 보내는 갈채는 그녀 개성을 향한 것이 아니라, 그녀 재산 때문이라고 확신하고 있었다. 그것은 그녀를 화나게 하고, 불공평하다고 여겨졌다. 그녀 자신은 자신의 개성에서 나온 매력이 실제보다 더 작게 평가되어 있음을 알게 되었다. 그녀에게 접근하는 진지한 탐색자들이 그녀에게는 그녀 자신의 부유함만 노리는 사람이라고 보았다.

여성들에게, 자주 더 분명하게도, 골몰하게 하는 지성보다 정확함을 보여주는, 그 미묘한 감정과 함께, 그녀는 폰 메르텐 반장에게 그 점에 대해 말하기란 불가능함을 처음부터 알고 있었다, 정반대로, 그는, 바로 그녀가 부자라는 것 때문에, 자기 편에서 자신과 그녀 사이에 강력한 벽을 세워 두었다. 그녀도 마찬가지로 진지한 염원으로 그녀에게 다가오던 남자들에게도 자신을 지키기 위한 벽을 세워 놓고 있었다.

정말 마음이 상하지는 않았지만, 그녀는 폰 메르텐 반장의 그런 자제심의 태도에 조금 화가 나 있었다. 기차 여행 동안에는 그때는 더 많이. 그 장교들에게 그녀가 자신의 친절함을 보인 것도 그녀로서는 아마 절반은 무의식적으로, 폰 메르텐 반장의 질투심을 유발해보고 싶었다. 그러나 그마저도 그녀는 충분히 실패했다. 그녀 의도가 폰 메르텐 반장에게 전혀 효과적이지 않았다. 아마 그럼에도? 그는 억지로 자신의 내부 감정을 참고 있었을 뿐인가? 그녀에게 이 놀음에서 그녀가 승리하는 것을 허락하지 않도록 하려고?

잠시 미소가 그녀 입가에서 사라졌지만, 곧 웃음은 되살아났다. 그렇다, 정말 그렇게 되었구나! 그이에게서 그것을 위해서는 필요한 특징적인 힘을 추측할 수 있었다. 더구나, 그럼에도 불구하고 그가 그녀를 그 갯바위에서 덥썩 안아서 안전한 곳으로 옮겨 놓았을 때 더욱 그의 두 눈에는 그 자신이 그녀에 대해 알고 싶음보다는 그녀에게 더 숨기지 못한 반짝임이 보였다. 그렇다, 그는 정말 남자다! 이 생각은 폰 메르텐의 모습을 여전히 자주 나타나는, 그녀의 여러 꿈속 영역으로도 옮겨가게 했다.

제8장   산책로에서 발견한 범인 차량

다음 날 아침 폰 메르텐 반장은 자신의 세면대에서 면도를 끝내지도 않았을 때, 호텔 복무원이 그의 출입문을 두들겼고, 그에게 어떤 신사분이 대화하고 싶어함을 알려 주었다. 폰 메르텐은 그 신사를 그의 방으로 오게 했다. 곧장 그 신사는 크루제로 밝혀진 채, 그의 방에 들어섰다.

"죄송해요, 반장님."

크루제는 말을 시작했다.

"제가 이렇게 이른 아침부터 귀찮게 해서요. 하지만 반장님께 최대한 빨리 보고드려서, 새 임무를 부여받는 것이 도리인 것 같아서요."

"이미 왔는데, 뭘 그런 생각을 하나. 크루제 형사. 무엇보다도 임무가 가장 중요하지. 그래 무슨 일이 있었던가?"

"그 카지노 게임장이 어제 폐장된 직후 밤에요, 다른 사람들과 함께 야메손이라는 그자도 그곳을 나와, 자기 자가용에 들어서더니, 곧장 출발했습니다. 저는 그 전에 이미 제 차를 그의 차량과 정말 직접적이지는 않지만, 가까이 세워 두는데 성공했어요, 그 자가용과 제 차 사이에 다른 차량이 1대만 있었으니까요. 야메손이 그 도로에 나올 때까지, 저는 그 차량을, 언제나 일정한 거리를 두고 뒤따랐습니다. 그자는 멘토네Mentone 방향으로 가고 있었습니다. 그런데 그만 도중에 그 자동차가 제 시야에서 사라졌습니다. 저는 그 차량을 뒤따를 수도 있었는데 말입니다. 왜냐하면, 조용한 밤이라, 그 자동차 소음은 제 가까이서 분명하게 들렸어요. 야메손은 루에 데코르니체 Rue de la Corniche를 따라 필시 더 운행했을 겁니다. 하지만 저는 멘토네 너머까지 그자를 뒤쫓을 의도는 아니었습니다.

그리되면 의심받을지도 모른다는 생각이 있었습니다. 그러고는 저는 해변의 그 호텔로 가, 와인 한 병을 시켰습니다. 내가 그 와인한 잔을 다 마시고는, 제 자동차를 다시 놔두고, 발로 걸어 국경쪽으로 더욱 걸어가 보았습니다. 그런데 여전히 그때 제가 듣게 되었습니다, 물론 작은 소리로, 불분명하게 말입니다. 야메손이 이전에 타고 다니던 그 자동차 소리를요. 나는 그 자동차를 직접 눈으로 확인은 못했습니다. 밤이 너무 맑았다 하더라도요; 나무들과 키작은 나무들과 여전히 길이 굽어지는 곳들이 그 시선을 방해했으니까요. 제가 주변을 살펴보니, 제 왼편에서 위로 향하는 길 하나를 발견했습니다. 나는 그곳으로 걸어가, 더 잘 보이는 곳을 찾으려 했지만, 내 몸을 땅에 급히 웅크려야 했습니다. 그러고서 저는땅에 귀를 대고 그 소리에 귀를 기울였습니다. 그런 식으로 나는그 자동차 운행 소리와 그 자동차 모터의 요란한 소리를 분명 들을 수 있었습니다. 하지만 그 자동차 소리가 멀어지지는 않고 계속가까워지고 있음을 알 수 있었습니다. 그래서 나는 다시 한번 긴장해 듣게 되었는데, 이게요, 이번에는 그 요란한 소리가 더 크고 분명하게 들려왔습니다. 제가 추적하고 있는 바로 그 자동차인가, 아니면, 어느 다른 차량인가? 처음의 경우에서는 그 차량이 손님을태우지 않고 다시 운행하는가, 아니면 야메손이라는 자가 여전히그 안에 앉아 있는가? 그걸 확인하는 것이 내게는 중차대한 일이었으니까요."

"아주 잘 맞추었네, 크루제 형사!"

"그 길에서 멀지 않은 곳에 오래된 벽이 하나 보였습니다. 낮은 관목이 자라고 있었고요, 필시 이곳은, 수많은 다른 사람들에게는 불탄 가옥 흔적인 것 같았습니다."

"그런 흔적이 많이 보이는 것은 그것 때문이네. 비록 지금은 이곳이 프랑스 지배하에 있지만, 니스Nice와 사보이Savojo 주민은 이탈리아 민족 특성을 지니고 있네. 이곳 사람들에겐 미신이 있거든. 한 번 불이 났던 곳에 불행이 있으니, 그 자리에는 사람들이 다시는 집을 짓지 않는다는 그러한 미신 말이네."

"아하, 저는 그건 처음 듣는 소리네요. 그래서 나는 그 관목으로 기어가, 길을 염탐해 보았습니다. 그 자동차가 바로 그때 제 옆을 빠른 속도로 달려갔습니다. 제가 이전에 추적했던 바로 그 차였고, 또 야메손이 아직 그 차량에 앉아 있었어요."

"아하, 이제 일이 재미가 있군!"

"그 차량은 다시 멘토네로 돌아가는 길이었습니다. 왜냐하면, 제가 그 차량을 그렇게 빨리 뒤따를 수 없어, 제가 그 장소에서, 등산하듯 어느 바위무더기까지 올라갔답니다. 그 바위무더기는, 작은 바위들과 큰 바위들로 층층이 쌓여 있어, 그곳이 오렌지 나무들이 심어진 땅이라 제대로 서서 관찰하기가 아주 좋았습니다. 그 벽을 오르기란 그리 어려운 일은 아니었습니다. 그곳에서 나는 멘토네의 가장 큰 부분까지도 다 내려다볼 수 있었습니다. 다만 그곳의 내부로 향하는 도로들은, 저 산들의 사면에 나 있는 도로들은 잘 보이지 않았습니다. 모든 길 중 한 곳에서 그 자동차는 분명 위쪽을 향해 올라가고 있었습니다. 방향에서 보니 다시 그 자동차 모터 소음을 들을 수 있었습니다. 저는 뭘 해야 하나 하고 그때 생각해 봤어요. 가장 기꺼이 나는 그 자동차를 뒤따를 수 있으면 좋을텐데 하면서요. 그 자동차가 어디로 향하는지, 어떻게 탐구해야지 하며 말입니다. 그러나 도시의 고산지대 도로에는, 제가 보니, 사람들이 거의 보이지 않았습니다. 그자 차량이 지나가는 것을 보았는지 주변에 사람이 있었으면 제가 물어볼 수 있었는데 말입니다. 호텔 에덴 Eden에서도 제가 너무 늦은 시각에 오게 되면, 이 또한 사람들을 놀라게 하는 일이 됩니다. 그런데, 자정을 알리는 시각을 시계를 통해 들을 수 있었습니다. 저 대산책로 Granda Promenado에도 사람들 모습은 더욱 보이지 않더라고요. 그 때문에 저는 다시 호텔 에덴으로 와, 그곳에서 와인 한 병을 마시고는, 나중에 루에데라콜니체 Rue de la Corniche 도로 위로 다시 차를 운전해 가다가, 그 주변의 몇 곳의 굽이진 곳까지 가보았어요. 하지만 멘토네 Montone

쪽에서는 아무것도 듣지도 보지도 못했습니다. 그곳에서 나는 제 자동차를 세워, 그 자동차에서 내려, 그 자동차 빌려준 사람에게 돈을 지급하고, 그 사람을 니스Nice로 돌려 보냈습니다."

"그러고는 크루제 형사, 자네는 멘토네로 갔다는 말이지, 그렇지 않나?"

"멘토네까지는 온전히는 가지 않았어요. 멘토네의 그 작고 둥근 계곡에 앞서, 그 길의 마지막 굽이진 곳, 그 장소 앞에서 짧게, 제 차량의 출입문을 열고, 그 도로를 벗어나, 오렌지밭으로 향하는 오솔길을 따라 걸어 올라가 봤어요, 그래서 내가 도착한 곳에서 멘토네의 전 지역을 살펴볼 수 있었고, 그 장소의 더 높은 곳도 바라볼 수 있었습니다. 저는 그 점에 있어 분명히 말하고 싶은 것은, 그 자동차가 아마 돌아왔는지 알아보고 싶었거든요."

"그게, 아마 이미 이전에, 자네가 호텔에 있었을 때, 이미 돌아왔겠지?"

"아뇨, 저는 호텔 앞 테라스에 앉아 있었거든요. 만일 그동안 그 자동차가 멘토네를 지나 운행했다고 하면, 그 차량 소리를 이미 제가 들었을 겁니다."

"크로제 형사, 자네가 관측한 그 자리에 얼마나 오래 머물렀는가?"

"저녁 내내요. 정말 약간 추웠어요, 하지만 내가 빌린 차량 주인이 자기 외투를 내게 빌려주어, 그 추위를 이겨 낼 수 있었지요. 저는 또한 제가 애용하는 짧은 빨뿌리와 담배도 휴대하고 있었습니다. 그 연기를 마시면, 저는 잠들지 못하거든요."

"그래 그 자동차는 돌아왔던가?"

"아닙니다!"

"크루제, 자네가 몬테카를로의 이 호텔로 차로 이동하는 동안, 그 차는 아마 벤티미글리아Ventimiglia 쪽에서, 그 장소의 다른 편에서 나왔던 걸까요?"

"그 점도 불가능합니다. 제가 대산책로Granda Promenado를 따라

차를 운행하는 동안, 저는 그 자동차를 보았어야 합니다만, 나중에, 제가 제 자동차를 떠나 보낸 그 장소까지 가서, 그곳에서 똑바로 서서, 가장 긴장해 들어 보았어요, 제가 산에 오를 때의 그 긴장된 상태로 제 두 귀를 긴장해서요, 파도 소리를 제외하고는 아무 소리도 듣지 못했어요. 아뇨, 그 자동차는 어느 곳인가 그곳에 있었을 겁니다, 그 점은 분명합니다. 그 점에 대해 저를 믿으셔도 됩니다. 반장님!"

"크루제, 자네는 자네 임무를 잘 수행했네, 또 나는 우리 경찰국에 이 사건 보고서를 작성할 때, 그 사항을 강조하는 것을 빠뜨리지 않겠어요. 이제 자네는 휴식을 좀 취하는 것이 필요하지, 안 그런가?"

"에이, 그렇지 않습니다. 그런 휴식은 전혀 필요 없습니다. 다시 귀환할 때, 오늘 아침에, 그보다 앞서, 저는, 놀라게 하지 않으려고, 나의 자동차 소유주 외투를 벗어 챙겨 두었어요, 저는 깊이 한 시간을 잤어요. 저는 큰 소파에 혼자 있습니다. 제가 도착하고는 곧장 이곳으로 왔답니다. 저는 지금 그 우체국에 한 번 더 가서 관찰을 잘 할 수 있습니다요."

"잘 되었네, 그렇게 해 줘. 하지만, 만일 뭔가 너무 피곤하면, 그 경찰서로 누굴 보내서, 자네를 대신해 우리 쪽에 와 있는 두메스닐 형사와 서로 역할을 바꾸도록 해 봐."

크루제는 곧장 자신의 근무 위치로 돌아갔다. 폰 메르텐 반장은 서둘러 아침을 먹고는, 나중에 에디토 양에게 편지 한 장을 썼다. 그 안에는 이런 내용이 들어 있었다. 크루제로부터 들은 소식에 따르면, 그자가 멘토네로 차량을 이동해 갔다가, 그자는 언제 돌아올지 아직은 불분명하다고 했다. 가장 나은 것은, 만일 그녀가, 몬테카를로까지 차량으로 이동하면, 그곳에서 그녀를 만날 수 있도록 하자고 했고, 이 숙소를 떠나지 말기를 부탁했다. 왜냐하면, 아마, 분명하지는 않아도, 야메손이 우체국에 편지들을 받으러 니스로 여행할 것이며, 그런 일이 벌어지면, 그가 그녀를 못 만날 수도 있다고 했다. 나중에 폰 메르텐 반장은 가장 빠른 열차로 멘토네로 이동했다.

그 역에서 그는 가장 높은 시가지을 향해 올라갔고 아무 선택의 여지 없이, 그 나라 내부로 안내하는 길 중 하나를 따라 걸어가기 시작했다. 그 도로 옆에는 빌라들이 띄엄띄엄 자리해 있었다. 이곳 저곳에 방을 세놓는다는 포스터가 붙어 있었다. 폰 메르텐은 그들을 스쳐 지나갔다; 그가 그 도시 경계를 지났을 때, 그는 빌라 중 한 곳으로 들어가, 방을 세놓는지 물었다.

"제가 곧 안주인 마님을 모셔 오겠습니다; 잠시 여기 앉으십시오."

그에게 그곳을 지키던 하녀가 말했고, 그 응접실 출입문을 열어 주었다.

빌라 안주인은 곧 모습을 보였다. 그녀는 마흔 살 가까이 되어 보였고, 아름다운 체격의 갈색 머리의 부인으로 전형적인 진짜 이탈리아인이고, 그녀 윗입술 위로 약간의 콧털이 보였다. 크고 빠른 말투로, 그녀는, 자랑하듯 자신의 빌라를 추천하고, 아름다운 정원도 소개했다. 큰 발코니를 가진 방은 한 주당 임차료가 50프랑이라는 가격도 말했고, 작은 방은 35프랑이라고 했다. 그런 방은 아주 수수하다고 했다.

가격에 대해서 폰 메르텐 반장은 정말 다른 의견을 가졌지만, 그는 그 점을 발설하는 것이 조심스러웠다. 그는 만일 의사 선생님의 도움이 필요하면, 멘토네 쪽에서 그 의사 선생님이 올 수 있는지, 그 점만 의문을 표시했다.

"아하, 그 점에 대해서는, 손님, 우리에게는 이곳에도 두 분의 의사 선생님이 계신답니다. 브리사르Brissar 박사님과 창가르데Changarde 박사님이 계세요!"

"그 두 분 선생님은 이곳에서 멀리 거주하시는가요?"

"브리사르Brissar 박사님은 아주 가까이, 첫 번째 가옥이 있는, 그 도로 모퉁이의 왼편에 계시고요, 창가르데Changarde 박사님은, 10

분 정도 위쪽에 위치하는데, 그 집, 가리발디Garibaldi 흉상이 세워져 있는 집에 거주하고 계십니다. 그 두 선생님 모두 아주 경험이 많은 분들입니다. 이 분야에서 손님은 온전히 걱정하지 않으셔도 됩니다. 창가르데 박사님은 이 지역을 책임지는 의사 선생님이시기도 합니다. 두 분 선생님은 낮이고 밤이고 언제라도 도움이 필요하면, 저희를 도와주십니다!"

"제가 한번 주변을 둘러보고 싶습니다. 제 생각엔 방을 2개 빌리고자 합니다. 폐가 아픈 여자 사촌이 쓸 큰 방 하나와 제가 쓸 작은 방 하나을요."

"손님은 제 빌라보다 더 나은 집은 찾을 수 없을 겁니다, 손님은 곧 그 점에 대해 확신을 가지실 겁니다. 그러고 요즘 방을 찾는 사람이 아주 많습니다; 아마 그럼 신사분은 언제 이 방을 보러 다시 오시나요? 이 방들은 그사이 세가 나갈 수도 있답니다요."

"아뇨, 그렇게 빨리 그것은 정말 일어나지 않을 겁니다."

폰 메르텐 반장은 살짝 웃으면서 말했다. 그는 예측하기를, 만일 야메손이 이 구역에서 우드웰 양을 숙박시켰다면, 그는 분명히 지역 의사 선생님에게 이 진료를 맡겼을 것이 분명했다. 왜냐하면, 필시 그 환자 진료에 대해, 만일 그 환자가 사망하게 되면, 사망 진단서도 발급해야 하니까. 그래서 그는 그 지역 의사 선생님을 뵈러 갔다.

창가르데 박사는 필시 그리 많은 환자를 진료하고 있지는 않은 것 같았다. 폰 메르텐이 그의 대기실을 방문했을 때 그는 병을 앓고, 진료를 받기 위해 와 있는 어느 시골 여성 한 사람만 앉아 있었다, 그 여성은 자신의 팔에 낮게 한숨을 쉬면서 울먹이는 아이를 안고 있었다. 그녀 진료가 급히 마쳤고, 창가르데 박사는 폰 메르텐을 자신의 진료실로 들어오라고 했다.

"당신은 어디가 아파서 오셨나요, 신사분은요?"

"저는 아프지 않습니다, 박사님. 하지만 제 여자 사촌이 신경쇠약이라서요, 그리고 시카고에 있는 제 주치의 선생님은 그녀에게 리비에라에서 장기 요양을 하는 것을 추천했기에요."

"오호, 신경쇠약 환자에게는 이곳이 정말 맞습니다. 그럼 신사분은 숙소를 정했나요?"

"아직은 아닙니다. 제게는 전적으로 맞는 이 멘토네가 적당한 휴양지인지는 잘 모르겠습니다. 특히 정말 폐병 환자들도 여기로 온다던데요."

"멘토네는 폐병 환자에게 또 신경쇠약 환자에게도 요양하기 좋은 곳입니다. 폐병환자의 경우, 이 해변 지역은 더욱 좋습니다. 왜냐하면, 이곳 공기는 먼지가 더욱 적기 때문입니다. 하지만 신경쇠약 환자에게는 이곳에 머물면, 탁월하게도 반드시 더 선호하게 됩니다."

"그럼, 폐병 환자들은 이 높은 곳까지는 보통 오지 않을 것 같은데요?"

"몇 가지 개인 사례들이 있습니다. 그렇지만 제게도 몇 명의 그런 환자가 있기도 하지요."

"그럼, 적은 수효의 환자만이라는 말씀이신가요?"

"지금은 3명의 환자가 있습니다. 러시아 사람 1명, 네덜란드 사람 1명과 미국 여성 1명 그렇습니다."

"아하, 그럼, 같은 나라 여성도 있군요! 그런 경우 제 여자 사촌은 곧장 뭔가 인사를 나누고, 친구가 될 수도 있겠어요."

"그 점에 있어, 선생님은 아직은 희망을 가질 수는 없습니다. 스미스 부인은 이 질병의 마지막 단계에 와 있습니다. 그 말인즉, 그녀는 며칠 뒤에는 별세할 수도 있습니다. 가장 나은 경우도 그녀는 여전히 몇 주 정도만 생명을 이어갈 수 있을 겁니다."

"불쌍한 분이군요! 아마 사람들은 그녀를 어떤 식으로든 돕고 싶어 할 것 같은데요. 혹시 그분은 여기서 먼 곳에 거주하고 있나요?"

"저기 데욱스콜롬버스Deux Colombes 빌라에 거주합니다. 맨 위층에 그 환자 선친의 남자친구가 그녀를 위해 그 방을 빌렸다고 해요. 그 환자분은 그곳에 거주하지만, 그는 집에 머무는 시간은 아주 적다고 해요. 그 부인은 전반적으로 그런 상태입니다. 그 환자 분은 아주 차가운 성격이라, 부르케 씨가 그녀를 위해 고용한 자신 의 간호사와도 그리 많이 말을 건네지 않는다고 해요."

"그럼 그녀 부친의 친구분이 부르케 씨라는 말씀인가요?"

"그렇습니다, 요하노 부르케Johano Burke라고. 하지만, 만일 당신 의 여자 사촌이 신경이 쇠약한 상태라면, 그렇게 중요하고 심한 고 통을 입고 있는 환자와의 교제는 극도로 조심해야 합니다. 그런 교 제는 흥분만 갖게 됩니다. 저는 그 스미스 부인과의 어떤 종류의 만남도 최대한 결정적으로 동의하지 않습니다."

"물론이겠지요, 그런 상황에서는 사람들은 그 점에 대해서는 생각 하면 안 되지요. 그러니, 저는 제 여자 사촌에게, 지금은 제노아 Genova에 아직 있지만, 가능한 이곳으로 서둘러 오게 해서, 나중에 선생님께 그녀 치료를 맡아주십사 하고 부탁드리고 싶습니다."

"그것은 제가 기꺼이 해 드리리다. 언제쯤 그 숙녀 환자분은 이곳 으로 오시나요?"

"제 예상으로는 모레 정도요. 그때 저는 그 사촌과 함께 이곳으로 찾아뵙겠습니다. 그럼, 안녕히 계십시오, 의사 선생님!"

만족한 듯 살짝 웃으면서, 폰 메르텐 반장은 층계를 따라 내려왔 다. 마침내 그는 그 아주 교활한 범인의 은신처를 찾는 일에 성공 했다! 그는 자신의 회중시계를 꺼냈다. 그 시계는 정각 10시를 가 리키고 있다. 야메손이 아직도 집에 있음이란 가정은 추측할 수 없 다. 어쨌든 폰 메르텐은 데욱스콜롬버스 빌라가 있다는 걸 알게 된 성과가 있었다.

그 빌라는 측면 도로에서 멀지 않았다. 그리고 그 빌라는 큰 정원 으로 에워싸여 있었다. 그 빌라 왼편에는 올리브 나무 정원이 시작 되고, 정원 오른편에는, 세놓을 방에 대한 포스터가 붙여져 있지 않은 개인 가옥이 한 채 서 있었다.

폰 메르텐 반장은 그 올리브 나무 정원으로 들어가서, 데욱스콜롬 버스 빌라 정원이 얼마나 넓게 펼쳐져 있는지 자신이 알아보려고 들어가 보았다.

그곳의 뒤쪽 옆은 다른 정원과 맞닿아 있고, 그 정원에서는 다만 높지 않은 울타리로 구분되어 있었다. 다른 쪽 정원은 방들이 아직 세놓고 있음을 알리는 빌라에 속해 있다.

폰 메르텐 반장은 자신이 그곳에 방을 세를 내어 빌릴 수 있을지 물으러, 들어가 볼지 생각에 생각을 거듭하고 있었다. 만일 야메손이 그곳에 다시 사람들이 들어선다는 것을 안다면, 그자는 그의 의심을 살 수도 있다. 폰 메르텐 반장은 다만, 자신을 미국사람이라고 하지 않으면 된다.

그는 그 닫힌 건물의 초인종을 당겼다, 그러나 충분히 오랜 시간이 지나서야 그 출입문은 열렸는데, 그 안에서 기꺼이 그에게 그 방들을 보여줄 한 늙은 남자가 나왔다. 폰 메르텐 반장이 질문으로, 자신이 임차인으로, 저 정원도 이용할 수 있는지를 묻자, 그 늙은 남자는 아주 친절하게도 그렇게 할 수 있다고 했다. 그러나 그 남자는 또한 말했다. 그의 딸이, 그 빌라를 소유하는 딸이자 프랑스 대위의 미망인이기도 한 딸이 지금 니스로 물품 구입차 외출 중이라고 했다. 하지만 오후쯤에는 그녀가 귀가할 것이라고 했다.

폰 메르텐 반장은 그런 소식에 감사를 표하고는, 그가 오후에 다시 들러 이 빌라 안주인과 함께 모든 필요사항을 의논하겠다고 약속하고는 그 자리를 떴다, 그는 즉시 역으로 가서 몬테카를로로 달려갔다.

제9장 카지노에서 범인 발견

에디토 양은 자신의 자리를 그 카지노 장 출입구의 격자 창문 뒤쪽에 잡고 있었다. 폰 메르텐 반장은 그 가까이에 오랫동안 머물면서, 출입구 현관에 외국인들이 다 지나가고 난 시점에, 그때 에디토 양에게 다가가, 그 찾는 인물이 이미 왔는지 물었다.

대답은 아니라고 했다.

"좋아요, 그럼 내가 30분 뒤에 다시 오겠어요!"

그 30분간 그는 다시 지금 벌어질 일을 깊이 생각했다. 그 점에 대해 온전히 확신이 서자, 그는 다시 그 카지노로 갔다. 대단히 진실로 그는, 추측하기를, 야메손이 아직 오지 않았을 것으로 생각했다. 왜냐하면, 여러 번 생로맹을 왔다 갔다 하면서, 그는 야메손이 어제 타고 왔던 차량이 보이는지 아주 세심하게 살펴보았다. 그러나 그 자동차는 보이지 않았다. 몇 대의 다른 차량은 지나갔지만, 그 안에 탄 승객들은 아마도 루에데라코르니체를 길이 방향으로 따라 드라이브 삼아 산책하며 그 도로가 보여주는 아주 아름다운 광경을 즐기려 하는 듯하였다. 니스에서 시작된 그 도로는 리비에라를 통과해, 해변 알프스들을 길이 방향으로, 해변가 위로 높이, 동편으로 향하고 있었다. 그 길을 지나가면서, 사람들은 왼편으로 보면, 깊고도 무섭게 내려다보이는 계곡들이 있다. 그 계곡의 저 바닥에는 포말을 일으키며 흘러가는 급류가 크게 소리치고, 그 계곡 산비탈에는 은은하면서도 회색의 올리브 숲들이 짙은 초록의 오렌지 농장들과 그림처럼 교대로 보였다; 그 오른편으로는 사람들이 포효하며, 햇살에 반사되어 은빛으로 윤슬거리는 바다를 볼 수 있다. 그 해변 끝에는 반도같은 섬들이 -생쟌St. Jean 과 생마틴St. Martin 섬- 저 멀리 남으로, 저 멀리 아프리카 해양으로 뻗어 있다.

해변가에는 팜나무 정원들 사이로 매력적인 목가적으로 휴양지들이 여기저기에 펼쳐져 있다. 휴양지 건물들은 모두 교태를 부리는 듯이, 뿌려놓은 진주 보석인 듯이, 발코니와 큰 기둥을 가진 베란다로 장식된 빌라다.

폰 메르텐 반장이 그 카지노장 정문을 거의 통과할 시점에, 에디토 양은 조용히 그를 향해 오면서, 소리치는 모습을 보았다:

"그 사람 여기 와 있어요!"

폰 메르텐 반장은 통행로 창 쪽으로 가며 물었다.

"그는 어떤 옷을 입었어요?"

그도 마찬가지로 조용히 물었다.

"길다란 검정 연미복요, 이곳의 거의 모든 사람처럼요. 그 복장 단추가 흰 국화 문양이에요, 그 밖의 자세한 것은 그렇게 크루제 반장님이 그이에 대해 설명한 그대로예요. 그 회색이 섞여 있는 볼수염은 그를 좀 늙은이 모습을 만들어놓았어요. 반장님은 그이 사진만 보았기에, 그이를 쉽게 구분하기가 어려울 것입니다."

"그건 그래요. 우리가 한번 살펴봅시다."

그는 다시 말하고는 그 대형 카지노장 안으로 들어갔다.

카지노장은 시즌이라 여전히 충분한 기능을 하고 있었다. 8개를 넘지 않은 룰렛 테이블이 설치되어, 테이블마다 의자들이 모두 채워져 있고, 그 의자들 뒤에도 사람들이 그 게임에 참가하려고 서서 기다리고 있었다. 폰 메르텐 반장은 이 테이블에서 저 테이블로 가보면서, 자신이 찾고 있는 인물을 먼저 찾지는 않았다. 마침내 그는 두번째 게임방에서 그가 찾고 있던 자를 보게 되었다. 야메손은 게임을 통제하는 감독관 바로 옆에 서 있었다. 그 감독관은, 그 룰렛을 돌리는 게임 딜러와 마찬가지로, 높은 의자에 앉아, 편하게 전체 테이블을 관찰할 수 있었다. 야메손은 열정적으로 점수를 땄다. 그 룰렛게임의 딜러가 그 게임에서 잃은 사람의 돈은 회수하고, 그 게임에서 승리한 사람에게는 해당 금액을 지급했다. 그 뒤 휴식 시간에, 그자는 열정적으로, 그 게임방 복무원들이 희망하는 게임참가자 모두에게 주는 작은 인쇄된 표에 뭔가 기록도 했다. 나중에, 그 게임 딜러가 "자, 신사분들, 이제 게임을 시작합니다!"라고 크게 말하자, 야메손은 여기저기로 자신이 가진 금화들이나 지폐 1장을 던졌다. 분명 그는 정확히 계산된 방식으로 놀이를 했고, 그 자신의 방식이 좋아 보였다. 왜냐하면, 폰 메르텐 반장이 그런 게임을 관찰하는 일에만 살펴보느라 반 시간을 소비해도, 그 사이에 야메손은 자신의 왼편에, 다른 참여자 두 사람 사이에, 자신의 왼편에 충분히 다량의 금화를 모았다.

폰 메르텐 반장은, 자신의 숙련된 두 눈으로, 야메손의 외모를, 아무리 그자가 자신을 다른 사람들이 알아보지 못하게 변장한다 해도, 잘 분간할 수 있도록 자신에게 확고하게 각인시켰다. 하지만, 폰 메르덴 반장은, 그곳 게임에 참여하지 않는 채 보기만 하는 사람들로 비쳐서, 그 게임에 참여할 사람들에게 자리를 내주지 않으면, 그 사람들을 다른 곳으로 보내려는 그곳 직원들의 두 눈에 그자신의 존재감을 알려주려고 몇 가지 게임에 참여해야만 했다. 그는 "붉음"을 나타내는 자리에 5프랑의 동전을 던졌다. 그리고는 그 게임에서 그 판돈을 잃었다. 나중에는 "검정" 칸에 5프랑의 동전을 던졌지만, 그 게임에서도 잃었다. 나중엔 1에서 12까지의 숫자를 포함하는 것 중에서 첫 12개 모음에 걸었는데, 이번엔 그가 땄다. 숫자 7이 나왔다. 그 게임의 딜러가 그의 통 옆으로 10프랑짜리 동전을 던졌다. 그는 15프랑을 남겼다; 숫자 11이 나왔고 30프랑이 그의 15프랑과 합쳐졌다. 다시 한번 그는 그 통 안으로 남겼다. 그리고 이번에는 숫자 4가 나와, 다시 그에게 성공을 가져다 주었다, 이번에는 90프랑이 놓였다. 그는 지금 한 개의 20프랑짜리 금화를 제외하고도, 다시 그 "첫 열둘 묶음"은 그에게 40프랑을 벌어 주었다. 만일 그가 자신의 전부를 그 통에 남겨 놓았다면, 그는 270프랑을 벌어들일 수 있다. 잠시 그는 그렇게 하지 않은 자신에게 조금 화를 냈다. 그리고 이 화는 그에게 매력적인 놀음에 빠질 위험에 노출될 수 있음도 보여주었다, 그가 잠시 자신이 여기

온 이유를 잊을 정도였다. 그는 60프랑을 급히 집어 그 자리를 떴다. 그는 밖에서 에디토 맥 캐논 양에게 자신을 따라오도록 손짓했다. 출입문에서 그녀는 그와 합류해, 그 둘은 역으로 향해 갔다.

"당신을 그 카지노 장의 새장에 지루하게 더 있을 필요는 없습니다."

그는 대화를 시작했다.

"목적은 도달되었습니다. 나는 야메손이라는 자를 지금 파악해 두었어요."

"그렇군요. 나는 한치도 지루하지 않았어요! 먼저 들어서는 게임 참가자 무리를 보는 것만 해도 아주 흥미로웠어요. 신사 숙녀들은, 각 게임 테이블에서 자리를 차지하려고, 이미 그 출입문 앞에서 15분간 큰 무리를 지어 대기하고 있었어요, 또, 둘째로 오호라, 반장님, 당신은 상상할 수 없었을 겁니다, 얼마나 프랑스인들이 젠틀한지, 그 접수대 뒤의 두 감독관은 나를 두고 농을 걸어오기도 했어요!"

"하지만 그들은 기혼남인걸요! 그곳 은행에서는 다른 사람은 고용하지 않고 있다구요! 그 은행 이사진은 그곳에 일하는 직원들이 총각보다는 기혼남자를 더 신임한다고 해요!"

"반장님, 당신은 정말 결혼반지가 프랑스인을 방해한다는 말씀인가요? 너무 늙지 않은 여인에게, 너무 추하지 않은 여인에게 친절함을 보이는 것은 프랑스 나라의 특징이거든요."

"아뇨, 내가 하는 말은 그 말이 아니구요. 내 말은, 지금 우리에겐 기업을 위해 봉사하며 그곳에 서 있는 사람들과의 교제보다 더 중대한 임무가 있다는 말입니다. 그런 사람들을 허용한다는 것은 온 유럽에 치욕적인 흠이 되거든요!"

그녀는 유쾌해져서 웃기 시작했다.

"오호라, 도덕적이겠다는 말씀!"

그녀는 소리쳤다.

"반장님, 당신은 필시 한번도 게임에 참여해본 적이 없다는 말씀

아닌가요?"

그는 자신의 입술을 깨물고는 본능적으로 자신의 손이 윗옷의 호주머니에 갔다. 그 호주머니 안에는 그가 게임에서 수확한 것이 들어 있었다.

"우린 이제 그 일은 잊어버려요!"

그러고는 그는 말을 이어갔다.

"나는 에디토 양, 당신에게 중요한 사항을 알려야만 해요."

그는 크루제가 알아낸 사항과 자신이 알아낸 사항을 알려 주었다. 그에 대해 그녀가 느낀 기쁨은 그녀 두 눈을 밝게 빛나게 하고, 그녀를 집착하게 한 약한 나쁜 기분을 날려 주었다.

"우리는, 그럼, 지금 뭘 할까요?"

그가 중요사항을 알려주는 것을 마치자 그녀가 물었다.

"난 지금 우드웰 양과 한 번 사귀어 봐야겠어요. 그 일을 할까요?"

"맞습니다. 바로 그 때문에 우리는 멘토네로 이동해야 합니다. 몇 시간 동안 우리가 야메손과의 만남을 걱정할 필요는 없습니다, 왜냐하면 가장 진실로 그자는 그 게임장을 아주 일찍은 자리에서 일어나지 않을 겁니다. 그자는 자동차로 여기에 왔을까요?"

"분명 그이는 그런 방식으로는 도착하지 않았습니다; 그 점은 내가 반드시 들었던 것 같아요."

"그자가 추적의 뭔가를 알고 있었다고는 예상하지 않습니다, 왜냐하면 그런 일은 크루제가 능숙하게 처리해 두었으니까요."

"하지만 그이는 오늘은 왜 평소처럼 자동차로 오지 않았을까요?"

"그자가 그렇게 자동차로 이동했을 수도 있지만, 그자는 자신의 자동차를 다른 곳에 주차해 두고, 그곳에서 이 카지노 장으로 걸어서 왔을 수도 있습니다. 또 다른 가능성도 있습니다. 즉 니스에서 그는 자신의 편지들을 접수하고는 또, 그곳으로 서둘러 가기 위해 기차로 이동했을 수도 있다는 말입니다. 만일 이런 방식을 썼다면, 우리는 필시 크루제로부터 뭔가 통지를 받을 겁니다. 셋째 다른 가능성은요, 그자가 자신이 추적을 당할 가능성을 생각하고 조심조심해 자신의 이동수단을 바꿨을 수도 있습니다. 내가 그자에 대해 지금까지 얻은 경험에 따르면, 나는 제3의 방식이 가장 가능성이 있을 것으로 보입니다."

이 대화의 마지막 부분 동안 그들은 니스에서 출발해 오는 기차를 기다리며 플랫폼에서 산책하고 있었다. 에디토 양은 자신의 얼굴을 면사포로 가렸다. 그 기차가 도착하자, 그들은 그 열차에 올랐다. 그리고 그들의 좌석이 충분히 넓어 자신의 대화를 이어 갔다. 그리고 그들이 멘토네에 도착해, 기차에서 내렸다.

"만일 우리가 먼저 아침 식사를 하는 거, 어떤가요?"

에디토가 제안했다.

"그 빌라 주인은 필시 오후에 돌아올 거라고 했지요; 그러니 만일 우리가 지금 그곳에 가도, 그녀를 못 만날 가능성이 높아요."

"저도 전적으로 같은 의견입니다. 그 경우 우리는 에덴 호텔을 선택하면 더 낫겠습니다. 왜냐하면, 야메손, 만일 그자가 몬테카를로에서 저 빌라 데욱스콜롬부스 빌라로 차를 타고 온다면, 이미 이전에 그 대산책로에서 벗어나 있습니다. 그자가, 자동차로 돌아오고 난 뒤, 다시 몬테카를로로 차로 이동하리라고는 믿을 수 없습니다. 그런 일은 그가 어제 필시 했을 겁니다. 왜냐하면, 그는 자기 뒤에 다른 자동차 소리를 정말 들었습니다, 그건 정말 밤에는 뭔가, 전혀 일상적이지 않은 뭔가로 이해했을 겁니다. 만일 내가 그 추적을 중단하고 짧은 시간 뒤에 조심성을 보이지 않는다면, 그자는 의심 없이 자신에게 쉽게 생기는 불신의 경계심을 높여, 그때, 우리가 그의 은신처를 찾아낸다고 해도, 그때 그 안의 새들이 이미 날아가 버렸을지, 누가 알겠어요?"

"그런데 어디로 날아갔을까요?"

"다른 치료소나 그런 병원이 있는 인근으로 갔겠지요. 멘토네는 정말 그에게는 아주 좋은 환경을 제공해 주고 있지요."

"무슨 이유로요?"

"여기서 이탈리아 국경까지는 걸어 반 시간이면 충분하니까요."

"우리가 이탈리아에서도 그 사람을 체포하면 되지요?"

"그럴 수 있지만, 그 점에 대해서는 우리는 먼저 관련 경찰 당국과 협의해야 합니다. 만일 그자가 필시 잘 사용할 사전 조치를 취해 놓으면, 우리는 뭘 하겠어요?"

그러는 사이 그 둘은 에덴 호텔에 도착했다. 그곳에서 그들은 아침을 잘 챙겨 먹고는, 붉은 와인 한 병도 마셨다. 나중에 그들은 루에생아가테Rue St. Agathe로 올라갔다. 그곳에 그 둘이 찾던 빌라가 서 있었다. 그 빌라 안주인은 외출하지 않고, 집에 있었다. 처음에 그녀는 한달 이내의 짧은 기간을 위한 방 2개를 세를 내주고 싶지 않았다, 그래서 에디토 양은 폰 메르텐 반장에게 손짓으로 그가 그녀 말에 동의하라고 했다. 그러나 이 사람은 가장 단호한 어조로 선언했다. 그러면 그가 다른 곳의 빌라에 세를 얻겠다고 말했다. 그가 말하기를, 보통 사람들이 처음 주거지를 선택할 때는, 첫 눈길에는 주목하지 않은 부족한 점들이 나중에는 보인다고 하면서, 그 때문에 그는 원칙적으로 이 숙소가 그의 취향에 꼭 맞다고 확신이 들 때까지의 기간만, 그 긴 시간 동안을 계약해 왔다고 했다. 그러자, 그 빌라 주인 델라로케 Delaroque부인이 메르텐에게 양보하고는 마침내 그의 제안을 받아들였다. 그렇게 2개의 방이 준비되는 동안, 폰 메르텐 반장은 에디토 양과 함께, 정원에 나가, 그곳에서 약간의 산책을 했다.

"왜 당신은 그 방들을 한달간 쓰겠다고 하지 않았나요?"

그들이 큰 정원의 뒷부분으로 향하는 깨끗한 산책로pirutvojo를 걷고 있을 때, 그녀가 그에게 물었다,

"먼저 제 상사분이 제게 극도의 절약 정신을 요구했기 때문이구요."

"에이, 그 정도의 적은 금액은 제가 기꺼이 지급할 수 있었어요!"

"그게 그럴 수 있겠지만, 당신이 보기엔, 그것은 불필요한 지출입니다. 왜냐하면, 우리는 며칠만 그 방을 사용하면 되니까요. 둘째

로, 우리가 묵을 숙소의 안주인은, 만일 우리가 한 달 머무는 것이 확고해지기 이전에는, 그런 숙박 기간에는 더 오래 우리가 머물도록 우리에게 친절을 베풀 것이니까요.”

“그 말은 맞네요, 나는 그 점은 전혀 생각하지 못했어요. 하지만 봐요, 저곳에 작은 나무들 사이에 뭔가 하얀 것이 반짝이고 있네요!”

“조심! 조용히 해봐요!”

그는 몰래 그녀에게 말했다. 그들은 그 2개의 정원을 가르는 울타리로 더 몰래 다가가, 최대한 그들이 늙은 플라타나스 나무의 큰 둥치 뒤에 차례로 서서, 이웃집 정원을 쳐다보았다.

2개의 밤나무 사이에 설치된 해먹에는 밝은 푸른 옷을 입은 젊은 여성이 쉬고 있었다. 그녀의 풍부한 금발 머리카락은 인공적으로 지지고 볶았고, 그녀 얼굴은 창백했고, 그녀의 두 볼에는 두 개의 날카롭고 경계가 지어진, 어두운 홍색 반점들이 보였고, 그녀의 푸른 눈에는 이상한 열기가 보였고, 그녀의 거의 해골처럼 깡마른 신체는 때로 건강하지 못한 기침 소리에도 흔들리고 있었다. 이렇게 보고 있는데, 해먹 옆의 의자에 앉아 책을 읽고 있던 여간호사가 자리에서 일어나, 자신의 팔 하나를 그녀의 머리카락 아래와 목덜미 쪽으로 밀어 넣고는, 그 환자의 이마와 얼굴에 생긴 땀을 닦아 주었다. 그리고는 그 병이 공격해 오는 것이 잠잠해지자, 그 간호사는 다시 자신의 자리로 되돌아가 앉았다.

“저 여성이 제 친구 알리소 스미스와 정말 많이 닮았네요!”

에디토가 폰 메르텐에게 속삭이며 말했다.

“만일, 제 친구 알리소 스미스가 그런 질병에 걸렸다면, 바로 저런 모습이 알리소 알리소로 보일 수 있어요.”

그는 고개를 끄덕여 그녀의 말에 조용히 그렇다고 했다.

“그러고, 저런 아침에 입는 복장은 알리소 스미스의 것이에요. 저는 저 옷을 정확히 잘 알거든요. 그녀는 자주 저 옷을 입고 있었어요.”

"야메손은, 정말 가짜지만, 지난번 살해된 여성의 어느 지인이 우드웰 양을 처음 보면, 저 여성을 그 살해된 여성으로 오인하는 것이 온전히는 불가능한 일이 아닌 것처럼 저렇게까지 사전준비를 했군요. 아마 그는 더 생각해냈을 겁니다. 알리소 스미스 부인과 이 환자의 동일성이 의심받아도, 만일 그녀 죽음 뒤에 알리소 스미스 부인 의복도 여기서 같이 보인다면, 알리소 스미스 부인과 이 환자의 동일성이 더욱 의심을 덜 받게 됨을 그는 아마 더욱 깊이 생각해냈던 겁니다. 하지만 지금은 저 간호사를 떼어내 놓을 필요가 있습니다. 만일 그녀가 야메손이 고용했다면요; 그가 저 간호사에게 저 환자에게 아무도 접근하지 못하라고 임무를 주었음은 필시 분명할 겁니다. 그는 저 여성 환자가 모든 종류의 흥분을 막을 것이 필요하다는 점을 말하면, 이는 저 간호사에게 정말 그 말이 맞는 걸로 동기화하기가 아주 쉬울 겁니다."

"반장님은 그 간호사를 어떻게 떼내려고요?"

"나는 내가 성공하기를 희망합니다. 여기 이대로 머물러 있어 주세요, 또 만일 저 여간호사가 자리를 비우면, 당신은 그 기회를 이용해 저 우드웰 양과 대화를 시도해 보세요. 그때까지는 당신은 여기서 당신 몸을 숨긴 채 있는 것이 가장 낫습니다."

소리를 죽인 채 걸어서 그는 다시 그 집 안으로 되돌아가 갔다. 그곳에서 그는 델라로케 부인에게 요청하기를, 저쪽 데욱스콜롬부스 빌라 정원에 있는 그 간호사에게 말을 붙여, 어떤 남자분이 잠시 자신의 지인인 환자의 향후 간호계획에 대해 잠시 상의할 것이 있다고 요청했다.

"제가 저 데욱스콜롬부스 빌라 대문 앞에서 기다린다고요."

그러면서 그는 덧붙였다.

"분명히 델라로케 부인, 당신은 저 이웃과 소통이 잘 되고 있지요, 그렇지 않은가요?"

"물론입니다."

그녀는 대답하고는, 기꺼이 그의 요청을 실행할 준비를 하고 있었다.

"하지만, 당신은 우리 집 정원의 저 울타리 너머로 가서 직접 그 간호사와 대화를 할 수 있는데요. 그 간호사는 자기 환자, 저 가련한 여성과 함께 있으니까요, 그녀는 필시 아주 짧은 기간만 살 수 있고, 언제나 나쁜 공기가 정말 저 정원의 뒤뜰에는 적게 있으니까요!"

"저곳에 제 여자 사촌이 한 사람 있는데, 저이가 아주 신경이 날카로운 상황입니다요. 제 여자 사촌이 있는 자리에서는 저 여간호사에게 제 여자 사촌의 상태를 아주 정확히 설명해 줄 수 없습니다, 제 의도는요, 저 여간호사님이 우리 여자 사촌을 맡아 앞으로 간호하는 일을 부탁드릴 때 흔쾌히 동의해 주실지 제가 전혀 모르니까요."

"그런 경우라면 당신의 입장은 정당하군요. 그럼, 제가 곧 저 여간호사를 불러 보겠습니다. 저를 따라오세요."

그 두 사람은 함께 데욱스콜롬부스 빌라로 걸어갔다. 그곳에서 폰 메르텐은 그 빌라 출입문에서 기다렸다. 몇 분 뒤, 델라로케 부인은 그 여간호사와 함께 돌아와서는 그 여간호사와 자신의 임차인인 폰 메르텐 두 사람이 대화하는 것을 두고 자신의 빌라로 먼저 갔다.

"선생님, 제가 뭘로 선생님을 도울까요?"

"시간이 좀 있으세요? 저는 간호를 맡기는 일로 간호사님과 대화를 좀 나누고 싶습니다만."

"잠시는 선생님과 시간을 낼 수 있습니다만. 저만 바라보고 있는 여성 환자분이 며칠만 살 수 있다고 합니다; 그녀는 폐병 말기에 해당합니다. 어떤 종류의 간호 업무를 말씀하시는가요?"

"신경병 환자 간호에 대해서요, 심성은 착한 여성이에요. 하지만 저는 이렇게 길에서 그 이야기를 나누는 데는 익숙하지 않아서요."

"아쉽게도 저는 선생님을 제가 사는 집으로 초대하지는 못합니다.

부르케 씨가 제게 의사 선생님과 이 집에 방 청소하는, 안주인의 하녀를 제외하고는, 아무도 들이면 안 된다고 해서요.”

“이상하네요! 그리고 그런 것은 무슨 이유로 그런가요?”

“그분은 걱정해요, 리비에라에 머물렀던 이전의 지인들을 보면, 저 환자분이 흥분하게 되면, 그 때문에 그녀 죽음은 더욱 앞당겨질 수 있다고 해요.”

“그분은 그 말을 얼마 전에 하셨나요, 아니면 좀 먼 시점에 했나요? 제 의견에는 만일 저 여성 환자가, 당신이 보시다시피, 죽음에 가까이 있다면, 지인들과 재회는 전혀 그녀에게 불필요한 일은 아닌 것 같은데요.”

“분명한 말씀입니다만, 그분은 다른 의견이십니다, 그리고 나는 물론 그분 말씀을 따라야 하구요. 그분이 제게 허락하지 않도록 했어요, 그분이 나에게 저 여성 환자분의 간호를 맡긴 직후에 말입니다.”

“우리는 저 올리브 나무숲 아래로 몇 걸음 가는 것은 그리 나쁘지 않겠지요.”

그녀는 그의 뒤를 따랐다.

“저 여성 환자분이 그분 따님인가요?”

그는 나중에 대화를 이어갔다.

“오호, 그건 아니에요. 제가 보기엔 두 분이 친척 관계는 전혀 아닌 것 같아요. 그녀는 간혹 제게 이야기하기를, 그분은 그녀의 죽은 아빠의 친구분이고, 또 저분은 그녀 병환을 걱정해서 그녀를 이곳으로, 자신의 비용으로 오게 했다고 합니다. 그녀는 가난한 여성이라고 해요.”

“그것은 그 남성분이 아주 마음이 넓은가 보네요. 그럼 그분은 아주 착한 마음씨를 지니신 분이지요.”

“확실히 그렇습니다! 그분은 심성이 여려, 그분은 전혀 그녀를 바라보지도 못합니다. 고통스러워하는 그녀를 바라볼 때마다, 자신의 마음이 찢어진다고 말씀하십니다. 그 때문에 그분은 여기서는 잠만

잡니다. 그분이 침대에서 일어나, 아침 식사를 한 뒤로는, 그분은 차로 이동하고, 밤늦은 시각에야 되돌아오십니다. 하지만 저는 지금 제 여성 환자에게로 돌아가야 합니다, 신사분님, 제가 이렇게 오랫동안 자리를 비우면 안 됩니다. 부르케 씨는 이곳으로 스미스 부인의 상태를 자신이 알아야 한다면서 갑자기 오기도 하시니 말입니다. 만일 그분이 와서, 그 환자분이 혼자 있는 것을 아시면, 그분은 분명 화를 크게 내실 겁니다."

"그럼 우리는 여전히 제 말을 좀 더 서둘러 말해야겠군요, 간호사님은 저의 신경이 날카로운 여자 사촌의 간호를 위해 며칠 뒤에 분명히 제게 와 주실 수 있는지요? 간호사님은 이미 신경이 날카로운 환자분도 간호해 본 적이 있지요?"

"분명히 그렇습니다, 선생님, 많은 사례가 있지요. 저는 리비에라에서 이미 6년간 간호 업무를 하고 있습니다. 또 이곳으로는 폐병 환자들과 신경성 환자들이 많이 찾아오거든요."

"저는 간호사님께 하루 10프랑과 숙소를 제공하고자 하는데, 당신에게는 그것이 충분한가요?"

"충분합니다, 선생님. 여기서 모든 제 임무가 끝나면, 어디서 제가 알려드릴까요?"

"저는 델라로케 부인댁에서 머물고 있습니다, 잠시 대화를 위해 간호사님을 제게 오도록 해 주신 바로 그분 말입니다."

"아하, 델라로케 부인은 저도 압니다; 그분 빌라 정원과 데욱스콜롬부스 정원이 서로 붙어 있으니까요. 그분은 아주 친절하신 여성분입니다."

"간호사님 의견은, 사람들이 그분 댁에 숙소를 정하면 숙소를 잘 정하였다는 말씀인가요?"

"물론입니다, 그분은 선생님이 만족하도록 최선을 다하실 겁니다. 하지만 용서해주세요, 선생님, 저는 지금 제 환자분에게 직접 되돌아가야만 합니다."

"그럼, 마지막으로 한 가지만 더요! 저는 오늘 델라로케 여사 댁에 방을 2개 임차했고, 내일이면 제 짐이 이곳으로 올 겁니다. 간호사님은, 내일 오후 2시에 제 빌라로 오셔서, 제 여자 사촌과 함께 인사라도 나누는 몇 분간 시간을 내줄 수 있는지요?"

"기꺼이 그렇게 하겠습니다. 선생님, 부르케 씨가 필시 여기에 그 시각에는 없지 않나 생각합니다."

"그런 경우가 생기면, 간호사님은 그분이 떠난 직후 제게 와 줄 수 있나요?"

"예, 선생님! 그럼 내일 뵙겠습니다!"

그 간호사는 급히 올리브나무들을 지나 되돌아가고, 그 올리브나무들의 가장자리에 그 두 사람은 이미 도착했다. 폰 메르텐 반장은 그 간호사의 여성 환자가 에디토 양과 대화를 계속하는 것을 막을 의도로, 그 전체 정원을 에워싸고 있는 나무 울타리를 뛰어넘어, 황급히 그 정원의 뒤뜰로 달려갔다. 그곳에서 그 반장은 에디토 양이 울타리 옆에 서서, 그 여환자와 활달하게 대화를 나누고 있는 모습을 보았다. 그 형사가 부르자, 그녀는 그 대화를 중단하고는, 그가 있는 정원의 다른 편으로 왔다. 폰 메르텐 반장이, 자신이 한 번 더 뒤돌아보니, 그 여간호사가 그 해먹으로 돌아가는 모습이 보였다.

"엘렌 우드웰이라고 하더군요!"

에디토가 그 형사에게 보고했다.

"나는 그 점에 대해 확신하고 있었는데, 하지만, 에디토 양, 당신은 어떤 식으로 그 점을 알아냈나요?""

"나는 그 간호사가 떠날 때까지 기다렸어요. 그때 나는 그 이름을 불렀어요: '엘렌Ellen!이라고요.' 그 여성 환자는 내게 몸을 돌렸습니다. '저를 부른 사람은 누구에요?' 그녀가 물었지요.

'제가 엘렌 우드웰 양이어요!'

'당신은 저를 아세요?'

'저는 알아요. 당신은 런던에서 오셨고, 그곳에서 이전에는 선생님이셨지요.'

'오호라, 저는 부르케 씨에게 당신이 나를 알지 못하게 해 두었는데요. 그분은, 저를 누군가 알게 되면, 제 진짜 이름이 그 이름인 저는 런던으로 귀향해야 한다고 제게 말했어요. 소문에는, 그분에게 형님이 계시는데, 그분이 아주 부자라고 해요, 반면에 그이는 스스로 살아갈 정도로는 충분히 가지고 있기만 하다고 해요. 그분이 여행 경비와 제가 여기서 여생을 누릴 경비를 제공해 주었어요, 또 이 형님은 좀 이상한 분이라서, 그렇게 일 처리를 하셨다고 해요. 왜냐하면, 언젠가 그분은 어떤 스미스 부인을 사랑하셨는데, 그 부인이 폐병으로 그만 별세했다고 했어요. 그분은 언제나, 자신의 비용으로 여기에 여성 환자를 요양하도록 했지만, 그분 요구는, 그 여성 환자가 알리소 스미스인냥 그렇게 요양을 받았으면 하고, 그 별세한 분의 의복을 입고 있으라고 주문을 하셨다고 해요. 그분에게는 환타지가 있었나 봐요, 아직도 여기에 그분이 평소 사랑하시던 여성분이 생존해 있다고 그렇게 여기도록 말입니다.' "
"아하, 야메손이 아주 재미나는 동화를 고안해 냈군!"
폰 메르텐은 외쳤다.
"정말 그자는 재능있는 사기꾼이군요!"
"정말이네요! 그래서 나는 그녀를 진정시키고 그녀에게 말을 걸었어요, 내가 그녀를 배신하지 않음을요. 하지만, 만일 부르케 씨가 실제로 그녀를 런던으로 다시 보낼 의도라면, 그것이 그녀에게는 아주 걱정되는 일이기에 그녀가 온화한 공기 속에서 여기서 이렇게 아주 잘 지내고, 여기서 분명 재활할 수 있을 것이라는 말을 했을 때 감동적이었어요, 저는 그녀에게 약속했거든요. 그녀가 여기에 남을 수 있도록 유의할 거라면서요, 또 내가 그 비용을 지급할 수도 있다고 했어요. 아하, 그랬더니, 그녀가 얼마나 기뻐하던지요!"
폰 메르텐 반장이 에디토 양의 손을 갑자기 잡고는 그 손에 따뜻한 키스를 했다. 그러자 그녀는 좀 얼굴이 붉혀졌다.
"그것은 정말 저 가련한 사람을 위한 의무였을 뿐입니다."

그녀는 간단히 말했다.

"하지만 기꺼이 나는 내일 다시 한번 저 불쌍한 환자와 함께 있으면서, 그 환자를 위로해 주었으면 합니다. 그 정도는 준비해도 되지요?"

"에디토 양, 당신은 야메손이 체포가 되고 나면, 계속 그렇게 할 수 있습니다. 하지만 그때까지는 그 위험성이 아주 큽니다. 검사에게 보낸 내 편지는, 그 편지에 따르면, 사람들은 아마 내게 체포영장을 보낼 것이지만, 필시 내일 아침이면 그걸 손에 넣을 수 있을 겁니다. 따라서, 그 체포영장은, 만일 그것이 전보로 오면, 니스에서 내일 오후에는 가능할 겁니다. 그러나 만일 그것이 내가 보낸 전보에 따라, 내가 희망한 대로 주어진다면, 그 체포영장은, 전보로 전송되어, 이미 니스의 경찰 당국에 와있을 겁니다; 편지로 전달된 그 영장은 가장 빨리, 내일 오전이면 여기서 가능할 겁니다. 이 경우 당신은 아직도 짧은 시간 동안 참아야 합니다. 우드웰 양과 함께 있음으로 인한 위험을 피하려면요."

"그녀가 아직도 그렇게 오랫동안 살아있을지 누가 알겠어요! 가장 나쁜 상황을 대비해 나는 정말 권총을 휴대해야 할지도 모르겠습니다!"

"나는 에디토 양, 당신이 그런 위험에 노출되는 것은 가능하지도 않을뿐더러, 그렇게 하는 것에 동의할 수도 없습니다. 만일 야메손이 우드웰 양과의 대화에서 당신을 놀라게 한다면, 그자는, 곧장 이 모든 기회가 없어져 버린 것을 알게 된다면, 아무것도 무서워할 것이 없으니, 그럼, 둘째의 살인은 아니라도, 더 나쁜 것은, 혼자로는 그에게 그의 첫 범행의 과실을 분명하게 확인할 기회가 줄어듭니다! 안됩니다, 에디토 맥 캐논 양, 당신의 사랑하는 마음은 당신을 영예롭게 하지만, 그 위험은 너무나도 큽니다! 그것은 그렇게 해서도 안 되고, 그렇게 할 권리도 없습니다!"

그녀는 말이 없어지고, 또 그는 그녀의 입가에서 그가 자신에게는 설명할 수 없는 살짝 미소가 보였다. 그녀는 그의 걱정을 과장하다고 생각하는가? 아니면 그녀가 그 점에 대해 기쁨을 나타냈는가?

"우리는 지금 야메손에 대항하는 큰 압박을 주는 입증 문건을 모으는 중입니다. 그 사슬 속의 마지막 조각은 저 연노랑 복장이 됩니다. 그 속에서 작은 조각이 부족하면 됩니다. 내가 그 철로 변에서 찾아내, 내 편지함에 보관해 둔 그 작은 조각이 부족한, 그 연노랑 복장이 될 겁니다. 그 작은 구멍은 그사이 분명 수선이 되었을 겁니다; 그 점을 우리는 야메손을 체포한 뒤 확인하게 됩니다. 만일 내가 체포영장만 가지고 있다면야!"

"이제 그 범인은 정말 자신의 범죄를 피할 수도 없겠군요, 그렇지 않은가요?"

"그것은, 그럼에도, 마지막 순간에 있었던 적이 처음은 아니었을 겁니다! 무엇보다도 우리는 어떤 식으로든 그자가 주변을 의심하지 않도록 우리 자신을 잘 지켜야만 합니다. 필시 우드웰 양은 당신과의 대화에 대해 침묵을 지킬 겁니다!"

"그녀가 그렇게 하면 그것은 그녀 자신의 선을 위해서는 가장 높게 됩니다!"

"에디토 양, 당신이 그녀에게 약속한 이후로, 온전히는 그렇지 않습니다. 야메손과의 다툼이 있는 경우에는 말입니다!"

"그럼 내가 약속함으로 실수를 범했군요, 그런가요?"

"나는 그 점을 부정하지 않아요. 하지만 필시 그 약속은 아무 연관이 없는 채로 남아 있을겁니다. 만일 내가 당신에게 그 점에 대해 강조를 했을 때만요!"

"반장님, 당신은 우드웰 양과의 대화가 그런 결과를 가져올 것을 전혀 예견하지 못하였단 말씀이군요. 그건 당신에게 죄가 있지 않습니다. 정말 있지 않습니다."

"어찌 되었든지, 우리가 아주 정확히 저 빌라를 감시할 수 있어, 좋습니다, 오늘은 더는 그걸 할 필요는 거의 없어요; 저녁이 다가왔으니, 그 여환자는 곧 침대로 갈 겁니다. 만일 우리가, 그것이 일어날 때까지, 그녀를 아직 관찰할 수 있다면, 충분해요. 저녁이나 밤에 야메손은 그녀에게 분명 가지 않을 겁니다, 그때 우리는 편안히 니스로 돌아갈 수 있고, 그 자리에서 내 부하 형사를 오게 할 수 있습니다. 우리가 야메손이 머무는 곳을 알게 된 지금, 우체국에서 관찰하는 것은 필요하지 않습니다, 그것은 야메손 의심을 사니 불필요합니다. 더 나은 것은 그 형사를 빈으로 보내는 것입니다!"

"그 형사가 그곳에서 뭘 하려고요? 그가 가짜 야메손씨를 추적하려고요?"

"바로 그것이에요. 나는 무슨 부르케 씨가, 일례로 부르케의 친척으로, 빈에서 야메손 역을 하고 있다고 추측하고 있어요."

"뭐가 당신에게서 그런 추측을 하게 했어요?"

"왜냐하면, 야메손은 여기서 자신을 부르케로 살아가고 있으니, 그자는, 아주 신중한 자로, 이 이름에 대한 법적 서류도 가지고 있을 겁니다. 그럼 누구의 것일까요? 물론 부르케 씨의 것입니다. 그럼, 그자는 자신의 진짜 해당 법적 서류를 그 부르케 씨에게 주고, 빈에 있는 이 사람이 자신을 야메손 씨로 살아가도록 하는 그 생각보다 더 가까운 것은 뭘까요? 그것은 작은 호의입니다, 그 호의는 미래의 친척에게서 더 적게 놀라게 합니다. 야메손이, 만일 부르케가 궁극적으로 이 모든 일에 대해 알고 있지 않다면, 그 때문에 그가 공범은 아니지만, 분명 부르케도 이 온전히 믿을 수 있는 방식으로 그런 호의에 대해 자신의 요청을 했을 수도 있습니다."

저녁에 그 두 사람은 니스로 와서, 함께 우체국으로 가니, 그곳에 크루제가 여전히 당직하듯이 대기하고 있었다. 폰 메르텐은 그 형사에게 필요한 명령을 해두고는, 그 형사에게 제노아와 밀라노 Milano를 거쳐, 빈으로 가라고, 그리고 그곳에서, 야메손이 어떤 식으로 일을 꾸미게 되었는지 수사하라고 했다. 그 경찰 이사국에서는 야메손의 체포영장은 아직 도착하지 않았다. 폰 메르텐은 그에게 파견된 두메스닐 형사에게 요청했다. 그가 내일 아침 그에게 알려주도록, 또 체포영장을 휴대해 오도록, 만일 그 영장이 그때까지

도착해 있다면. 오늘 저녁을 위해서 특별히 할 일이 없었다.

비록 이미 충분히 늦었지만, 에디토 양은 몬테카를로의 그 게임장을 여전히 둘러보고 싶은 생각을 표현했다. 다시 한번 그 게임을 통해 자신의 행복을 더 찾아보려고. 그래서 그녀는 폰 마르텐 반장이 먼저 그 게임장에 들어가, 그곳에 야메손이 있는지 살펴보기를 제안했다. 그래서 만일 있다면, 그녀는 물론 그 노름을 포기해야 한다.

"만일 그자가, 그 게임판에 처음에 모습이 보이지 않다가, 만일 그곳에 나중에 갑자기 들어 와, 에디토 양, 당신을 만나게 된다면, 어떤 일이 벌어지겠어요?"

"만일 그이가 오늘 그곳에 여전히 없다면, 그이는 그곳으로 오늘은 또 오지는 않을 겁니다."

"한시도 우리는 그 점에 확신할 수 없습니다. 아니, 에디토 양, 우리 일은 너무 중요합니다, 아쉽게도 나는 당신의 변덕스러움에 양보할 수는 없겠군요."

"반장님, 당신은 그런 자연스런 욕구를 변덕이라고 규정하나요? 반복해 나는 이미 여기에 있지만, 단 한 번만 나는 그 게임을 위해 그 게임장에 들어갔기에, 나는 분명 아주 흥미로운 그 사회를 구경한 번 제대로 해보지 못했다구요!"

"물론 그건 그럴 수 있습니다, 그런 게임장을 한번 방문해 본 모든 사람은, 똑같은 열정, 그 놀이를 한 번 해보려는 그 열정의 영향을 받게 되어 있습니다. 당신은 내가 진심으로 당신이 그 흥미로운 연구를 부러워하지 않는다는 확신을 가질 수 있습니다. 하지만, 우리가 더는 지금까지 애쓰고 또 애쓴 채 얻은 성공을 이제 무산시켜도 된다 라는 우리의 분명한 상황이 될 때까지만 기다려주십시오. 에디토 맥 캐논 양! 당신이 다시 당신 행동에 대해 절대적 자유로운 상태가 될 때까지는 이제 며칠만 참으면 됩니다!"

"지금은 내가 그런 상태가 아닌가요?"

"아뇨! 지금 에디토 양, 당신은 제 의견에 주목할 도덕적인 의무감이 있습니다.”

 “반장님, 당신의 그 말씀은 ‘내 명령에 따라야 한다’ 라는 것을 아주 온화하게 말하는 군요, 당신은 더 정확히 말할 수도 있는데도 요!”

 “우리는 그런 말로 말다툼하고 싶지 않아요. 나는 당신이 그런 반대적 상황을 이해하는 것이 어려울 수 있음을 아주 잘 이해하고 있습니다. 지금까지 당신은 언제나 독립적이고, 순간의 감흥에 따라 행동하고, 그런 행동을 하려고 할 때 아무런 누군가의 제지도 없이 자유로이 해 왔습니다. 하지만 지금 이 순간에는 내 요청에 따르는 것이 필요합니다. 그리고 당신이 평안하고 분별심이 있는 생각을 하고 있으면, 당신은 내 주장이 틀렸다고는 말할 수 없을 겁니다.”

 “내가 지금 분별심이 없다는 말인가요?”

 “에디토 양, 당신은, 여성의 방식으로 낱말 하나를 꺼내, 당신을 정당화하려는군요. 반면에 당신은 그 권한이 당신 편에 있지 않음을 본능적으로 느끼고 있구요. 그것은 당신의 일상적 진지한 성격에도 맞지 않습니다. 당신은 고상한 사고를 잘 하는 사람입니다. 그것을 확고하게 잘 유지하세요! 당신의 그런 태도 때문에 나는 당신에게 그 점을 고려해 줄 것을 요청합니다.”

 “반장님은 능숙하게 도덕을 가르치는군요! 하지만 반장님은 내가 남편에게조차도 동의하지 않는, 나에 대한 위신을 유지하려 한다고 말하는 것을 부정하시는 건가요? 그이에게조차도 내 행동의 자유를 나는 유지할 거에요!”

 “그런 경우 당신은 여린 사람에게만 시집갈 수 있지만, 그 낱말의 온전한 의미가 담긴 그런 남자 말고요. 하지만 만일 당신이 그런 여린 사람과 결혼하면, 당신은 행복한 사람이 되지 못할 걸요, 맥캐논 양! 그리 멀지 않아 당신은 그런 그이를 경멸할걸요!”

 “하지만, 만일 나 자신에게 요구하는 똑같은 자유를 내 남편에게 주는 것을 동의한다면요?”

"그걸 당신은 결혼이라고 정의하는가요? 하늘이여, 그런 기초 위에 평생을 살아갈 당신을 지켜 주소서!"

"반장님이 사랑하는 여인과는 아니라고 하더라도, 당신은 그걸 하지 않을까요?"

"전혀요! 그건 이미 처음부터 쌍방의 불행을 현실화시키는 일이 될 거니까요. 나를 사랑하고, 정말 나를 사랑하는 여인이라면, 그걸 내게도 요구하지 않을 겁니다!"

에디토는 창백해졌다. 그녀는 그가 자신의 확고한 확신으로 진지하게 말하고 있음을 보았다.

"에디토 양, 당신은 결혼의 핵심을 정확히 이해하지 못하고 있군요!"

그는 더 온화한 목소리로 말을 이어갔다.

"아마 당신은 한 번도 그것을 제대로 알고 있지 않군요. 나는 미국의 탁월한 사회에서 아니, 아주 정확히는, 아주 부유한 미국인들 사이에서 가장 많이 행해지는 그런 결혼을 나는 진짜 결혼이라고는 여기지 않습니다."

"반장님, 당신은 그런 결혼이 재정적 이유로만 이루어진다는, 즉, 사랑이란 그들 사이에는 아무 역할을 하지 않는다는 그런 말을 하고 싶은가요? 당신은 틀렸어요, 반장님!"

"그 점은 나는 말하고 싶지 않아요. 하지만, 그런 결혼에서 아내란 뭐 하는 사람인가요? 그럼, 그 남편이 자신의 주춧돌 위에 세워둔 인형이자 꼭두각시이거든요. 그 아내에게는 내적 권리란 없어요. 그런 경우, 두 영혼의 상호 들어섬이라는 것은 어디에 있나요? 친밀한 상호관계가 불가능하지 않을까요? 그건 내가 아내에게 노예로서의 복종을 요구하는 것 외에는 아무것도 원하지 않는 것과 같습니다. 물론 그녀는 남편 의견에 상충한다면, 그 아내는 자신의 감정이나 의견을 표현할 수 있고, 그 감정이나 의견을 진전시키기도 하고, 방어하기도 하지요; 하지만 그녀는 자신을 사사건건 입증시키려고 하지 않습니다. 만일 그녀가, 그 남편의 이성적 행동들이 정당화됨에 확고하다면, 그녀는 그런 행동에 양보합니다, 그 남편이 정반대적인 입장에서 그것을 하는 것과도 마찬가지로요. 그러나, 아내는 모든 방식을 동원해서 자신의 입장을 정당하다고 시도하는 것은 삼가야 합니다. 만일 아내가, 남편의 이성적 동기가 정당하다고 확신한다면, 아내는 그런 이성적 동기에, 그 남편이 그 점을 정반대 경우에도 그렇게 하듯이 똑같이, 양보해야 합니다. 아내가 어린아이처럼 고집을 피우지도 않고, 그런 양보를 자신이 연약하다고 보지도 않을 겁니다, 안타깝게도 그게 요즘 너무 자주 일어나지만요. 아내가 연약하다고 생각하는 점은 자주 정반대가 됩니다! 이러한 원칙 위에서 두 사람의 결혼이란 동등한 권리 위에 있어야 하고, 만일 그 결혼이 진정한 행복을 꽃피우려면요, 또 절대로 행복으로 이끌지 못하는 상호 절대적 자유에 기초를 두면 안됩니다. 왜냐하면, 그것은 분명 결혼의 진정한 핵심에 분명 반하는 것이기 때문입니다!"

이제 그는 말을 끝내고서, 생각에 잠긴 채 있는 에디토 양을 바라보았다. 나중에 그는 살짝 웃었다. 하지만 그녀를 향해서가 아니라 자신에 대해서.

"이제 에디토 양, 당신은 다시 나를 좁쌀영감이라고 하겠군요." 그가 말했다.

"나는 에디토 양, 당신에게 결혼의 핵심에 대해 지적했네요. 당신이, 온전히 다른 사회의 생활환경에서 자란 당신이 내 의견에 대해 올바른 이해를 하지 못한다는 것을 고려하지 않은 채 말입니다. 나는 진짜 독일 사람이고, 그걸 나를 내 피부에서 꺼낼 수 없답니다!"

"그건 정말 필요하지 않아요!"

그녀는 그를 진지하게 그의 두 눈을 쳐다보았다.

"안녕히 지내세요!"

그녀는 갑자기 그렇게 말하고, 그의 손을 잡고 악수하고는, 자기 방으로 들어가 버렸다.

"이상한 사람이네!"

이런 외침과 함께 폰 메르텐 반장은 자기 방으로 들어갔다. 그리고는 여전히 그곳에서 오랫동안 이리저리 서성거렸다. 사람은 유능한 형사가 될 수가 있고, 깊은 심리를 연구했을 수도 있다. 하지만 사람은 어떤 경우에는 여성의 생각과 행동을 논리적으로 추적해 볼 수가 없다. 그것은 무엇 때문에 안되는가?

제10장 범인인가 사랑인가

폰 메르텐 반장이 다음 날 아침 식당에 들어섰을 때, 에디토 양은 이미 그를 만나러 산책용 화장을 한 채 이미 와 있었다. 그는 그녀에게 그 점에 대해 놀라움을 표시했다.

"반장님, 당신은 오늘 오전에 우리가 데욱스콜롬버스 빌라를 관찰해야만 한다고 정말 말했거든요."

그녀가 대답했다.

"그래, 그 체포영장은 왔어요?"

"아쉽게도 아직입니다. 두메스닐 형사가 방금 내 곁에 있었지만, 그는 뭔가를 지니고 있지는 않았어요. 반 시간 뒤, 그이가 돌아옵니다. 내 생각에 우리가 그이와 함께 이동했으면 합니다."

"그건 왜죠?"

"크루제가 빈으로 가는 길에 있으니까요. 그래서, 만일 내가 두메스닐 형사를 여기 홀로 놔둔다면, 나는 아무 도움을 받지 못합니다. 만일 여전히 관찰이나 뭔가 비슷하게 필요한 상황이 닥치는 경우에요. 나는 정말 모르겠어요. 그런 필요함이 뭘로 이끌게 될 지를요. 하지만 이 시점에서 충분히 신중하지 못할 수도 있습니다. '예기치 않은 일'이 닥치면 정말 그것은 사건으로 변하게 됩니다!' 시인이나 할 수 있는 이 발언이 범죄 사건보다 더 잘 어울리는 곳은 없지요."

"좋아요. 우리가 그이와 함께 갑시다. 내게 중요한 것은 그것이 아니니까요."

그녀가 갑자기 말을 중단했다.

"그럼, 중요한 것은 뭔가요? 말해 봐요, 에디토 맥 캐논 양 만일 당신이 두메스닐 형사가 여기에 남는 것을 더 선호하는 이유가 있다면요."

"아뇨, 아뇨, 내게는 다른 이유가 없지요."

그는 놀라면서 그녀를 쳐다보았다. 갑자기 이 일을 정리할 생각이 떠올랐다. 그녀는 아마 그와 함께 별도로 출발하고, 나중에 그 세 사람이 합류하는 것이, 아마 두메스닐과 동행보다 낫다고 생각하는가? 하지만 아니야. 그런 생각이 그를 웃게 만들어, 너무 자만심으로 보였다. 그래서 이 일은 내버려 두자! 하지만 이 생각은 아마도 그를 부추겼다. 그래서, 멘토네에 도착하고 나서, 에디토 양과 두메스닐 형사, 그 둘을 그 빌라로 향하는 길로 올려보내면서, 두메스닐 형사에게 따로 부탁하기를, 야메손의 주거 건물 정면을 유심히 관찰하라고, 만일, 이자가 그 건물에서 나서거나 들어서거나 하면 즉시 그에게 알려 달라고 당부했다. 만일을 대비해서 그는 아직도 지니고 있는 야메손 사진을 두메스닐 형사에게 주면서, 그에게 정확히 설명하기를, 야메손이 자신의 외모를 자주 바꾸고 다닌다는 점도 설명해 주었다. 나중에 그는 델라로케 부인을 찾아갔다. 그녀는 여전히 실내복 차림으로, 자기 나라의 특징적 허영심을 지니고 있었다. 하지만 그 경우를 전혀 비난할 처지가 못 되었다. 그녀는, 자신의 새로운 세입자에게 자신의 화장한 모습을 보여 주고 싶었다. 그녀를 찾아올 세입자가 더구나 총각이니. 그때 두메스닐 형사가 이미 올리브나무들을 지나, 빠른 걸음으로 다가왔다. 폰 메르텐 반장에게는 두메스닐은 중요한 소식을 가지고 오는 듯이 보였다.

"뭔가 소식이 있어요?"

그는 두메스닐 형사에게 물었다.

"방금 그 자동차가 도착했습니다!"

"그 안에 사람은 타고 있던가요? 아니면 비어 있어요?"

"비어 있습니다. 필시 그 자동차는 그자를 기다리는 중입니다."

"필시 그자는 몬테카를로나 니스로 이동할 겁니다."

"내가 그자를 따라갈까요?"

"아뇨 그럴 필요는 없어요. 우리는 의심을 불러일으킬 만한 행동은 피해야 해요. 그래서 당신은 그자에게 꼭 필요한 시점에 당신이 모습을 보이는 것이 좋겠어요."

"잘 알겠어요! 나는 백 걸음 정도 더 위쪽에, 키 작은 관목 뒤에 잘 숨고, 광경을 잘 볼 만한 자리를 찾아뒀어요. 그곳에서 나는 전체 빌라를 다 관찰할 수 있어요."

"좋아요, 다시 그곳에서 대기해 주십시오!"

"그러고 야메손이 그 집을 떠나면, 나는 뭘 하면 되지요?"

"그때 우리에게 즉시 알려주세요!"

두메스닐 형사가 자신의 자리로 되돌아가자, 폰 메르텐은 정원으로 에디토 양을 찾으러 가 보았다. 델라로케 부인과의 대화는 이 순간에는 정말 시급하지 않다.

그 정원 뒷편의 경계에 조심조심 다가가면서, 그는 울타리 옆에 무릎을 꿇고 숨은 채 앉아 있는 에디토 양을 보았다. 그리고 다른 편에, 에디토 양과 거의 열 걸음 정도 떨어진 곳에, 야메손이 누워 있는 우드웰 양의 해먹 옆에 서 있는 것이 아닌가! 그런데, 여간호사는 보이지 않았다. 아마 야메손이 그 여간호사를 먼저 다른 곳에 보낸 것 같았다.

폰 메르텐 반장은, 어제만 해도 에디토 양과 자신이 몸을 숨겼던 플라타너스의 두꺼운 둥치 뒤에 자신을 숨겼다.

"내 바람은요."

야메손이 반쯤 큰 소리로 활발하게 우드웰 양에게 말하는 소리를 폰 메르텐 반장이 들었다.

"당신이 이 작은 호의를 내게 베풀어 주기를 바랍니다. 내가 당신께 내 형이 때로 보여주는 뭔가 기발한 생각을 이미 말한 바 있어요. 그러구요, 또 나는 이미 당신에게 그 말도 했답니다. 그 형은 자신이 잊지 못하는 알리소 스미스를 만나듯이 당신을 만나기를 염원하고 있습니다. 내 형은 단지 그 스스로 생각해낸 것으로 만들어 온 걸 모두 실제라고, 그런 자기 생각에 여전히 갇혀 있어요. 그 형이 크레디료네 〈Credit Lyonnais〉 은행5)에 그 금액을 알리소 스미스 부인 앞으로 지급 허락한 것도 그런 생각으로 이해하면 됩니다. 당신이 이제 그 우체부가 왔을 때, 그 돈을 받았다는 영수증에, 지급 서류monletero에 서명을 거부한다면, 이는 그 돈을, 알리소 스미스라는 이름으로 당신이 직접 당신 손에 넣는 것을 거부하는 것이 되고, 이는 충분히 명청한 일입니다, 그때는 그 지급서류는 다시 은행으로 돌아가게 되고, 그러면 우리는 더는 여기서 살아갈 돈을 더는 갖지 못합니다. 그때 당신에게 무슨 일이 벌어질지는 알고 있나요?"

그녀는 침묵하면서, 두려움이 가득하고, 눈을 크게 뜨고서 야메손을 쳐다보았다.

"그때는요, 그 병원으로요. 당신이 그때 그 가엽게도 밀짚 같은 곳에 누웠던 그 장소로요."

그는 동정심 없이 말을 이어갔다.

"오로지 중환자들, 죽어가는 환자들만이 누워 있는 대형 병실로요, 그리고 당신은 추위와 안개 속에 생명을 마칠 런던으로 보내질 거라고요!"

"모든 것은, 다른 모든 것은 그렇게 해도 되지만, 그것만은 그렇게 하지 마세요!"

그 환자는 한숨지었다.

"여기, 햇볕이 따뜻한 이곳에 더 있고 싶어요!"

"그럼, 당신이 여기에 남을 수 있게 필요한 것을 당신이 하세요!"

"가짜 서류를 만들라는 거네요. 오호라, 맙소사!"

"바보 같네! 내가 당신에게 그 일이 어찌 되었는지 이미 정말 설명했지! 이 경우에는 사람들이 그 가짜라고 말하지 않는다고요! 이제 나는 당신의 진정한 흥미에 대해 조언하는 일도 이제 더는 하지 않을거요! 내 말을 듣지 않으려는 사람은, 그 사람에게는 고통만 닥칠 뿐이요! 서명할 거요? 아니면 영국으로 다시 돌아갈거

5)*역주: 1863년 설립된 프랑스 은행으로 1900년경에는 세계 제1의 은행이었음.

요?"

그의 목소리는 점차 더 커지고 더 짐승 같아 보였다; 그런 흥분 속에 그는 잠시 자신의 일상적 조심성도 이미 잊어버렸다.

"난 할 수 없어요!"

그녀는 한숨을 내쉬었다.

"난 할 수 없어요!"

"당신은 미쳤어?"

그는 소리쳤다. 그녀가 거절하면, 그 거절이 그녀의 양보하지 않으려는 고집으로 비쳐지기에, 그러면, 그는 아주 큰 돈을 못 챙기게 되니, 그가 지금까지 공들여 온 계획이 성공하기는 커녕 낭패가 됨을 짐작하고, 화를 벌컥 냈다. 그 은행 서류kreditletero로는 야메손 스스로 그 돈을 수취할 수 없게 되어 있었다. 그 때문에 그는 은행 측에 알리소 스미스 부인이 지금 병을 앓고 있어, 직접 은행에 갈 수 없으니, 수취인인 알리소 스미스의 서명이 담긴 그 은행 서류를 함께 발송하면, 은행 측이 그 금액을 보내도록 해 놓았다. 그러면서, 그는 추측하기를, 우드웰 양이 알리소 스미스 이름으로 서명하는 것을 거부하지 않았을 것으로 예측했다. 만일, 소위 말해서, 알리소 스미스가 그 돈을 수취하겠다는 서류에 서명을 거부한 것이 알려진다면, 그 보험회사가 궁극적으로 수행하게 될 조사에서 모든 가능성이 배제되어, 그때는 알리소 스미스와 함께 그 사망자의 신원에 대한 의심이 생기지 않겠는가?

잠시 야메손은 이제 어찌해야 할지 결정하지 못한 채 서서, 화를 벌컥 내며 이를 뿌드득하고 갈았다. 나중에 그는 여전히 그녀에게 다가갔고, 그의 두 눈에는 광기어린 결심을 하고 있었다.

"나는 모든 것을 잃는 당신의 어리석음 때문에 이러고 싶지 않아요." 그는 비난 조로 그녀에게 말했다, "여기에 서명하거나 아니면 여기서 죽거나!"

"불쌍한 하나님! 당신은 저를 죽일 작정인가요?"

야메손은 답하지 않았지만, 그의 두 눈에서는 분노의 공포스런 결심이 보였고, 그의 오른손은 그 환자의 노쇠해 버린 신체를 덮고 있는 이불을 붙잡았다.

폰 메르텐 반장이 그녀 고통에 대항하여 그 불쌍한 희생자를 막으려고 앞으로 뛰어들려고 하였지만, 에디토 양이 먼저 행동했다. 그 불쌍한 여인이 고통을 더 당하는 것을 제지하지 못한 채 바라볼 수는 없다고 판단한 에디토 양은 자신을 똑바로 세우면서 나섰다.

"프랑코 야메손 씨, 당신은 두 번 살인을 저지르면 안 돼요!"

그렇게 그녀는 자신의 입술에서 그 말이 튀어나왔다.

야메손 얼굴은 갑작스런 그녀 출현에 창백해졌다. 그는 비틀거리더니, 해먹의 머리 부분을 고정한 그 밤나무 둥치를 잡고는, 자신의 몸을 가누려고 했다. 그는 지금에야 모든 것을 잃었다는 생각이 그를 억누르고 있었다.

하지만 곧장 그는 정신을 차렸다. 그는 황급히 주변을 둘러보며, 에디토 양이 혼자 있음을 확인하려고 했다. 나중에 그는 자신이 붙들고 있던 그 밤나무 둥치에서 손을 떼고는, 기절한 것처럼 자신의 두 눈을 감고 있던 환자를 무시한 채, 에디토 양을 향해 한 걸음 더 다가섰다.

"그렇소, 에디토 맥 캐논 양!"

그는 소리쳤다. 그의 목소리는, 자신의 흥분을 가라앉히지 못한 채, 굉장한 긴장감으로 그렁대는듯한 그런 목소리였다.

"당신이 말한 바가 무슨 뜻을 의미하는지 나는 묻고 싶네."

"당신이, 내 불쌍한 친구 알리소 스미스를 죽인 범인인 당신이, 이런 저열한 행동을 계속하지 않도록 하려고요!"

"에디토 맥 캐논 양, 당신은 너무 많이 알고 있어! 그건 좋지 않아! 난 그 점에 대해 애석해하고, 이제 나는 당신 입을 닫게 해 주겠어!"

비아냥의 짧은 미소와 함께 그는 급히 자신의 호주머니에서 권총을 꺼내, 에디토 양을 향해 총 한 방을 쐈다.

그러나 그 총알이 그 총구에서 떠나기 바로 앞서, 폰 메르텐 반장은 에디토 양을 향해 뛰어들어, 에디토를 땅바닥에 쓰러뜨렸다. 그는, 기대하지도 않게, 머리에 뭔가 한 방 맞은 느낌을 받았다. 에디토 양이 총에 맞지 않음을 알고, 야메손은 갑자기 나타난 낯선 남자인 폰 메르텐 반장을 보자, 도망치기 시작했다. 폰 메르텐 반장은 그 정원 울타리를 뛰어넘어, 재빠른 달음박질로 도망가는 야메손을 추격했다. 야메손은 그 집 안으로 피신하면서, 정원으로 향하는 출입문을 자신의 뒤로 세게 닫았다. 폰 메르텐이 그 출입문을 열려고 하자, 그 출입문은 그의 노력에도 열리지 않았다. 야메손이 그 출입문에 잠금 걸이를 해두었기 때문이었다.

두메스닐 형사가 앞서 알려준 바를 기억해 낸 폰 메르텐 반장은 지금 올리브나무들이 여럿 심어진 정원을 분리하는 울타리를 뛰어넘었다. 바로 그 순간, 야메손은 자신의 자동차에 뛰어들어, 그 자동차의 운전기사가 오기도 전에 그 자동차에 시동을 걸었다. 폰 마르텐 반장은 그 집의 모퉁이 앞에 섰다. 그 자동차가 처음에는 천천히 움직였다, 폰 메르텐은 큰 걸음으로 그 자동차 뒤를 향해 달려갔다. 야메손은 자신이 운전하는 자동차 속도를 높였다; 하지만 그 속도를 높임이 완벽하게 되기도 전에, 폰 메르텐 반장이 그 자동차에 다가갔다. 자동차 뒤편에서 자동차에 재빨리 올라타, 자신의 두 손으로 그 반항하는 야메손 목을 꽉 붙들었다. 그러자 야메손은 아주 강력한 목 졸림에서 벗어나려고 발버둥을 쳤다. 그래서 그 자동차는 자신의 진행 방향으로 아주 센 속도로는 달리지 못했다! 그러자 그 운전은 더욱 난폭해졌다. 서로 완강한 반대 입장에 있던 그 두 사람이 자신들을 죽음으로 이끄는 위험을 무릅썼다. 야메손은 자신의 두 눈알이 폰 메르텐의 손가락들이 누르는 압박에 거의 움푹 들어갈 지경이 되었고, 한편 야메손은 자신이 달아나면서 자동으로 자신의 호주머니 안에 다시 챙겨둔 그 권총을 다시 가까스로 꺼낼 수 있었다. 그러나 야메손이 그 무기를 사용하기도 전에, 귀를 먹게 하는 탁-하는 소리가 났고, 곧장 그 자동차가 바로 강력한 충격의 힘으로 도로 분리 턱에 돌진해 그 자동차가 뒤

집혔다. 차에 탔던 그 두 사람은 그 차량에서 튕겨 나와, 비탈진 도로 너머 오렌지 나무들이 있는 정원 안으로 내동댕이쳐졌다, 그곳에서 그 두 사람은 의식을 잃은 채 쓰러졌다.

폰 메르텐 형사반장이 자신의 무의식에서 깨어났을 때, 그는 자신의 위로, 지극한 진심 어린 사랑의 감정으로 내려다보고 있는 에디토 양의 눈물이 그렁그렁한 두 눈을 보았다. 그녀는 자신의 가슴에 그의 머리를 안고, 그녀 자신의 손수건으로 야메손이 쏜 총알에 상처 난 곳의 피를 멎게 하려고 애를 쓰고 있었다, 그 총알이 그의 왼쪽 머리를 가까스로 스치듯이 맞혔다. 폰 메르텐 반장은 자신의 팔을 이용해, 힘을 들여 짚고 일어나 보려고 했지만, 낮은 신음소리와 함께 다시 쓰러졌다. 차가 뒤집힐 때, 그 차에서 튕겨 나오면서 그 팔이 손상을 입었다.

"야메손은 어디에 있나요?"

그가 물었다.

에디토 양은 자신의 손가락으로 불과 몇 미터 떨어진 곳을 가리켰다.

"그의 영혼은 하늘의 심판자 앞에 이미 서 있답니다!"

그녀는 진지하게 말했다.

"그자가 죽었나요?"

그녀는 조용히 고개를 끄덕이며 그렇다고 답했다.

"그가 떨어진 지 불과 몇 분간은 아직은 살아 있었어요."

가까이 다가온 두메스닐 형사가 대답했다.

"그자 자신이 저 나무둥치에 날려가, 그의 머리가 그 나무에 그렇게 세차게 부딪혀, 그의 두개골이 깨져버렸어요. 하지만 반장님은 아무 걱정하지 마세요. 내가 방금 여기 모여있던 사람 중 한 사람에게 요청해 의사 선생님을 오시게 했습니다, 곧 의사 선생님이 도착할 겁니다."

"두부에 생긴 작은 상처는 심하지 않네요."

폰 메르텐 형사반장은 에디토 양의 만류에도 불구하고 자신의 머리 상처를 짚어보면서 말했다.

"만일 내가 이 팔을 다시 사용할 수 있으면 좋겠어요!"

그와 관련해, 곧 도착한 의사 선생님이 그를 진정시켰다.

"팔은 탈골되었을 뿐입니다."

그는, 그 팔 부위를 상세히 진찰해 보고는, 그의 머리에 붕대를 감고 그렇게 말했다.

"우리가 이 팔을 다시 교정하면, 한 주간만 지나면, 모든 것이 정상으로 돌아올 겁니다!"

이 한 주간의 휴식동안 폰 메르텐 반장은 참아내야 했다.

폰 메르텐 반장에게는 그 한 주간이 너무 빨리 지나갔다, 왜냐하면, 폰 메르텐 반장이 에디토 양에게, 그녀가 그렇게 크게 신경 쓰지 않아도 된다고 여러 번 요청해도, 그녀는 가장 헌신적으로 그의 옆을 지켰다. 몇 가지 경우에만 에디토 양은 그를 떠나 우드웰 양을 방문하러 자리를 비웠다. 사람들이 추측하기로는, 에디토 양이 우드웰 양에게 요하노 부르케 씨가 이젠 떠나야만 했음을 알리고, 또 우드웰 양이 그 부르케 씨와 함께 생활해온 그 공포의 장면이 단지 나쁜 꿈이었다고 여기도록 우드웰 양을 안정시키려고 했다. 우드웰 양은 자신의 건강을 회복할 수 있으리라고 희망했던 그곳에 남아 있을 수 있게 한 것에 만족했다. 하지만 우드웰 양은 이제는 더 오랫동안 살지 못했다. 어느 날 갑작기 닥친 질식의 부름에 그녀는 자기 청춘의 삶을 끝냈다.

그 사이 크루제 형사로부터 전보가 당도했다. 내용은 빈Wien에 야메손이라는 이름으로 거주하는 사람이 있었는데, 이 자는 야메손과 모습이 약간 비슷했다고 알려 주었다. 폰 메르텐 반장은 빈 경찰서 사람들을 설득해, 그 경찰서에서 그 사안을 검토해 보라고 했다. 이를 통해 드러난 것은, 그렇게 야메손 행세를 한 사람에게 야메손이 그의 나쁜 의도를 알려주지 않았다는 것과, 야메손 행세를 한 그 사람은, 그 일이 야메손에게 별로 위험이 없는 즐거움만 주려 했던 일이라고 믿고 있었단다. 그 때문에 야메손 행세를 하던 그가 미국 시카고로 되돌아가는 여행을 막을 방법이 없었다.

폰 메르텐 반장이 이제 산책을 다시 할 수 있었을 때, 그는 에디토 양과 함께 몬테카를로 해변으로 갔다. 에디토 양은 지금 그의 약혼녀가 되었다, 그 둘은, 지난번에 달 밝은 밤에 섰던 그 해변으로 다시 한번 가 보고 싶다는 그 약혼녀 요청에 따라, 몬테카를로 해변에 서 있었다.

"당신은 그때 나에게 물었지요."

에디토 양은 자신의 약혼남에게 다정하게 기대면서 속삭였다.

"왜 나는 그렇게 유쾌했을까요? 그렇게 당신은 물었지요. 또 나는 그걸 당신에게 더 나중에 말할 것이라고 대답했지요. 당신은 아직도 그 점을 기억하고 있나요?"

"우리가 그때 나눈 모든 말을 아직도 기억하고 있지요!"

"지금 그 이유 알고 싶은가요?"

"기꺼이!"

"나는 그렇게 유쾌했어요, 왜냐하면, 왜냐하면 당신이 나를 사랑하고 있음을 내가 알았으니까요!"

"무슨 말에 당신은 그걸 알았나요? 그런 방면으로 나는 한마디조차 하지 않았는데요, 나는 그 점에 대해 나 자신도 정말 모르고 있었어요!"

"당시 당신의 두 눈이 더욱 말하고 있었지요! 우리가 이전에 저 갯바위에 섰을 때, 당신이 얼마나 기꺼이 나에게 키스하고 싶은지를 보았거든요!"

"정말로, 그때는 그렇게 원했지요! 내가 얼마나 강렬하게 당신에게 키스하고 싶었지만, 내가 그리 하지 않아야 하는 것을 벗어나기가 얼마나 어려운지를 상상할 수 없었을 거요!"

"그때 그랬어요. 아주 어리석은 어떤 한 사람이 그랬지요!" (*)

번역후기

〈사진〉 한국어 역자 장정렬(왼쪽)과 중국어 역자 장웨이(오른쪽)씨.

역자는 올해 4월 중국 채팅창 〈Wechat〉의 〈에스페란토독서회〉에서
중국 난창(南昌)시 에스페란티스토이자 환경공학과 박사이며 교수
인 공샤오펑(Arko)님이 이 작품 〈Pro Kio?〉를 제안해 읽기를 시작
했습니다.
그 방에서 공교수님의 이 작품소개가 흥미진진했습니다.
이 작품이 에스페란토소설 중 탐정(범죄 소설)분야에서 최초의 원
작이라는 것이, 또 이 작품에 대한 여러 작가들의 서평 또한 역자
의 흥미를 더해 주었습니다. 그래서 저는 이 책을 다 읽기 전에,
이 작품 읽기를 병행하면서 번역까지 해 볼 마음을 내었습니다.
〈코로나19〉 상황 속에서 해외 여행이나 외국 에스페란티스토들의
방문이 어려운 시점에 에스페란토 원작을 우리글로 옮기는 작업은
무더위를 식히고, 제 생각의 폭을 넓히게 되니, 좋았습니다. 작품
속 인물들의 역할과 태도, 의지 등을 따라가 보았습니다. 그래서
이렇게 독자 여러분과 함께 이 번역작품을 읽는 즐거움도 얻게 된
것입니다.

이 작품을 쓴 저자는 프리드리히 빌헬름 엘레르지크(ELLERSIEK, Friedrich Wilhelm(1880-1959, 필명 Argus, Eko 등)입니다. 작가는 1880년 독일 Calvörde에서 태어나, 1907년 에스페란티스토가 되었습니다. 1909년부터 에스페란토 잡지 〈Germana Esperantisto〉 와 〈Esperanta Praktiko〉 의 편집인이자 발행인이었고, 언어위원회(Lingva Komitato:LK)와 에스페란토학술원(la Akademio de Esperanto) 회원으로 활동하였습니다. 여행사를 경영해, 그 여행사 대표로 세계에스페란토대회 여행단을 조직하며 에스페란토를 활용한 인물입니다. 수많은 원작 기고문과 번역문 등이 있다고 알려져 있습니다. 이 작품은 처음에는 작가가 펴낸 잡지에 1918년 1월부터 1919년 1월까지 연재되었다가, 1920년 초판이 출간되었습니다. 당시 출간된 작품이라도, 지금도 어렵지 않게 읽을 수 있는 작품이라고 저도 공감하게 되었습니다.

그런 도입부 설명을 듣고서, 저는 중국 단둥(丹東)시에 사는 에스페란티스토이자 영어교사인 장웨이(张伟)선생님께 각자 국어로- 저는 한국어로, 장선생님은 중국어로- 번역하자고 제안했습니다.

장웨이 선생님은 수년 전부터 한국을 여러 차례 방문하면서, 6.25 전쟁 당시 한국에서 전사한 중국군의 유해발굴단 일원으로 활동해 왔습니다. 장웨이 선생님은 또한 북한에도 에스페란토 보급과, 에스페란토를 통한 북한 여행을 주선해 오기도 한 에스페란티스토입니다. 수년간의 그분과의 교류와 우의를 바탕으로, 저의 제안을 장웨이 선생님은 흔쾌히 공감해, 수시로 번역문을 장별로 나누어 보내줘서, 마침내 10월 초순에는 〈중국어〉 번역본이 준비되었습니다.

저도 지난여름을 보내면서, 이 작품을 국어로 옮기는 작업을 했습니다. 몇 군데 유럽의 여러 도시 지명이나 도로명으로 우리글로 옮기는 것뿐만 아니라, 저자의 생각 흐름을 따라가는 데 어려움이 있었습니다만, 이 작품의 흥미진진한 결말은 역자에게 즐거움이 되어 주었습니다.

이 작품은 에스페란토 원작을 기반으로 한국어 번역본과 중국어 번역본이 동시에 한국 부산에서 제10차 아시아-오세아니아에스페란토대회가 열리는 11월에 이 작품이 독자 여러분의 손에 가게 되어 한국어본 역자로서 기쁨을 감출 수 없습니다. 이 작품의 번역 작업에는 그렇게 공샤오펑(Arko) 교수님, 장웨이 선생님과 중국채팅방에서의 중국 에스페란티스토와의 교류가 들어 있습니다. 에스페란토를 기반으로 한 문학작품의 번역은 협력의 계기가 만들어졌습니다.

중국어 역자이신 장웨이 선생님이 이 대회 행사에 맞춰 오신다니, 〈중국어판〉과 〈국어판〉 번역본을 들고 함께 사진을 찍을 기회가 기대됩니다. 독자 여러분도 이 작품을 통해 많은 성취와 독서 즐거움을 누리기를 기원합니다.

끝으로 흔쾌히 이 번역본들을 출간해 주신 진달래출판사 오태영 대표님께 고마움의 인사도 남기고 싶습니다. 역자의 번역공간을 묵묵히 지켜보는 가족에게도 고마운 마음입니다.

2022년 10월

오색 단풍이 물들기 시작하는 부산 금정산 자락에서
역자 올림

Nova Esperanto - Biblioteko

No 5

Argus

Pro kio?

Internacia kriminal - romano
originale verkita

Berlin S 59
Esperanto-Verlag Friedrich Ellersiek